궁귀검신

2부

弓鬼劍神

궁귀검신 2부 6

조돈형 新무협 판타지 소설

초판 1쇄 찍은 날 § 2005년 2월 26일
초판 1쇄 펴낸 날 § 2005년 3월 6일

지은이 § 조돈형
펴낸이 § 서경석

편집장 § 문혜영
편집책임 § 장상수
편집 § 김희정 · 한지윤
마케팅 § 정필 · 강양원 · 이선구 · 김규진 · 홍현경

펴낸곳 § 도서출판 청어람
등록번호 § 제1081-1-89호
등록일자 § 1999. 5. 31
어람번호 § 제2-0535호

주소 § 경기도 부천시 원미구 심곡1동 350-1 남성B/D 3F (우) 420-011
전화 § 032-656-4452 팩스 § 032-656-4453
http://www.chungeoram.com
E-mail § eoram99@chollian.net

ISBN 89-5831-444-3 04810
ISBN 89-5831-103-7 (SET)

궁귀검신

조돈형 新무협 판타지 소설

2부

弓鬼劍神

6

도서출판
청어람

목
차

제46장 삼시파천(三矢破天)__ 7

제47장 위지황(尉遲皇)__ 31

제48장 함정(陷穽)__ 63

제49장 원로원(元老院)__ 93

제50장 대환단(大丸丹)__ 121

제51장 백하구(白河口)__ 165

제52장 혈검(血劍) 환야(幻倻)__ 199

제53장 소림탈환(少林奪還)__ 233

제54장 일거양득(一擧兩得)__ 269

삼시파천(三矢破天)

삼시파천(三矢破天)

꽝!

둔탁한 격타음과 함께 지붕이 들썩이고 수십, 수백 조각으로 나뉜 나무 조각이 사방으로 비산했다.

마치 암기와도 같이 매서운 힘을 내포한 나무 파편은 문과 벽을 파고들었고 심지어는 주변에 앉아 있는 사람들에게도 날아들었다. 그렇지만 십수 명도 넘는 인원 중 어떤 특별한 움직임을 보여주는 사람은 아무도 없었다. 그저 슬그머니 고개를 틀거나 기운을 끌어올려 최소한의 보호만 할 뿐이었다.

그도 그럴 것이 괜한 움직임으로 노기가 하늘 끝까지 뻗친 철포산(鐵抱山)의 눈에 잘못 띄었다간 어떤 치도곤을 당할지 몰랐기 때문이었다.

"또! 또 실패했단 말이더냐!"

마주하는 것만으로도 오줌을 지리게 만들 부리부리한 호목(虎目)에 떡 벌어진 어깨, 칠십 노구에 어울리지 않게 젊음을 유지하고 있는 철혈마단의 단주 철포산이 가슴 밑에서부터 치미는 화를 이기지 못하고 몸을 부르르 떨며 소리쳤다.

"벌써 며칠째냐?! 그깟 도관 하나를 점령하지 못해서 엉거주춤 시간만 허비하고 있는 것이?!!"

쩌렁쩌렁 울리는 질책에 모두들 자라목이 되었다.

"금기령주!"

"옛!"

금기령주 후설담이 벌떡 일어나며 대답했다.

가장 선봉에 서기에 실패에 대한 추궁은 이미 단단히 각오한 상태였다. 그의 표정이 사뭇 비장했다.

"사흘 안에 오룡궁(五龍宮)을 접수하겠다고 장담한 것 같은데?"

"죄송합니다."

"죄송하다는 말 따위를 듣고자 함이 아니다. 약속한 사흘이 닷새가 되고 벌써 열흘이 되고 말았다. 열흘 동안 대체 한 것이 무엇이냐?"

"적의 저항이 워낙 완강하여… 큭!"

대답을 하던 후설담이 가슴을 부여잡고 바닥을 뒹굴었다.

"어디서 그따위 것을 변명이라고! 그럼 네놈은 놈들이 서방을 맞이하는 계집처럼 다소곳이 반겨줄 줄 알았더란 말이냐? 한심한 놈 같으니."

힘겹게 일어난 후설담은 고개를 들지 못했다.

"피해가 어느 정도냐?"

"새, 새로 조직한 천리대 인원 서른둘과 혈루대와 참인대의 인원까지 포함하여 도합 육십구 명이 목숨을 잃었습니다."

"놈들은?"

"어림잡아 백이삼십은 쓰러뜨렸습니다."

"사천에서 투항한 놈들은 몇 명이나 동원했느냐?"

"이백 정도를 동원하여 백여 명 정도가……."

뒤에 말은 들어보지 않아도 뻔했다.

"자알 한다. 그래, 그만한 인원을 투입하고도 승리를 거두기는커녕 피해만 잔뜩 입고 돌아왔단 말이지!!"

철포산이 또다시 노호성을 터뜨렸다.

금기령과 그에 배속된 인원을 합하면 도합 삼백오십에 육박하는 인원이었다. 그 정도의 전력을 동원하고도 뚫지 못했다는 것을 이해할 수가 없었다.

또다시 손을 쓸 태세로 다가들자 보다 못한 나렴(邪簾)이 한숨을 내쉬며 그의 손을 잡았다. 철포산의 분노가 터진 지금 그를 막을 수 있는 사람은 어려서부터 목숨을 나누어가진 자신뿐이라는 것을 알고 있기 때문이었다.

"우리가 너무 쉽게 생각한 것일 수도 있네."

"뭐가?"

철포산이 잔뜩 화난 표정으로 되물었다.

"생각해 보게. 오룡궁이 뚫리면 놈들의 본거지인 자소궁(紫宵宮)이 코앞이네. 자네 말대로 누가 선선히 물러나 주겠는가? 놈들도 필사적으로 달려들고 있을 것. 애당초 금기령 정도의 인원으로 뚫으라는 것이 잘못된 것일 수도 있네."

"자소궁 따위가 뭐라고. 놈들의 본거지가 옥허궁(玉虛宮)으로 바뀐 지 이미 오래잖아. 우두머리 놈들은 금전(金殿)인가 뭔가 하는 곳으로 도망갔고."

"그렇다고 싸움을 포기한 것은 아니지 않은가?"

"은기령과 동기령은 지금도 승전보를 전해오고 있어."

"오룡궁만큼 요충지가 아니니까 그렇지. 누가 뭐라 해도 금기령주는 지금껏 가장 힘든 곳을 담당하면서 나름대로 뛰어난 선전을 해왔네. 너무 그렇게 몰아붙이지는 말게나."

"흥."

콧방귀를 뀌며 탐탁지 않은 얼굴을 해도 나름의 거듭되는 두둔으로 철포산의 노기는 약간 수그러든 것처럼 보였다.

"아무튼 한심한 일이야. 우리가 이곳에 도착한 지도 벌써 백 일이 넘었는데 얻은 성과라고는 고작 도관 몇 개를 점령한 것뿐이니."

"허허, 무당산에 산재한 도관의 삼 분지 이를 점령했으면서도 그런 소리를 하는가?"

나름이 쓴웃음을 지으며 고개를 흔들었다.

소림사는 물론이고 오대세가마저 무너진 지금 무당파와 정도맹이 버티고 있는 무당산은 사실상 정도무림 최후의 보루라 할 수 있었다.

무당에서마저 패하면 그것으로 모든 싸움이 끝나 버리는 것. 그것을 알기에 무당파와 정도맹의 무인들은 물론이고 사천의 압도적인 무위를 감당하지 못하고 무당산으로 패퇴한 각 지역의 여러 무인들 역시 치열하다 못해 처절한 대항을 하였다.

그런 상황에서도 철혈마단은 수많은 도관과 요충지를 점령하며 조금씩 승기를 잡아갈 정도로 엄청난 힘을 보여주고 있었다.

"우리가 이러고 있을 동안 나머지 삼천은, 아니지, 남천도 패천궁을 상대하느라 꽤나 고생하고 있다고 하니까……."

"패천궁뿐만 아니라 남쪽에서도 정체 모를 적에게 공격을 받고 있다더군."

"어쨌든 우리와 남천이 고생하고 있는 동안 북천이나 중천은 지금도 계속해서 세를 확장하고 있잖아. 처음에 우리를 지원하겠다고 하던 북천 놈들도 그저 생색이나 내는 정도이니. 참, 놈들 지부(支部)가 몇 개라고?"

철포산의 물음에 철혈마단의 두뇌 역할을 하는 요중(蓼蒸)이 그 즉시 대답했다.

"몇 개인지는 정확히 파악하기 힘드나 북천과 중천은 그들이 점령한 각 성에 적게는 두어 곳, 많게는 서너 곳의 지부를 두고 각 지부 밑으로 크고 작은 분타를 끊임없이 만들고 있습니다. 특히 중천의 세는 하루가 다르게 커지고 있어 오늘 다르고 내일이 다를 정도입니다."

철포산의 고개가 나렴에게 돌려졌다.

"그에 반해 우리가 점령한 곳은 고작 사천뿐이야. 이러니 내가 급해질 수밖에."

"이곳만 무너뜨린다면 최소한 호북과 호남은 우리에게 떨어지지 않겠는가? 너무 조급해하지는 말게. 자기들도 염치가 있으면 최소한 그 정도는 양보해 주겠지."

"흠."

철포산이 묵묵히 고개를 끄덕였다. 하지만 생각만큼 일이 간단치 않다는 것은 고개를 끄덕이는 철포산이나 말을 꺼낸 나렴 역시 느끼고 있었다.

"그건 그렇고……."

잠시 누그러졌던 철포산의 눈에서 또다시 화염이 들끓었다.

"그놈은 어찌 되었느냐?"

딱히 누구에게라고 말할 것 없이 묻는 질문인지라 서로들 눈치를 보기에 바빴다.

"그놈은 어찌 되었냐고 물었다!"

무시무시한 눈으로 쏘아보는 철포산과 모두의 시선이 자신에게 쏟아지는 것을 느낀 요증이 황급하게 입을 열었다.

"그, 그것이……."

"놈의 종적은 잡았느냐?"

"아, 아직……."

요증은 딱히 대꾸할 말을 찾지 못하고 떠듬거렸다.

"삼대봉공은?"

철포산이 음양쌍귀 중 아우인 뇌온과 마불이 목숨을 잃어 이제는 세 명뿐인 봉공들의 움직임을 언급했다.

"그분들도 별다른 소득을 얻지는 못한 듯싶었습니다."

"흑풍(黑風)과 백풍(白風)은 뭘 하고?"

"늘 간발의 차이로 놓친다고……."

"병신 같은 놈들!"

더 이상 가만히 듣고 있을 수 없었는지 철포산이 버럭 소리를 질렸다.

처음에 안평 분타가 무너지고 연속으로 두 곳의 분타가 무너졌어도 철포산은 그다지 신경 쓰지 않았다. 세 곳 모두 규모가 작은 분타였고 목숨을 잃은 수하들도 그다지 많지 않았기 때문이었다. 그저 단순히 살아남은 몇몇 불나방이 쓸데없는 분탕질하는 것이라 여기면 그만이었다.

그러나 단 이십 일 만에 추가적으로 네 곳의 분타가 맥없이 무너지고 각 분타를 무너뜨린 적의 정체가 죽은 줄로만 알고 있었던 을지호라는 것이 드러나자 상황은 급변할 수밖에 없었다.

그렇잖아도 유일한 핏줄이자 장차 철혈마단을 이어받을 손자를 애꾸로 만든 을지호에 대해 노할 대로 노해 있던 철포산은 그 즉시 철혈마단의 최정예이자 계속되는 전투에서도 아끼고 쓰지 않았던 흑풍과 백풍을 후미로 돌려 을지호를 쫓게 하였다.

그는 고작 두 명의 적을 상대하는 데 흑풍과 백풍을 모두 동원하는 것은 있을 수 없는 일이라고 반대하는 수하들의 의견을 간단히 묵살하고 동료를 잃은 봉공들이 추격을 하겠다고 요청하자 두말없이 수락하였다. 그만큼 을지호를 척살하기 위한 철포산의 의지는 대단했다.

그것은 비단 손자에 대한 일뿐만이 아니라 사천성을 공략하고 대파산을 넘으면서 을지호에 당한 피해가 말로 표현할 수 없을 만큼 컸기 때문이었다. 하지만 보름이 지난 지금 결과는 무척이나 실망스런 것이었다.

두 곳의 분타가 더 무너졌다는 소식은 날아들었지만 을지호의 종적을 발견했다는 소식은 전혀 없었다.

철혈마단의 최정예인 흑풍과 백풍에 봉공들까지 투입하고도 아무런 소득이 없자 철포산의 인내력은 마침내 한계에 다다랐다.

"요중!"

"예, 단주님."

요중이 바싹 긴장하여 대답했다.

"특단의 대책을 강구해야 할 때인 것 같다. 지금부터 내가 하는 말을 단 한 자도 빠뜨리지 말고 흑풍과 백풍에게 전해라."

"존명!"

철포산은 긴장한 채 명을 기다리는 요중과 궁금함으로 이목을 집중하고 있는 수하들을 응시하여 살며시 이맛살을 찌푸렸다.

*   *   *

"으아악!"

"불이야!!"

사위가 어둠에 잠긴 깊은 밤, 분타를 뒤흔드는 비명성과 울부짖음이 철혈마단의 사천성 관도(官渡) 분타에 울려 퍼졌다.

한참 꿀맛 같은 잠을 청하고 있다가 난데없는 비명 소리에 황급히 문을 박차고 나선 이들은 불길로 인해 대낮같이 밝혀진 주변을 보며 기겁하지 않을 수 없었다. 그리곤 누구의 명령이라고도 할 것 없이 불을 끄기 위해 죽을힘을 다했다.

그러나 불길은 쉽게 잡히지 않았다.

불길은 어느 한곳이 아니라 이곳저곳에서 동시다발적으로 일어난

데다가 때마침 북서풍마저 강하게 부는지라 아무리 물을 붓고 흙을 뿌려도 소용이 없었다. 바람이 들이닥칠 때마다 널뛰기하듯 번져 나간 불길은 삽시간에 관도 분타 전체를 뒤덮어 버렸다.

불길이 치솟은 지 반 각도 되지 않아 관도 분타는 전소(全燒)의 위기에 맞닥뜨렸다. 하나 그들에게 들이닥친 진정한 위기는 불이 아니라 불길을 잡느라 정신이 없는 그들을 향해 은밀히, 그러면서도 너무나도 정확하게 날아드는 화살이었다.

을지호와 사마유선이 날리는 화살은 한 치의 어긋남도 없이 철혈마단의 무인들을 쓰러뜨리고 있었다.

화살을 맞은 이들은 제대로 비명도 지르지 못했고 지른다 하여도 아수라장이 되어버린 상황에서 그 비명 소리에 신경 쓸 사람은 아무도 없었다.

불은 거의 모든 건물을 불태운 후에야 조금씩 사그라들었는데 그 짧은 시간 동안 근 이십에 이르는 철혈마단의 무인들이 목숨을 잃어갔다.

"이, 이럴 수가!"

한참 후에야 사태를 파악한 분타주 낭한(郎漢)의 입에서 경악성이 터져 나왔다.

"고, 공격이 있었단 말인가?"

좌중을 둘러보며 물어도 모두 멀뚱멀뚱 서 있을 뿐 그에 대한 답을 해줄 수 있는 사람은 존재하지 않았다.

"마적(麻赤)! 마적은 어디 있느냐?"

낭한이 이리저리 고개를 돌리며 부분타주 마적을 불렀다.

대답은 들려오지 않았다.

대신 그는 무너져 내린 건물 근처에 쓰러져 있는 마적을 발견할 수 있었다. 열기 때문인지 머리카락의 절반이 그슬렸고 무엇 때문에 목숨을 잃은지 모르겠다는 듯 부릅뜬 눈엔 두려움과 공포가 가득했다.

"도대체 누구냐! 감히 어떤 놈이 이따위 짓을 저지른 것이냐?!"

갑자기 검을 빼 든 낭한이 엉거주춤 서 있는 이들을 노려보며 소리쳤다. 당장에라도 목을 베어버리겠다는 살벌한 기세에 함부로 입을 여는 사람은 없었다.

낭한의 검이 움직였다.

"크악!"

그의 검에 가까이에 있던 한 사내의 목이 단말마의 비명과 함께 허공으로 튀어 올랐다.

"모조리 뒈지고 싶은 것이냐? 죽기 싫으면 빨리 말해라! 어떤 놈이냐!"

낭한이 시뻘건 피로 물들인 검을 휘두르며 소리쳤다. 한데 바로 등 뒤에서 나직한 탄식성이 터져 나왔다.

"후~ 무식한 놈 같으니. 그렇게 다짜고짜 검을 휘두를 줄이야."

탄식을 터뜨린 사람은 다름 아닌 을지호였다.

그는 땅에 쓰러진 사내를 보며 인상을 찌푸렸다. 조금만 빨리 움직였어도 구할 수 있는 목숨이었기에 안타까움이 더했다.

"누구냐?"

몸을 돌리는 것과 동시에 검을 휘두르는 낭한. 한껏 살기를 내뿜는 검이 섬전과도 같은 빠름으로 을지호의 목숨을 노리며 짓쳐 들었다.

"꽤나 날카롭군 그래."

하나 이죽거리는 말투로 보아 그리 생각하지 않는 듯했다.

을지호는 슬쩍 발걸음을 움직이는 것으로 간단히 검을 피하고 들고 있던 철궁으로 낭한의 손목을 후려쳤다.

"큭!"

외마디 비명과 함께 검을 떨어뜨린 낭한은 반격할 엄두도 내지 못한 채 재빨리 뒤로 물러났다.

곧바로 비아냥이 뒤따랐다.

"도망가는 것은 빠르구만."

"네, 네놈은!"

손목을 어루만지며 을지호를 살피던 낭한은 관도 분타를 불태우고 수하들의 목숨을 빼앗은 적이 누구인지 한눈에 알아보았다.

"삼시파천!"

"호~ 나를 아는 모양이군."

어찌 모르겠는가?

사천성을 공략할 때부터 부딪치기 시작하여 대파산에서 절정을 이룬, 삼시파천 을지호라는 이름은 철혈마단의 무인들에겐 저승사자보다 더 무서운 이름이었다. 더군다나 최근에 그에게 당한 분타가 하나둘이 아닌 상황이고 보니 낭한은 그저 들고 있는 철궁만으로도 상대가 누구인지 금방 파악할 수 있었다.

"설마 하니 이곳까지 공격할 줄은 몰랐다."

상대의 정체를 파악한 낭한은 오히려 차분한 모습으로 변했다.

"공격 못할 이유가 없지."

"이유는 분명 있지만 아직 듣지 못한 모양이군. 아니면 무시할 만큼

얼음 같은 냉정함을 지니고 있던지."

순간, 조금 떨어진 곳에서 둘의 대화를 듣고 있던 사마유선의 눈가에 이채가 피어올랐다. 낭한의 말투에서 뭔가 이상한 것을 느낀 것이었다. 하지만 그런 의문을 풀기도 전에 낭한의 입가에선 피가 흐르고 있었다. 죽음을 벗어날 수 없다고 판단하여 스스로 심맥을 자른 것이었다.

"후… 회할 것이다."

낭한은 뜻 모를 한마디를 내뱉고는 힘없이 고개를 꺾고 말았다.

"이거야 원."

손을 쓰지도 않았고 채 몇 마디 나누지도 않았건만 낭한이 그토록 갑작스레 목숨을 끊을 줄은 예상하지 못했기에 을지호는 다소 난감한 표정으로 고개를 흔들었다.

"무슨 뜻일까요?"

그의 곁으로 다가선 사마유선이 물었다.

"뭐가?"

고개를 돌려 되묻는 을지호의 시선은 부드럽기 그지없었다.

"저자의 말이 마음에 걸려요. 특히 마지막 말이."

사마유선의 안색이 살짝 어두워졌다.

"헛소리니까 신경 쓸 것 없어."

"하지만……."

"뻔한 소리라니까. 자신이 지키고 있는 분타는 공격당할 줄 몰랐다는 소리. 자만심이 머리끝까지 차 있는 놈들이니까."

지금껏 그들이 무너뜨린 분타의 수뇌들의 반응은 거의 한결 같았다.

설마 공격당할 줄은 몰랐다는 경악에 찬 모습들.

한데 이번만은 그게 아닌 모양이었다. 그것은 그를 향해 조심스레 다가오는 사람들의 표정에서 극명하게 드러났다.

"삼시파천 을지호 대협이시오?"

초로(初老)에 이른 노인이 정중히 예를 갖춰 물었다.

"대협은 아니지만 소생이 을지호는 맞습니다."

을지호도 공손히 대답했다.

"역시… 소문은 익히 들었소이다. 또한 눈부신 활약상도. 노부는 이한상(李限嘗)이라 하외다."

노인은 자신의 사문이나 가문을 밝히지 않고 그저 이름만을 간단히 밝혔다. 철혈마단에 굴복한 모습이 부끄러웠기 때문이리라.

"이 노인이셨군요. 뵙게 되어 반갑습니다."

"후~ 위명이 자자한 을지 대협을 만나게 되어 노부 또한 반갑기 그지없소. 하나 그렇게 반가워할 수만은 없으니 안타까운 일이구려."

노인의 얼굴에 그늘이 졌다. 그렇지 않아도 주위의 분위기가 그다지 우호적이지 않았다는 것을 의식하고 있던 사마유선이 재빨리 입을 열었다.

"무슨 일이라도 있는 건가요?"

이한상이 힐끗 시선을 던지더니 나지막이 한숨을 내쉬었다.

"분타주 말대로 아무것도 모르는 모양이구려."

"무엇을 말씀이세요?"

사마유선이 황급히 되물었다.

"철혈마단에서 두 분을 잡기 위해 혈안이 되어 쫓고 있는 것은 아실 것이오."

을지호와 사마유선이 동시에 고개를 끄덕였다.

"하지만 두 분이 이토록 건재하다는 것은 그들이 아무런 소득도 얻지 못했다는 것. 문제는 이에 분노한 철혈마단의 단주가 수하들에게 차마 입에 담기 어려운 끔찍한 명을 내렸다는 것이오."

"어떤 명령입니까?"

을지호의 음성이 절로 심각해졌다.

"명령이 떨어졌다는 것은 확실하나 정확히 뭐라고 명령을 내렸는지는 모르겠소. 다만 이후에 벌어진 상황을 보면서 그 내용을 짐작하는 것뿐."

다시 말문을 닫은 이한상이 깊은 한숨을 내뱉더니 말을 이었다.

"두 분께서 무너뜨린 분타의 인근 문파들이 모조리 멸문을 당하였소."

을지호와 사마유선은 이한상의 말을 쉽게 이해하지 못했다. 애당초 대항을 했던 문파들은 이미 멸문을 당한 지 오래지 않던가.

그들의 마음을 알기라도 하듯 이한상이 몇 마디를 덧붙였다.

"멸문을 당한 이들은 모두 놈들에게 고개를 숙이고 들어간 군소문파들이었소. 무공을 익힌 사람들은 물론이고 무공을 익히지 않은 어린아이들과 아녀자들까지 무차별적으로 쓸어버렸다는 소문이오."

을지호의 눈이 경악으로 물들었다.

"그렇다면 철혈마단주가 내린 명령이란 것이……."

떨리는 음성에 이한상이 힘없이 고개를 끄덕였다.

"아마도 두 분에게 공격을 당하거나 분타가 무너지면 그 대가로 이유를 불문하고 인근의 모든 문파를 제거하라는 천인공노(天人共怒)할 명령 같소."

"하지만 이미 항복하지 않았습니까?"

"놈들에겐 항복을 하거나 하지 않거나 차이가 없을 것이오. 혹 누성(淚城) 분타를 아시오?"

"사흘 전에 무너뜨린 곳입니다."

"역시 그럴 줄 알았소."

"그, 그렇다면 혹시……."

불안해하는 을지호의 시선을 보며 이한상이 한숨을 내뱉었다.

"오늘 아침에 들려온 소식에 의하면 인근 문파들의 씨가 말랐다고 하외다."

"……."

을지호와 사마유선의 안색은 이미 굳을 대로 굳어 있었다.

"문제는 우리도 곧 그 꼴이 되리라는 것이외다! 잘나디잘난 누구 덕분에."

이한상의 뒤에서 노골적으로 적의를 드러내고 있던 장한이 소리쳤다.

"어허! 함부로 입을 놀리지 말게."

"제 말이 틀렸습니까, 어르신? 명성이 자자한 저자야 그냥 그러려니 하고 물러나면 그만이지만 그 뒷감당은 누가 해야 합니까? 고스란히 우리들의 몫입니다."

"그만 하라니까!"

"제 목숨은 상관없습니다. 까짓 칼밥을 먹고사는 처지에 목숨 따위에 연연하지는 않습니다. 하지만 가족들은 무슨 죄가 있습니까? 아무 것도 모르는 여편네며 토끼 같은 애들은 이제 어쩐란 말입니까?"

이한상의 만류에도 불구하고 언성을 높이는 장한의 표정은 절박하기 그지없었다.

처음 명성 운운하며 비웃음을 보내는 그의 말에 차갑게 안색을 굳히던 을지호도 절망에 빠진 그의 표정을 보며 결국 아무런 말도 할 수가 없었다.

"이해해 주시구려. 본심은 아닐 것이외다. 다만 답답한 마음에… 후~"

답답하기는 이한상도 마찬가지였다. 그리고 어찌 가족들과 제자들의 안위가 걱정되지 않을 것인가. 하지만 이는 단순히 누구 한 사람의 공격 때문이 아니라 어쩌면 철혈마단에게 고개를 숙이고 목숨을 구걸한 순간부터 이미 예견된 수순일 수도 있었다. 그들에게 변변한 대항도 하지 못하고 굴복한 이들은 그저 쓰고 버리는 한낱 소모품에도 미치지 못했으니까.

"우리들은 단지 철혈마단을 견제하기 위해서 벌인 일인데 일이 그렇게 되고 말았군요. 여러분께 피해를 줄지는 정말 몰랐습니다. 죄송합니다."

을지호가 진심으로 고개를 숙였다.

"대협께서 죄송할 것이 무엇이 있겠소? 놈들의 행동이 잔악(殘惡)한 것이지."

"그리 말씀해 주시니 고맙습니다만 우리들로 인해 벌어진 일. 책임을 지겠습니다."

"그게 무슨 말이오?"

갑작스런 을지호의 말에 놀란 이한상이 되물었다.

"이곳에 남도록 하겠습니다."

순간, 사마유선이 당황한 눈빛으로 을지호의 팔 소매를 잡아채며 눈치를 주었다.

"소문이 사실이라면 이곳도 피로 물들게 될 거야. 그걸 알면서도 모른 체하고 그냥 돌아갈 수는 없어."

슬며시 손을 뿌리친 을지호가 담담하게 입을 열었다.

"하지만 작심하고 쫓는 놈들을 감당할 수 있을까요? 지금껏 은밀히 행동한 것도 놈들의 추격을 의식해서 그런 것이잖아요."

"그거야 모르지."

을지호는 이미 결심을 굳힌 듯했다.

말려봐야 소용없다는 것을 알고 있던 그녀는 짧은 한숨과 함께 뒤로 물러났다.

한데 바로 그때였다.

"그건 아니 되오!"

둘의 대화를 가만히 듣고 있던 이한상이 미간을 한데 모으며 강하게 고개를 흔들었다.

을지호와 사마유선은 그의 예상치 못한 행동에 의아해하지 않을 수 없었다. 쌍수를 들어 환영해도 부족하련만 오히려 거부를 하다니 이해가 되지 않았다.

둘의 표정에서 그들이 어떤 생각을 하고 있는지 읽어낸 이한상이 더욱 목소리를 높였다.

"비록 이런 촌구석에 있으나 우리는 무림이 사천의 악도들에게 장악당하기 일보 직전의 상황이고 놈들에 대항해 이곳저곳에서 치열한 싸움이 벌어지고 있다는 것도 알고 있소이다. 지금은 놈들에게 굴복하여 비굴한 목숨을 연명하고 있지만 그래도 한때는 의기와 정의를 논하며 당당했던 적이 있던 터, 도움을 주지는 못할망정 을지 대협 같은 분을 위기에 빠뜨릴 수는 없소이다."

"그리되면 여러분의 목숨이……."

"물론 위험할 것이오. 그러나 대협께서 남는다고 위협이 사라지는 것은 아니외다."

그는 을지호가 뭐라 대꾸할 틈도 주지 않고 고개를 돌리더니 불만을 털어놓았던 장한을 비롯하여 주변 사람들에게 소리쳤다.

"내 말이 틀렸는가?"

"……."

대답은 들려오지 않았다.

"감정적으로 생각하지 말고 냉정하게 생각해 보게. 무엇이 옳고 그른지를."

"젠장, 난 모르겠습니다."

선두에 섰던 장한이 고개를 홱 돌렸다.

여전히 불만 어린 표정. 그러나 더 이상 반발은 하지 않았다. 이한상의 말대로 어차피 물은 엎질러진 것이었고 다시 주워 담는다고 될 일도 아니었다.

모인 사람들의 대체적인 반응도 장한과 다르지 않았다. 다들 체념하다시피 한 표정에선 걱정과 두려움이 교차했으나 처음과는 달리 적의는 많이 사라진 상태였다.

"하면 어찌하실 생각입니까?"

을지호가 걱정스럽게 되물었다.

"언젠가는 이와 같은 일이 벌어질 것이라 예상하고 있었소. 그에 대한 준비도 조금씩 해두었고. 놈들에게 우리의 신세는 집에서 부리는, 하루하루 죽어라 일만 하다 죽을 날만 기다리는 짐승과 같았으니까. 아무튼 갑작스레 닥쳐 어찌 될지는 잘 모르나 몸을 피할 약간의 여유는 있을 것이오. 놈들이 아무리 대단하여도 뿔뿔이 흩어져 도주하는 우리 모두를 쫓을 수는 없을 것이고 또한 근처 관청(官廳) 쪽으로 몸을 피하면 구차한 목숨 어찌어찌 연명할 수는 있을 게요. 하니 대협께선 함부로 목숨을 버리려 하지 말고 우리를 대신해 놈들과 싸워주시오."

"어르신……."

"우리가 할 수 있는 것이라곤 고작 이 정도뿐이라오. 함께 싸울 용기도 없다고 너무 욕하지는 마시구려."

이한상이 허탈한 미소를 흘렸다.

"욕이라니요! 제가 어찌 어르신과 여러분께 욕을 하겠습니까? 목숨을 위태롭게 만든 죄도 크거늘."

을지호는 당치도 않다는 듯 힘껏 고개를 내저었다.

말은 쉽게 하고 있어도 을지호는 이한상의 말대로 그들이 철혈마단의 마수에서 몸을 건사하기가 쉽지 않다는 것을 알고 있었다. 관에서 직접적으로 관여를 한다면 모를까 관에서 끼어들 가능성이 상당히 희박하다는 것을 감안하면 꽤나 많은 이들이 목숨을 잃을 것이다.

"차라리 우리와 함께 무당산으로……."

말을 꺼내면서도 그것이 불가능하다는 것을 알기에 을지호는 끝까지 말을 잇지 못했다.

이한상이 씁쓸한 미소를 지었다.

"말씀은 고마우나 우리들만이라면 모를까, 가족들까지 데리고 움직이는 것은 불가능하외다."

"그렇지만……."

안타깝고 미안한 마음에 을지호는 어떻게든 도움을 주려고 하였다.

"이미 끝난 사안이니 더 이상 재론하지 마시구려. 자자, 다들 무엇하고 있는가? 한시가 급하네. 그나마 숨 쉬는 목숨 연명하고 싶거든 어서들 움직이게나. 대협께서도 이만 떠나시는 것이 좋겠소이다."

이한상은 일사천리로 주변을 정리하고 정중하게 예를 차리며 몸을 돌렸다.

끝까지 당당한 태도와 여유있는 말투로 인사를 했으나 을지호는 고개를 돌리는 그의 옆모습에서 어둡기 그지없는 표정을 읽을 수 있었다. 가슴이 답답해져 왔다.

"어떻게 하지요?"

사마유선의 물음에 을지호가 고개를 흔들었다.

"후~ 모르겠는걸. 정말 어찌해야 할지……."

"그러게요. 놈들이 그런 짓을 할 줄은 꿈에도 몰랐어요."

"차라리 싸울까?"

"좋은 생각은 아닌 것 같아요."

"좋은 생각이 아니라는 것은 알지만……."

슬쩍 고개를 돌린 을지호는 침울한 표정으로 어둠 속으로 사라지는 이들의 등을 한참 동안이나 바라보았다.

"후~ 돌아가야겠어."

"네?"

"놈들이 이런 식으로 나오는데 더 이상 기습은 의미가 없어. 엉뚱한 이들의 피해만 커질 뿐이야."

그녀 역시 같은 생각인지 반대를 하지 않았다.

"그럼 어디로?"

"일단 무당산으로 가서 사태 추이를 지켜보고 남궁세가의 식솔들에 게 돌아가야지. 오래 떨어져 있었더니 아무래도 불안해. 뭐, 그 난리를 겪고서도 일단은 무사하다니까 다행이지만."

"소문에 의하면 무사한 정도가 아니던데요."

슬그머니 다가와 팔짱을 끼는 사마유선의 입가에 살며시 미소가 지 어졌다.

"나름대로 대단한 활약을 펼치는 것 같아요, 그들도."

제 47 장

위지황(尉遲皇)

위지황(尉遲皇)

하남성 상성현(商城縣) 외곽의 한 허름한 관제묘(關帝廟).

평소 인적이 드문 그곳에 일단의 무리들이 은밀히 숨어든 것은 정확히 나흘 전부터였다.

거의 육십에 이르는 인원들.

대다수는 관제묘 밖 숲이나 나무 위 등에 안식처를 마련하고 은신하였는데 그들은 앞으로 있을 싸움에 대비하여 편안히 휴식을 취하면서 한시도 경계의 눈초리를 거두지 않았다.

잠깐의 방심이 돌이킬 수 없는 참화를 불러올 수 있다는 것은 그간의 경험으로 이미 알고 있었다. 또한 목숨을 바쳐서라도 관제묘를 지켜야 했다. 아니, 정확히 말하자면 그들은 관제묘 안에서 머리를 맞대고 있는 인물들을 지켜야만 했다.

어두컴컴한 관제묘 안은 작은 등잔 하나만이 힘겹게 주변을 밝히고 있었다.

딱히 의자도 없이 그냥 땅바닥에 주저앉아 있는 십여 명의 사람들. 다름 아닌 남궁민을 중심으로 한 남궁세가의 인물들과 개방의 방도들 및 사천에 대항해 간신히 목숨을 부지한 군소문파의 무인들이었다.

"어떤가요?"

남궁민이 누군가를 향해 물었다. 그러자 그녀와 정반대에 앉아 있는 한 노개(老丐)가 탄식 어린 음성으로 대답했다.

"계속해서 살피고 있습니다만 놈들의 감시망이 워낙 치밀하여 쉽지가 않소이다. 조금 더 시간이 필요할 듯합니다."

지금은 무너졌지만 한때는 개방의 호북총타를 책임지던 장로 풍찬(風粲)의 낯빛에 곤혹스러움이 스쳐 지나갔다.

"큰일이군요. 벌써 사흘이나 지났어요. 너무 오래 지체했다간 낭패를 볼 수도 있는데."

남궁민이 짧은 한숨과 함께 미간을 찌푸렸다.

그녀의 바로 곁에 앉아 있던 청년이 재빨리 입을 열었다.

"하하하, 너무 걱정하지 마십시오. 초번 형님과 곡양(曲暘) 선배께서 직접 나섰으니 좋은 소식이 있을 겁니다."

그는 심각하기만 한 주변의 분위기와는 너무나 완벽하게 동떨어지는 밝은 얼굴이었다.

"위 공자님의 말씀대로라면 정말 다행이지요."

남궁민이 빙그레 웃음 지었다.

"제 말이 틀림없다니까요. 안 그렇습니까, 뇌전 형님?"

곧바로 뇌전의 핀잔이 날아들었다.

"왜 안 나서나 했다. 임마, 지금이 그렇게 실실 웃을 때냐? 까딱 잘못하면 일이 틀어질 수도 있는데."

"그렇다고 울 수는 없잖아요. 걱정한다고 뾰족한 수가 나오는 것도 아니고."

"시끄러! 아무튼 주둥이에 뭘 처발랐는지 그저 말만 번드르르 해서는."

상대해 봐야 골만 아프다는 듯 고개를 절레절레 내젓는 뇌전. 그의 모습을 보며 다들 웃음을 보였다.

"그나저나 초번이 올 때가 지났는데……."

힐끗거리는 시선으로 관제묘의 입구를 살피는 뇌전의 얼굴이 살짝 어두워졌다. 새벽녘에 정찰을 나간 초번이 돌아올 시간이 한참이나 지났는데도 깜깜무소식이었기 때문이다.

끼이이이!

그의 말이 끝나기가 무섭게 낡아 빠진 관제묘의 문이 요란한 마찰음과 함께 활짝 열리고 정찰 나갔던 초번이 모습을 드러냈다.

"누구 죽는 꼴을 보고 싶냐? 대낮에 돌아다닐 수는 없잖아."

안으로 들어서자마자 한소리 해댄 그가 남궁민을 향해 허리를 숙였다.

"조금 늦었습니다."

"무사히 돌아와서 다행이에요."

남궁민이 초번과 그를 뒤따라오는 곡양에게 안도의 표정을 내보이며 어서 앉으라는 신호를 보냈다.

그들이 앉기가 무섭게 풍찬이 황급히 물었다.

"그래, 어떠냐? 자세히 살펴보았느냐?"

"예, 장로님. 가능한 한 최대한 꼼꼼히 살폈습니다."

"달라진 것이라도 있느냐? 새로운 소식이라도?"

거듭되는 풍찬의 채근에 초번이 곡양을 대신하여 대답했다.

"제가 말씀드리겠습니다."

"자네가? 알았네. 그래, 공격이 가능하겠는가? 인원이 더 추가되었다거나 그러지는 않았는가?"

"그렇습니다. 아직까지 그런 기미는 보이지 않았습니다."

"자세히 말씀해 보세요."

남궁민이 신중한 어조로 입을 열었다.

"우선 놈들이 점령하여 상성(常性) 분타로 삼고 있는 현무관(玄武館)에 상주하는 총 인원은 대략 백여 명 정도입니다. 그중 단순히 허드렛일을 하는 자들을 제외한 중천의 무인들은 약 오십 명으로 추정됩니다."

"추정은 안 돼. 정확해야지."

강유가 말을 자르고 나왔다.

"최대한 정확히 알아낸 것입니다. 현무관에 잠입하지 않고는 이 이상은 힘듭니다."

"계속하세요."

뭐라 더 말을 하려던 강유를 제지한 남궁민이 설명을 재촉했다.

"분타주는 무명도(無名刀) 이소유(李少柳)라는 자로 상당한 명성을 얻고 있는 자입니다. 실력은 강 호법과 비슷한 수준으로 파악됩니다."

"확실한 거냐? 지난번처럼 되도 않는 실력을 지닌 고수는 아니겠 지?"

뇌전이 진저리를 치며 물었다.

무당산 인근과 패천궁의 영역을 제외한 무림의 전 지역이 사천의 수 중에 떨어진 이후 그들에 대항한다는 것은 자살 행위나 마찬가지였다. 그러나 몸을 숨기고 을지호를 기다리자는 강유와 해웅의 만류에도 남 궁민은 독자적으로 사천에 대항할 것을 결정했고 지금껏 싸움을 이어 오고 있었다.

그 과정에서 풍찬을 비롯하여 개방의 인물들과 몇몇 몰락한 문파의 무인들이 합세하여 인원도 제법 늘었다. 그래 봤자 사천이 각 지역에 세운 분타 하나를 상대하기가 버거울 정도인지라 정면 대결을 벌인다 는 것은 계란으로 바위를 때리는 격이었다.

결국 정면으로 싸움을 할 수 없었던 그들은 오직 기습 공격만이 최 고의 수단이라는 것을 인지하고 목표를 정하면 그 목표물에 대해 몇 날 며칠을 철저하게 조사하였다.

인원과 장비는 물론이고 언제, 누가 어떤 식으로 움직이고 이동을 하는지까지 파악하였다. 목표물에 감당하기 힘든 고수가 한 명이라도 있으면 모든 계획을 접고 과감하게 포기하였다. 다소 무리를 한다면 성공할 수도 있었으나 만에 하나 무리수가 통하지 않았을 경우 뒤에 닥칠 결과는 상상조차 할 수 없었기 때문이다.

이 모든 것은 풍찬을 필두로 한 개방 제자들의 뛰어난 정보 수집력 과 초번의 뇌리에 각인되어 있는 세력과 인물편의 내용이 있었기에 가 능한 일이었다.

하지만 모든 일에 완벽이란 있을 수 없었다.

지금껏 일곱 번의 계획을 세워 그중 여섯 번을 성공했지만 단 한 번 뼈저린 실패를 맛보았다.

달포 전, 오랜 준비 기간을 거쳐 장경(長庚) 분타를 공격하던 때였다.

만반의 준비를 마치고 전격적으로 기습을 펼쳤건만 그들의 정보력을 비웃는 일이 벌어지고 말았다.

개방의 정보와 인물편에 기록된 내용을 바탕으로 충분히 감당할 수 있으리라 여겼던 분타주 조욱(曹旭)이 세간에 알려진 것과는 달리 본신의 실력을 철저하게 숨긴 고수임이 드러났던 것이다.

결과적으로 남궁민과 강유의 눈물 겨운 합공으로 그에게 부상을 입히고 간신히 도주에 성공을 하긴 했으나 그 한 번의 싸움으로 인원이 절반으로 줄어들고 말았다. 그나마 그 정도의 피해에 그친 것을 감사해야 했다. 하마터면 돌이킬 수 없는 지경에 이를 뻔하였으니까.

뇌전은 바로 그때의 일을 언급한 것이었다.

"후~ 그렇게 따지자면 현재 놈들이 어느 정도의 실력을 지녔는지 아무도 모르겠지. 워낙 실력을 감추고 있던 놈들이 많으니. 그래도 이번만큼은 확실히 믿어도 될 것 같다."

"어째서?"

"과거 전력이 있어. 천풍객(天風客) 황석종(黃昔從)과 양패구상한 전력이."

"흠, 그렇다면 다행이지."

뇌전은 황석종이 누군지 알지 못했다. 다만 초번이 그토록 자신있게 말하는 것을 보며 그냥 그러려니 하는 것이었다. 그것은 남궁민이나 강유 등도 마찬가지였다.

"천풍객과 승부를 겨룬 적이 있단 말인가? 그리고 양패구상이라…
잘되었군."

다른 사람은 몰라도 풍찬은 천풍객 황석종이 누구인지 알고 있는 듯
했다.

"아시는 자입니까?"

"조금 안면이 있네. 나름대로 실력은 있는 친구였지. 분명 조욱 같
은 고수는 아닐세."

"잘되었군요."

가만히 듣고 있던 남궁민이 두말하지 않고 고개를 끄덕였다.

풍찬의 안색이 밝아졌다는 것은 초번의 말에 신빙성이 있다는 것을
의미하는 것. 다소 안심이 되는지 길게 숨을 내뱉은 그녀가 초번에게
시선을 주었다.

초번이 끊어졌던 설명을 다시 시작했다.

"이소유 이외에 다소 경계해야 할 인물은 추소열(追消熱)이라는 자
가 있습니다. 과거 이소유에게 패한 전력이 있지만 그에 버금가는 고
수로 생각됩니다. 이 둘 이외에도 열 명 내외의 인물이 상당한 실력을
지니고 있습니다. 싸움이 벌어지면 우선적으로 그들부터 제거해야 할
것입니다. 일단 그들만 제압한다면 비교적 쉽게 일을 끝낼 수 있을 것
같습니다."

"같은 생각이신가요?"

남궁민이 곡양에게 물었다.

"예."

곡양이 고개를 끄덕여 동의하자 남궁민이 좌중을 둘러보며 입을 열었다.

"좋아요. 다소 불안하기는 하지만 이 정도의 정보면 충분하다고 봐요. 공격하도록 하지요."

풍찬이 물었다.

"언제쯤이 좋으시겠소?"

그의 질문에 잠시 침묵을 지키던 남궁민이 곧 힘주어 말했다.

"이 밤은 넘기지 말아야겠지요."

"크윽!"

악다문 입술 사이를 뚫고 나오는 신음 소리.

치명적인 상처는 아니었으나 살이 갈라지고 뼈가 드러나며 느껴지는 고통은 장난이 아니었다.

어깻죽지에서 시작하여 전신을 관통하는 고통을 애써 참으며 간신히 중심을 잡은 강유는 여전히 호전적인 자세인 이소유를 바라보았다.

"내가 이긴 것 같소."

강유가 당당히 어깨를 펴고 말했다.

자신의 패배가 믿기지 않는 듯 흔들리는 눈동자로 강유를 응시하던 이소유는 참담한 표정을 지으며 대꾸했다.

"아무래도 그런 것 같군. 나도 빠르다고 자부했건만… 꽤나 빠른 검이었다."

그의 가슴 어귀에서 조금씩 붉은 피가 배어나왔다. 강유의 검이 남긴 흔적이었다.

"운이 좋았을 뿐이오."

강유는 진심 어린 어투로 입을 열었다.

그의 말대로 단 일 합으로 결정된 둘의 싸움은 누가 우위에 있다고 확실히 말하기가 힘들 정도로 박빙이었다. 다만 패배라는 것을 조금도 생각지 않고 약간은 여유롭게 싸운 이소유에 비해 강유는 반드시 그를 제거하고야 말겠다는 강한 의지가 있었고 그 약간의 심리적 차이가 지금의 결과를 가져온 것이었다.

"누군가 그러더군, 운도 실력이라고. 그러나 승부를 떠나 오늘의 일만큼은 그대들에게 결코 좋은 운이라고 말할 수는 없으니……."

이소유는 뜻 모를 말을 남기며 힘없이 꼬꾸라졌다.

강유는 그가 남긴 마지막 말이 다소 마음에 걸렸지만 적의 우두머리를 제거했다는 안도감에 애써 무시했다. 그리고 전황이 어찌 돌아가는지 살피기 시작했다.

동이 틀 무렵 전격적으로 시작된 기습은 대성공이었다.

생각보다 강했지만 강유가 이소유를 제거했고 추소열을 상대하는 해웅도 확실한 승기를 잡았다. 나머지 핵심 고수와 치열하게 싸우는 뇌전, 초번 등도 다소간 우위를 보여주고 있었고 남궁민과 풍찬이 중심에서 싸움을 독려했다. 특히 후위에서는 천뢰대가 확실한 지원 사격을 했는데 그들의 화살은 한 치의 어긋남도 없이 적의 목숨을 노렸다.

"성공이구나."

강유가 다친 상처를 어루만지며 안도의 한숨을 내쉬었다. 곳곳에서 여전히 치열한 싸움이 벌어지고는 있었으나 승기는 이미 기울어진 것이나 다름없었다.

한데 바로 그때였다.

쐐애액!

귀청을 울리는 파공성과 함께 그다지 넓지 않은 현무관을 가로질러 날아가는 물체가 있었다. 이어 울려 퍼지는 신음성.

"크윽!"

궁지에 몰아넣은 추소열에게 승리를 확정 짓는 최후의 일타를 날리려던 해웅의 거대한 몸이 삼 장이나 날아가 처박혔다.

"해웅!"

기겁을 한 강유가 허공으로 몸을 띄웠고 치열하게 펼쳐졌던 싸움도 한순간에 멈춰 버렸다.

"크으으."

대 자로 뻗은 몸을 일으키려 노력하는 해웅은 자신의 아랫배에 깊숙이 박혀 있는 창을 바라보며 믿을 수 없다는 표정이었다. 비록 금강불괴(金剛不壞)의 경지에 이르지는 못했지만 웬만한 도검은 물론이고 검기의 수발을 자유자재로 할 정도의 고수가 아니라면 상처 하나 입지 않는 몸이 아니던가. 한데 난데없이 날아온 창은 그런 자신감을 일거에 무너뜨려 버렸다.

"괜찮은 거냐?"

어느새 곁으로 다가온 강유가 부축을 하며 물었다.

"모, 모르겠다. 힘이 하나도 없는 것이 움직이지를 못하겠어."

"조금만 참아라."

"젠장, 더럽게 아프… 큭!"

입을 열던 해웅이 눈을 치켜뜨며 비명을 질렀다. 그가 뭐라 입을 여는 사이 강유가 창날을 뺐기 때문이었다.

강유는 시뻘건 피가 줄줄 흘러내리는 창을 내동댕이치고 재빨리 지혈을 했다.

"천만다행이다. 단전을 비껴갔어."

그나마 안심했다는 듯 가벼이 숨을 내쉬며 중얼거리는 강유, 하나 어느샌가 기절한 해웅은 그의 말을 들을 수가 없었다.

강유는 급히 달려온 천양대 대원에게 해웅을 맡기고 새롭게 등장한 적을 향해 고개를 돌렸다. 남궁민 등이 이미 그들과 대치하고 있는 상태였다.

살벌한 인상의 노인 넷과 세 명의 중년인, 그리고 맨 앞에는 삼십이 못되어 보이는 청년 한 사람이 서 있었다.

'좋지 않다.'

강유는 한눈에도 그들이 보통 사람이 아니라는 것을 눈치챘다.

남궁민과 풍찬 역시 잔뜩 긴장한 표정이었는데 풍찬은 특히 맨 뒤의 두 명의 노인을 보며 거의 사색이 되다시피 했다. 아마도 그들의 정체를 아는 듯했다.

"서, 섭혼도(攝魂刀) 장현일(張晛溢) 선배!!"

"오랜만이네, 풍찬."

왼쪽의 노인이 고개를 까딱이며 아는 체를 했다. 별호만큼이나 살벌한 인상을 지니고 있는 그는 가슴에 큼지막한 도를 품고 있었다.

"선배가 중천의 주구일 줄은 몰랐소이다."

섭혼도 장현일.

겉으로 풍기는 외모와는 다르게 그는 산동에서 세 손가락 안에 꼽히는 일대 고수로 뛰어난 인품과 넓은 도량으로 뭇 사람들에게 존경을 받는 무림의 선배였다.

한데 그런 그가 중천의 일원으로 모습을 드러냈다. 가히 기절할 일이었다.

"듣기에 조금 그렇군. 난 처음부터 한천문, 아니, 자네들이 알고 있는 중천의 사람이었네."

"……."

풍찬이 아무런 말도 못하고 입술을 꽉 깨물자 장현일의 옆에 있던 노인이 음침한 미소를 지으며 나섰다.

"늙은 거지까지 이곳에 있을 줄은 몰랐는걸."

"벽력창(霹靂槍) 이굉(李宏)! 네놈까지 왔더냐."

과거에 좋지 않은 인연이 있었는지 서로를 바라보는 눈빛이 가히 좋지 않았다.

"흐흐, 실력은 쥐뿔도 없는 놈이 버릇없는 말투는 여전하구나. 이럴 줄 알았으면 차라리 저 굼뜬 곰보다는 네놈의 주둥이를 막아버리는 건데 그랬어."

'저 노인이 창을……'

말을 들어보니 해웅에게 치명타를 입힌 창의 주인이 바로 이굉인 것 같았다. 그를 노려보는 강유의 눈빛이 서늘해졌다.

강유의 눈빛을 의식한 이굉이 피식 웃음을 터뜨렸다.

"훗, 어린놈의 눈빛이 꽤나 쓸 만하구나. 조금만 기다리거라. 곧 상대해 줄 터이니."

"기다릴 필요가 있겠소?"

"건방진 꼬마 놈!"

당차기만 한 강유의 음성에 이굉이 버럭 화를 냈다. 하나 모든 일에는 순서가 있는 법. 아직 그가 나설 때는 아니었다.

"자자, 인사는 그쯤해 두시고 이제는 본론으로 들어가 볼까요?"

슬그머니 눈치를 주는 것으로 이굉이 움직이는 것을 제어한 맨 앞의 청년이 싱글거리며 나섰다.

"항복을 한다면 자비를 베풀 수는 있습니다만."

부설이 남궁민을 향해 한 걸음 나서며 살짝 허리를 숙이고 입을 열었다.

사부의 명을 받아 하남성의 남부 일대에서 암약하고 있는 남궁세가를 잡기 위해 들인 공과 시간이 얼마던가. 이제는 모두 끝났다고 여겼는지 부설의 표정은 무척이나 밝았다.

"닥쳐라! 항복 따위를 할 성싶으냐?"

풍찬이 매서운 눈초리로 노려보았으나 그는 조금도 개의치 않았다. 그는 도리어 지금의 상황을 즐기고 있었다.

"당신에게 물은 것이 아니니 나서지 마시오. 난 남궁세가의 가주께 여쭌 것이니."

남궁민의 생각이라고 풍찬과 다르지 않았다.

"항복을 하느니 차라리 자결하겠어요."

"흠, 하나뿐인 목숨을 너무 쉽게 버리려 하시는구려. 자결이라… 뭐, 선택은 자유라지만 그 고운 입술에서 나오는 말치고는 너무나 매섭소이다. 하하하."

아래위 전신을 훑어내려 가며 내뱉는 부설의 음성에 모멸감을 느낀 남궁민이 얼굴을 굳히는 순간 강유의 싸늘한 음성이 날아들었다.

"죽고 싶다면 그리해 주마!"

동시에 한껏 살기를 담은 강유의 검이 부설의 목덜미를 향해 움직였다.

"헛!"

가히 전광석화와도 같은 빠름에 당황한 부설이 움찔하며 눈을 감았고 단숨에 그의 면전에 이른 검이 누가 말릴 사이도 없이 목을 관통하기 일보 직전, 검은 더 이상 전진하지 못하고 움직임을 멈추었다.

"훌륭하구나."

그 짧은 찰나에 품에 안고 있던 도를 움직여 부설을 보호한 장현일이 감탄성을 내뱉었다.

"아직 부족하오."

가주를 모욕한 부설의 목을 베지 못한 것이 억울한 듯 퉁명스레 내뱉은 강유의 시선은 붉어질 대로 붉어진 낯빛으로 거친 숨을 몰아쉬는 부설에게 고정되어 있었다.

"네, 네놈이 감히!"

얼마나 놀랐는지 부설의 표정은 쉽게 회복되지 않았다.

"한 번만 더 그따위 망발을 입에 담아라. 반드시 죽여주마."

"그럴 기회가 있을 성싶으냐!"

부설도 지지 않고 소리쳤다.

"난 분명히 기회를 줬다. 그것은 걷어차 버린 것은 바로 네놈들. 후회하게 될 것이다."

잔인한 살소를 흘리며 쏘아붙인 부설이 번쩍 손을 들었다. 동시에 지금껏 보이지 않았던 무인들이 사방에서 모습을 드러냈다. 인원은 서른 남짓이었으나 하나같이 형형한 안광을 빛내는 것이 예사롭지 않았다.

'함정이었구나.'

그제야 느껴지는 바가 있었다.

남궁민은 순식간에 포위망을 구축하는 중천의 무인들을 보며 아득한 절망감에 사로잡혔다.

"흐흐흐, 네놈들을 잡기 위해 두어 달간 꽤나 고생했다. 이제 그 고생한 보람을 찾게 되겠구나."

"네놈의 말처럼 되지는 않을 것이다."

강유가 또다시 그의 목숨을 노리며 달려들었다.

이미 한차례 식은땀을 흘렸던 부설이 재빨리 몸을 물리고 그것이 신호인 양 사방에서 공격이 시작되었다. 아울러 지금껏 기습 공격에 일방적으로 밀리다 구사일생한 상성 분타의 무인들도 기세를 올리며 반격했다.

"우선 저 녀석들을 제압하세요. 놈들이 마음껏 화살을 날리게 가만히 두어서는 안 됩니다."

부설이 온 세상을 뒤덮어 버리겠다는 기세로 화살을 날리는 천뢰대를 가리키며 말했다. 그러자 그의 곁을 지키고 있던 세 명의 중년인이 지체없이 몸을 날렸다. 그들은 일체의 군더더기도 없는 동작으로 천뢰대를 향해 일직선으로 달려갔다.

단 몇 발자국도 되지 않아 거리를 좁혀오는 그들을 살피는 율천의 입꼬리가 살짝 치켜 올라갔다.

"접근을 허용하지 마라."

그가 나직한 음성과 함께 시위를 당겼다.

핑!

경쾌한 소리와 함께 화살이 시위를 떠났다.

언뜻 보기엔 평범하기만 한 화살이었다. 그러나 그 화살 뒤에 중년인들의 각 요혈을 노리며 수십 발의 화살이 날아드는 것을 본다면 결코 평범하리라 말하지 못할 것이었다.

"헛!"

화살은 비단 어느 한 사람에게만 쏟아지지 않았다. 각자가 어찌 움직일 것인지를 미리 예측이라도 한 듯 모든 방위를 완벽하게 차단하며 날아든 화살에 중년인들은 놀라지 않을 수 없었다. 또한 천뢰대와의 싸움이 생각만큼 쉽지 않으리라는 것을 미루어 짐작할 수 있었다.

어쨌든 그들로 인해 남궁세가 측의 가장 든든한 후원자였던 천뢰대의 공격이 멈춰졌고 그것은 싸움의 향방에 지대한 영향을 끼쳤다.

우선 중천의 무인들은 언제 어디서 날아올지 모르는 화살의 위협에서 벗어나 마음껏 실력 발휘를 할 수 있었으며 수적으로도 우위를 점했다. 반면에 다 잡은 승기를 빼앗긴 남궁세가와 그 외의 무인들은 앞뒤로 적을 상대하게 된 데다가 함정에 빠졌다는 위기감에 기세가 꺾여 꽤나 힘든 싸움을 할 수밖에 없었다.

특히 부설의 명으로 새로 싸움에 참여한 이들은 중천의 오랜 숙원을 이루기 위해 고된 훈련으로 단련된 자들이었다. 그것을 증명이라도 하듯 그들의 동작 하나하나에는 자신감이 차 있었고 그 자신감만큼이나 실력 또한 발군이었다.

천음대와 천양대에서도 그들을 상대하여 우위를 점하는 사람은 천도문 등 양 대주를 비롯하여 고작 한 손으로 꼽을 정도. 그 외의 대원들은 대체적으로 밀리는 상황이었다.

검왕 비사걸과 을지호가 전력을 다해 키워내 개개인 모두가 상당한 실력을 지닌 남궁세가의 무인들이 그러할 진대 개방의 방도들과 군소문파의 무인들이 그들의 검을 피할 수는 없었다.

순식간에 십여 명이 넘는 인원이 목숨을 잃었다. 궁여지책으로 원진을 구성해 대항해 보려 하였으나 역부족, 상대가 살기 띤 검을 번뜩일 때마다 처절한 비명성과 함께 속절없이 쓰러졌다. 곡양을 비롯하여 몇몇 선배만이 미친 듯이 움직이며 힘겨운 대항을 할 뿐이었다.

[아무래도 빠져나가기가 쉽지 않을 것 같습니다.]

힘겨운 듯 보였으나 실상은 여유롭게 적과 대치하고 있던 비무영이 위지황에게 전음을 보냈다.

[아무래도 그런 것 같다. 특히 저 노인은 너무 위험해.]

위지황이 섭혼도 장현일을 가리키며 말했다.

그는 장현일이 자신을 주시한다는 것을 느끼고 있었다. 싸움이 시작되는 것과 동시에 쏟아진 눈길이건만 한참이 지나도 거둬지지 않는 것이 마치 '네가 누군지 알고 있다' 라고 말이라도 하는 듯하여 신경을 몹시 건드렸다.

[어찌하실 생각입니까?]

비무영이 조심스레 물었다.

[잘… 모르겠다.]

솔직한 심정이었다.

위지황은 쉽게 결정을 내릴 수가 없었다.

본신의 실력을 드러낸다면 지금 자신을 핍박하고 있는 상대 따위는 일초지적도 되지 않을 것이고 어쩌면, 거의 불가능하겠지만 극도로 불리한 전황을 단번에 뒤집을 수도 있었다.

하지만 그것은 장밋빛 환상에 불과했다.

우선 섭혼도 장현일과의 싸움을 장담할 수가 없었다. 지지 않을 자신은 있었지만 그렇다고 이길 자신이 있는 것도 아니었다. 게다가 그와 버금가는 이굉 또한 버티고 있었다. 침묵을 지키는 나머지 노인들 또한 평범한 인물들은 아니었다.

[본 모습을 드러내서는 안 됩니다. 지금까지야 몰래몰래 도움을 주며 대충 감출 수 있었다지만 저 정도의 고수와 싸우게 된다면 필시 정체가 드러납니다. 자칫 하면 중천과 북천 사이에 분란이 일어날 수도 있습니다.]

비무영은 위지황의 정체가 드러나면 북천의 입장이 몹시 난처해질 것이라는 것을 경고했다. 그러나 위지황은 귓등으로도 새겨듣지 않았다.

[시끄럿! 까짓 정체가 드러나면 어때? 아버님껜 죄송하지만 난 이미 북천을 등지고 떠난 몸이야. 물론 꼬투리야 잡힐 수 있겠지만 그뿐이야.]

[하지만…….]

[하지만은 뭔 하지만! 계속 왈가왈부 떠들어대면 놈들이 몰래 잠입시킨 첩자의 목을 잘라 보내 버리면 돼. 놈들의 표정이 아마 가관일 거다. 그리고 꼭 그렇게 하지 않아도 북천의 힘이 어떻다는 것을 잘 아는

중천이 함부로 분란을 일으킬 리가 없다. 그러니 쓸데없는 염려는 붙들어 매. 지금 당면한 문제는 그게 아니니까.]

[예? 그럼 뭐가 문제입니까?]

비무영이 불만 어린 음성으로 물었다. 위지황은 아무런 대답도 하지 않고 고개를 돌렸다.

'그녀가 알게 된다는 것이지, 내가 북천의 인물이라는 것을.'

그랬다. 상황이 급하게 돌아가는 것을 알면서도 위지황이 함부로 나설 수 없는 것은 중천과 북천의 관계 때문이 아니라 남궁민이 자신의 정체를 아는 것이 두려웠기 때문이었다.

'내가 사천의 인물이라는 것을 알면 그녀는 어찌 행동할까? 그녀에게 있어 사천은 원수나 다름없는데.'

어쩌면 자신을 원수와 동일시 할 수도 있었다.

'다시는 보지 않으려 할지도 모르지.'

맺고 끊음이 확실한 성격을 감안하면 능히 그러고도 남았다.

한눈에 반해 그녀를 쫓아다닌 지도 이미 백여 일.

강유, 해웅 등과 호형호제(呼兄呼弟)하면서도 그는 남궁민과는 절대로 남매 관계를 만들지 않았다. 남매처럼 친근한 관계도 좋았지만 그이상으로 발전하기 위해선 그럴 수가 없었다. 어쩌면 그러한 관계가 도움이 될 수도 있겠지만 아무래도 장애물이 될 가능성이 더 높았기 때문이었다.

원하지 않는 싸움도 했다. 동맹 관계인 중천의 분타를 공격할 때도 그는 조금도 주저하지 않았다. 다소 미안한 마음이 들긴 해도 잠깐뿐이었다. 그에게 있어 지상 과제는 오직 남궁민의 마음을 얻는 것이었으니까.

'이제 겨우 시작인데.'

위지황의 안색이 더없이 침울해졌다.

그녀의 마음을 얻기 위해 최선을 다해 온갖 노력을 기울였다. 그리고 하늘도 무심하지 않아 최근 들어 그녀의 마음이 조금씩 열리는 것을 느끼며 얼마나 기뻤던가.

한데 바로 지금, 그 모든 것들이 한낱 물거품처럼 흩어질 위기에 봉착한 것이다.

"후~"

절로 한숨이 터져 나왔다.

바로 그 순간이었다.

"아악!"

그의 귓가로 지금까지의 모든 상념을 일시에 날려 버리는 비명성이 들려왔다. 주변의 함성과 병장기 부딪치는 소리에 가려 거의 들리지 않는 음성이었다. 하지만 그에게 있어 그 음성은 하늘이 무너지고 땅이 갈라지는 혼란 속에서도 결코 놓칠 수 없는 것이었다.

번개같이 돌려지는 시선, 이미 그의 상대는 칠공에서 피를 토하고 쓰러진 상태였다.

벽력창 이굉을 맞아 나름대로 선전을 하던 남궁민은 결국 막강한 내공을 바탕으로 펼쳐지는 은하칠식(銀河七式)을 감당하지 못하고 큰 부상을 당한 채 주저앉고 말았다. 그녀에 앞서 이미 한 차례 격전을 펼쳤는지 강유는 한쪽 구석에 처박혀 있었다.

이굉이라고 마냥 무사하지만은 않았다. 예상치 못한 강유의 쾌검에 하마터면 목이 잘릴 뻔했고 남궁민이 휘두른 검이 가슴에서 옆구리에 이르는 흉측한 상처를 만들었다. 그래도 최후의 승자는 결국 이굉이었다.

'멍청한 놈! 도대체 무슨 생각을 하고 있는 거냐!'

위지황은 남궁민이 부상을 당한 것 모두가 자신이 쓸데없는 생각에 몰두하는 바람에 생겨난 일이라 자책했다.

"따라와라, 비무영."

"젠장! 일났군, 일났어."

위지황이 본 모습을 보이기 시작한 이상 그도 가만히 있을 수는 없었다. 단 일 격에 정신없이 덤벼드는 상대를 격살한 비무영도 곧바로 몸을 날렸다.

"저 늙은이가 미쳤나!"

남궁민에게 다가가던 위지황은 괴성을 지르며 그녀에게 최후의 일격을 가하려는 이굉의 모습에 그대로 검을 던졌다.

"감히 어따 창을 들이대! 꺼져라, 늙은이!"

쉬이익!

한껏 내공이 실린 그의 검은 날카로운 파공성을 내지르며 이굉의 심장을 향해 일직선상으로 날아갔다.

이굉은 자신을 향해 어마어마한 속도로 폭사되는 검을 보며 황급히 창을 틀었다.

챙!

간발의 차이로 검을 막아낸 이굉. 하나 그것이 끝이 아니었다. 그를 노렸던 검에는 위기에 빠진 남궁민을 돕고자 하는 위지황의 마음이 담겨 있었다. 그것은 상당한 부상을 당한 데다가 급히 대응하느라 미처 힘을 쏟지 못한 이굉이 감당하기에는 실로 버거운 거력이었다.

"크헉!"

힘을 이기지 못한 그가 중심을 잃고 비틀거렸다. 그러는 사이 재빨리 접근한 위지황이 이굉의 가슴을 향해 일장을 날렸다.

'젠장맞을!'

막지 못하면 죽는다는 위기감이 전신을 휘감았다.

이굉은 목구멍을 타고 오르는 비릿한 울혈을 억지로 집어삼키고는 마주 손을 뻗었다.

꽝!

장력과 장력이 맞부딪치며 요란한 굉음이 울렸다.

"아!"

남궁민의 입에서 안타까운 신음성이 터져 나왔다.

그녀가 아는 한 위지황의 무공은 뇌전이나 초번보다도, 아니, 엄밀히 말해 남궁세가의 일반 제자만큼의 실력밖에는 되지 않았다. 그런데도 자신을 구하기 위해 이굉 같은 고수와 정면으로 맞선 것이다. 결과는 너무도 뻔했다.

하지만 그녀도 미처 알지 못한 것이 있었다.

위지황이 그녀를 구하기 위해 던진 검에 얼마나 강맹한 힘이 실려 있는지, 또 그가 십여 장이 넘는 거리를 겨우 두어 번의 도약으로 접근하여 공격을 했고 그것을 막기 위해 이굉이 얼마나 필사적으로 방어를 했는지를.

그것을 알 길 없는 남궁민은 피를 토하며 쓰러질 위지황을 생각하며 차마 눈을 뜨지 못했다.

그런 그녀의 어깨를 살며시 짚는 부드러운 손길이 있었다.

"괜찮으세요?"

염려가 가득 담긴 음성에 남궁민의 눈이 번쩍 떠지고 그녀는 담담한 미소를 짓고 있는 위지황을 볼 수 있었다.

"어, 어떻게……?"

남궁민은 두 눈을 동그랗게 뜨며 놀라움에 말을 잇지 못했다. 당연히 죽었으리라 생각한 사람이 살아 있는 것이다. 살아 있는 정도가 아니라 보무도 당당히 어깨를 펴고 있었다.

그녀의 눈에 힘없이 늘어져 있는 이굉의 모습이 들어왔다.

"이, 이게……."

위지황이 살았다는 것은 너무도 다행한 일이지만 그렇다 쳐도 이굉이 쓰러져 있는 것은 이해가 되지 않았다. 강유와 자신이 혼신의 노력을 다하여 싸우고 최후의 필살기까지 썼음에도 고작 부상을 입히는 데 그쳤던 그가 아니던가.

"도, 도대체가……."

태산과 같이 높은 장벽처럼 느껴졌던 그가 머리를 땅에 처박고 쓰러져 있는 것이 도저히 믿어지지 않았다.

그녀의 심정을 어찌 모를까? 그렇지만 위지황은 아무런 대꾸도 하지 못했다.

"대단한 실력을 지녔구나."

어느 정도 예상은 했다지만 그토록 손쉽게 이굉을 쓰러뜨릴지는 몰랐다는 듯 섭혼도 장현일의 안색은 놀라움에 물들어 있었다.

"낭중지추(囊中之錐)라. 어떤 이유인지는 모르나 감추려고 해도 감추어지지 않는 것이 있는 법이다. 은은히 드러나는 기도로 보았을 때 네가 이들 중 가장 강할 것이란 예상은 했었다. 한데 설마 하니 이 정도일 줄은 몰랐구나. 더구나 놀라운 것은……."

이굉의 시신을 살피며 입을 열던 장현일의 눈가에 이채가 어렸다. 위지황의 장력을 직접 받았던 양손은 물론이고 드러난 피부에 하얗게 내려앉은 서리를 본 것이었다.

"네가 어째서 한빙곡의 무공을 알고 있느냐는 것이다."

"……."

"손은 물론이고 이미 온몸을 꽁꽁 얼려 버렸구나. 내 알기로 이만한 극음의 냉기를 뿜어낼 수 있는 장법은 오직 하나 한빙곡의 한음신장(寒陰神掌)뿐이다. 더구나 익힌 경지를 보니 십 성 이상. 내 말이 틀렸느냐?"

"맞소."

무공의 연원에 성취한 수준까지 정확히 알고 있는 고수의 눈을 어찌 속일 것인가. 위지황은 순순히 고개를 끄덕였다.

"한빙곡이 어째서 우리를 적대시 하느냐?"

"한빙곡이 중천을 적대시 하지는 않았소."

"그게 무슨 소리냐?"

말뜻을 이해하지 못한 장현일이 고개를 갸웃거리며 되물었다.

"나의 의지와 행동은 한빙곡과 관계가 없소. 그곳을 떠나온 지 이미 오래요."

씁쓸한 표정으로 입을 여는 위지황, 그는 자신도 모르게 남궁민의 눈치를 살피고 있었다. 그제야 일이 어찌 돌아가는지 대충 감을 잡은 장현일이 너털웃음을 터뜨렸다.

"나는 네 마음을 헤아릴 수 있겠다. 그만한 나이에 충분히 있을 수 있는 일이지. 하나 다른 사람이 네 말을 믿을 수 있을지는 의문이다."

부설을 말함인가? 그렇잖아도 귀를 쫑긋거리고 있는 부설의 입가에 회심의 미소가 지어졌다.

"또한 이해한다고 해서 그냥 넘어갈 수 있는 상황도 아니고. 어디 실력을 한번 보자꾸나."

말을 마친 장현일은 한 걸음 물러나더니 가슴에 품고 있던 도를 늘어뜨리며 자세를 잡았다.

남궁민을 지키기 위해서라도 눈앞의 상대는 반드시 꺾어야 했다. 문제는 결코 쉽지 않은 싸움이 되리라는 것. 그러나 피할 수 없는 싸움이었다.

"비무영!"

마음을 굳힌 위지황이 썩은 감자를 씹은 듯 인상을 구기고 있는 비무영을 불렀다.

지금껏 보여주지 않았던 위엄있는 모습과 음성에 재빨리 표정을 지운 비무영이 허리를 꺾으며 대답했다.

"예, 공자!"

"지켜라! 하늘이 무너지는 한이 있더라도, 네 목숨을 걸고 반드시 지켜내라."

"존명!"

위지황이 지키라는 사람이 누구인지는 말을 하지 않아도 알 수 있었다. 대답과 함께 몸을 움직인 비무영은 지금도 상황 파악을 하지 못하고 멍한 표정으로 서 있는 남궁민의 곁으로 다가갔다. 때마침 간신히 정신을 차린 강유가 기다시피 하여 다가왔다.

비무영은 그들 앞에서 다가오는 그 어떤 적도 허용하지 않겠다는 듯 살기 띤 자세로 검을 들고 있었다.

비무영이 남궁민의 곁으로 다가간 것을 확인한 위지황이 자세를 잡았다.

"한 수 가르침을 받겠소."

"오너라."

흔쾌히 대답한 장현일이 도갑(刀匣)을 집어던지며 대꾸했다.

그다지 대수롭지 않은 행동이었다. 그러나 그 작은 행동에 부설을 비롯하여 놀라는 사람이 부지기수였다.

무인이 싸움을 앞두고 검집이나 도갑을 던진다는 것이 무슨 뜻이던가?

도저히 승부를 가늠할 수 없을 정도로 강한 상대를 만났을 때, 어쩌면 자신이 죽을지도 모른다는 불안한 마음을 애써 떨쳐 버리고 스스로의 의지를 군건히 다지기 위해 하는 행동이었다. 그것은 곧 위지황과의 싸움이 승부를 단언할 수 없을 만큼 힘들다는 것을 반증하는 것이었다.

"타핫!"

누가 먼저랄 것도 없이 앞으로 달려들며 도와 검을 휘둘렀다.

꽝!

그들이 발출한 도기와 검기가 앞서 나가 허공에서 엇갈리며 지축을 울렸다.

'역시나 강한 상대로구나.'

단 한 번의 충돌로 상대의 실력을 가늠한 장현일이 손끝에서 은근히 전해오는 저림을 느끼며 감탄하였다. 물론 두려움 따위가 있을 수는 없었다. 오히려 늘그막에 상대다운 상대를 만났다는 반가움에 투지가 타올랐다.

장현일은 활활 타오르는 투지를 바탕으로 애도를 곧추세웠다. 순간, 그의 전신에서 괴이한 기운이 일렁였다.

아찔하면서도 어딘지 모르게 불편한, 가만히 보고 있노라면 왠지 모를 두려움을 일게 만드는 기운. 그에게 섭혼도라는 별호를 안겨준 취혼천심공(取魂穿心功)을 운기할 때 이는 기운이었다.

취혼천심공은 상대의 마음을 흔드는 데 가히 탁월한 내공이자 심공이라 할 수 있었다. 그리고 그것을 바탕으로 펼치는 칠 초 반식의 칠혼유도(七魂幽刀)는 무림의 일절로 손꼽힐 정도로 엄청난 위력을 품고 있었다.

"각오하랏!"

한껏 힘이 담긴 외침과 함께 장현일의 도가 환상적인 움직임을 보이며 짓쳐 들기 시작했다.

'이거 위험하다.'

본능적으로 위기를 느낀 위지황은 비스듬히 들고 있던 검을 재빨리 가슴께로 끌어당겼다. 그리곤 한음신공(寒陰神功)을 극성으로 끌어올리기 시작했다. 그러자 그의 옷 위로 하얗게 서리가 내리며 천하를 얼리고도 남을 냉기가 뿜어져 나왔다. 그것은 곧 들고 있는 검에 집중되었다.

우우우웅!

웅휘한 떨림이 커다란 소리가 되어 주변으로 퍼졌다.

"검명(劍鳴)? 저 나이에!"

부설의 곁에서 그를 지키며 신중한 표정으로 싸움을 지켜보던 두 노인의 입에서 경악성이 터져 나왔다.

약관에 불과한 나이에 장현일과 자웅을 겨루는 것도 기겁할 일이건만 검명이라니!

비록 섭혼도의 명성에는 미치지 못하나 그들 역시 어느 정도의 명성은 얻고 있던 터, 하나 검명을 낼 정도의 실력에는 아직 이르지 못한 상태였다.

고개를 절레절레 내젓는 그들의 뒤로 어딘가 비슷하면서도 또 확연히 다른 기운을 품고 있는 두 무공이 격돌했다.

꽈꽈꽝!

둘의 사이는 정확히 일장, 가까운 거리에서 맞부딪친 만큼 그들은 그 사이에 이는 충격파를 고스란히 몸으로 받아내야 했다. 나직한 신음 소리와 함께 앞서거니 뒤서거니 하며 둘의 입에서 피분수가 뿜어져 나왔다.

대부분의 힘이 둘에게 집중되었음에도 사방으로 뻗어나가는 충격파의 위력 또한 장난이 아니었다.

비무영이 남궁민과 강유를 보호하기 위해 다급히 검을 휘둘러 보호막을 쳐야 했고 부설 또한 두 노인의 보호가 없었다면 큰 낭패를 보았을 것이다.

하지만 싸움은 이제 시작이었다.

잠시 떨어져 서로의 무위에 감탄하던 둘은 힘찬 기합성과 함께 또다시 어울리기 시작했다.

제 48 장

함정(陷穽)

함정(陷穽)

"그래, 무당산에 올랐다고?"

"그렇습니다."

"하하, 재주도 좋아. 무당산은 철혈마단 친구들이 완전히 봉쇄하고 있을 텐데. 하긴, 애당초 그런 허술한 놈들에게 당할 친구가 아니지."

중천의 천주 악위군이 무엇이 그리 좋은지 호탕하게 웃음을 터뜨렸다.

"완전히 영웅의 귀환이로군."

"꼭 그렇지만은 않은 것 같습니다."

신도가 고개를 저으며 대꾸했다.

"그렇지 않다니? 무슨 소린가?"

"전해져 온 소식에 의하면 몇몇 문파와 인물들을 제외하고는 그다지 환영받지 못하고 있다 합니다. 특히 사천에 적을 두고 있는 문파는 노골적으로 그를 적대시 하고 있다 합니다."

"적대시 하다니? 무엇 때문에?"

악위군은 이해할 수 없다는 표정이었다.

"철혈마단의 단주의 명이……."

신도는 말을 끝마칠 수가 없었다. 그가 무슨 말을 할지 미리 예측한 악위군이 말을 잘랐기 때문이었다.

"아! 그랬지. 그가 얼토당토않는 명을 내렸다고 했지."

철혈마단이 을지호가 다녀간 분타 인근의 문파들에게 어떤 조치를 취했는지 알고 있던 악위군은 이해가 간다는 듯 고개를 끄덕였다.

"하긴, 나라도 그렇게 당했으면 그런 명을 내렸을지도 모르지. 그토록 멍청하게 당한다면. 그렇지 않은가?"

악위군이 입가에 미소를 띠며 의미심장하게 신도를 바라보았다.

그의 시선을 받은 신도는 가슴이 뜨끔했다. 마치 하남성 일대에서 분탕질을 치고 있는 남궁세가의 잔당들을 어째서 빨리 잡지 못하냐는 질책이 담긴 듯한 느낌 때문이었다.

그는 자신도 모르게 변명을 늘어놓았다.

"꼬리를 밟았다 하니 곧 해결될 것입니다."

"하하, 누가 뭐라나? 그나저나 재밌게 되었군. 산 구석에 처박혀 어쩔 줄을 모르는 인간들이 제 분수도 모르고 홀로 거대한 적에 맞서 싸운 영웅을 박대하다니 말일세. 뭐, 우리들에겐 좋은 일이겠지만."

"하여 이참에 아예 흥미로운 일을 하나 만들어볼까 합니다."

"흥미로운 일이라니?"

"놈들에게서 그자를 떼어낼 생각입니다. 잘만 하면 아예 원수를 만들 수도 있을 것 같습니다."

"호~ 가능하겠는가?"

"무당에 잠입시킨 잠룡을 이용하면 충분히 가능합니다."

"잠룡이라… 꽤나 공을 들인 것으로 아는데."

"그래도 그자의 가치와 비할 바가 아닙니다."

"그건 그래. 벌써 희생시키기 아깝긴 하지만 그 친구와 백도 놈들을 이간질시킬 수만 있다면 충분하겠지. 추진하게."

"존명."

                    *   *   *

하남성 등봉현 숭산과 인접한 어느 야산.

이른 아침부터 길을 나선 사람들이 있었다.

일 남 이 녀의 노인들과 부자 간으로 보이는 두 명의 사내.

그들은 참으로 요란하게 북경성을 넘고 남하하여 어느새 하북성을 지나 하남성 숭산에 이른 을지가의 인물들이었다.

"장백파의 늙은이라 했더냐?"

갑자기 고개를 돌린 을지소문이 물었다.

"예, 아버님."

"허~ 이거야 원. 어째 잠잠하다 했더니 이 먼 곳까지 와서 난리를 피우고 있었구나. 굼벵이도 구르는 재주는 있다더니만 주제에 소림사를 꿰차고 들어앉았단 말이지."

말투가 신랄하기 그지없었다.

"그게 어디 그 늙은이가 혼자 한 짓인가요? 북천인가 뭔가 하는 놈들과 함께 작당해서 한 짓이라잖아요. 기습을 당한 데다가 수호신승은 병석에서 일어나지도 못한 상태고."

환야의 말에 남궁혜가 살며시 미소를 지었다.

"소림사를 친 자들은 북천의 천주가 이끄는 한빙곡과 흑룡문이라 하지 않았나요? 장백선옹은 소림사를 치는 데 참여하지 않았다고 들었는데요."

"선옹은 무슨 얼어죽을! 제 분수도 모르고 공명심에 날뛰는 노망난 늙은이를 보고."

꽤나 심기가 불편한지 을지소문은 좀처럼 안색을 펴지 못하고 있었다. 그도 그럴 것이 그에게 있어 소림사는 각별한 인연이 있는 곳이었고 또 애정을 지닌 곳이었다.

선조 때부터 본의 아니게(?) 은혜를 입은 적이 있었고, 구양풍을 만난 곳도 소림사였으면 전대와 현재의 수호신승과의 인연도 깊은 곳이었다.

그런 소림사가 듣도 보도 못한 인물들에게 점령을 당한 것이다. 더구나 소림사엔 그와 형제의 예를 맺은 곽검명과 단견을 비롯하여 과거 친분이 있었던 이들이 상당수 포로로 잡혀 있다지 않은가. 그것을 안 이후 마음이 편하지 않았다. 만약 낯선 풍토에 적응하지 못한 을지룡이 크게 앓지만 않았다면 벌써 한참 전에 도착하여 끝장을 봐도 봤을 것이다.

"몇 놈이나 있다고 하더냐?"

"그것은 잘 모르겠습니다. 놈들의 우두머리가 소림사를 장백선옹…흠흠."

대답을 하던 을지휘소는 부친의 눈빛이 심상치 않게 변하는 것을 보며 재빨리 말을 바꿨다.

"장백 늙은이에게 남기고 무당산으로 떠났다고 합니다. 주력은 떠났다지만 그래도 장백파의 수하들은 고스란히 남아 있을 것이고 소림사의 중요성을 감안한다면 장백파 이외에도 상당수의 인원이 지키고 있을 것으로 보입니다."

"그래서 몇 놈이라는 거냐?"

을지소문이 짜증 섞인 음성으로 되물었다.

"최소한 삼사백은 남아 있지 않을까요? 어쩌면 그 이상일 수도 있겠고요."

"그만한 인원이면 조심해야 할 것 같군요."

남궁혜가 조금은 걱정스런 어투로 말했다.

"상관없소. 삼백이든 삼천이든 숫자가 중요한 것은 아니니까."

참으로 자신감 넘치는 말이었다.

만약 그가 아닌 다른 사람이 그런 말을 했다면 미쳤다는 소리를 들어도 골백번은 더 들었을 것이다. 하지만 그가 누구던가. 천하제일인으로 불렸던 궁귀 을지소문. 그럴 만한 충분한 자격이 있는 사람이었다.

어디 그뿐이던가.

그와 함께한 이들의 면면을 살펴봐도 그의 말이 전혀 터무니없는 것은 아니었다.

전전대의 패천궁주이자 이미 한 차례 무림을 장악했던 전력을 지닌 환야와 조부 검성이 남긴 검을 완벽하게 깨우치고 나아가 한층 더 발전시킨 남궁혜가 좌우를 지켰고 무엇보다 을지 가문의 무공은 물론이고 구양풍의 무공까지 완벽하게 깨우친, 그 옛날 구양풍이 그 실력을 도저히 가늠할 길이 없다고 인정한 을지휘소가 버티고 있었다. 병으로 인해 핼쑥한 얼굴은 하고 있는 을지룡도 이들에겐 귀여움을 받는 존재였지만 다른 이들이 보기엔 실로 무시하지 못할 고수였다.

가히 천하를 진동시키고도 남을 만한 고수들이 넷에 장차 그렇게 커갈 인재까지 도합 다섯 명. 그리고 보면 결코 적은 수, 약한 전력은 아닌 것이다.

"그래도 정확한 머릿수는 파악하고 가야지요."

환야가 제동을 걸고 나섰다.

"꼭 파악할 필요는 없소. 필요하다고 해도 어떻게 파악을 한단 말이오?"

을지소문이 시큰둥한 표정으로 물었다.

"궁하면 다 통하는 법이에요. 급한 대로 우선은 저놈들에게 물어보지요."

환야의 시선을 따라 가족 모두의 시선이 멀리 앞서 가는 일단의 무리들에게 돌려졌다.

건들거리며 이리저리 고개를 돌리는 사내를 중심으로 뒤따르는 일곱 명의 사내. 하나같이 검을 들고 있는 것을 보아 무림인이 틀림없었다.

"숭산에서 저렇듯 활보할 수 있는 놈들은 북천의 수하들뿐이겠지요."

환야의 말에 모두들 인정한다는 듯 고개를 끄덕였다. 동시에 누군가를 향하는 눈빛.

아무도 입을 열지는 않았다. 하지만 꼭 말을 해야만 의미가 전달되는 것은 아니었다.

"후~ 알겠습니다."

을지룡이 나직이 한숨을 내쉬며 발걸음을 움직였다. 그리곤 다소 짜증나는 어투로 그들을 불렀다.

"어이, 이봐요. 아저씨들!"

듣지 못했는지 그대로 걸음을 옮기는 사내들.

"좀 봐요!"

을지룡이 재차 소리쳤다.

그제야 맨 뒤에 있던 사내가 고개를 돌렸다.

"네 녀석이 불렀냐?"

이마가 반쯤은 벗겨져 번들거리고 유난히 코가 큰 삼십대 초반의 사내가 짜증나는 어투로 소리쳤다.

멈춰 선 모든 이들의 시선이 을지룡에게 쏠렸다.

"뭣들 하는 거야?"

가장 앞서 가던 사내, 유원(儒圓)이 수하들의 어깨 사이로 고개를 빼내며 물었다.

"웬 꼬마 녀석이 불러서 말입니다."

"세월 좋다, 꼬마 놈하고 노닥거릴 시간도 있고. 서둘러. 아직도 살펴볼 곳이 많아."

"예, 조장님."

대머리의 사내가 황급히 허리를 숙이며 대답했다.

모습을 보아하니 평소에 꽤나 시달림을 당한 듯싶었다.

그가 굽혔던 허리를 펴기도 전에 가느다랗게 실눈을 뜨고 있던 을지룡이 물었다

"꼬마? 지금 꼬마라고 했습니까?"

막 몸을 돌리던 유원이 콧방귀를 뀌며 그를 바라봤다.

"허, 고놈 참 당돌한 놈일세. 그럼 꼬마보고 꼬마라고 하지, 어른보고 꼬마라고 하겠느냐? 어르신들은 바쁘니까 눈앞에서 알짱거리지 말고 얼른 사라져라. 경을 치기 전에."

약관에도 이르지 못한 것으로 보이는 상대에게 꼬마라고 부르지 뭐라 하겠는가. 유원으로선 당연한 반응이었다. 그러나 듣는 을지룡은 꼬마라는 말에 극도의 거부 반응을 보였다.

"지금 말 다해습니까?"

목소리가 은근히 떨리고 있었다.

그때 멀리서 귀를 기울이던 을지소문이 혀를 찼다.

"쯧쯧, 녀석이 제일 듣기 싫어하는 말을."

"뭐, 유난히 동안(童顔)이니 어쩔 수 없는 노릇이지요. 사실, 아직 어린 나이이기도 하고."

을지휘소가 쓴웃음을 지으며 대꾸했다.

"뭐가 어려? 대장부 나이 열여덟이면 일가를 이룰 나이인데. 너무 응석받이로만 키우면 안 되느니라. 아무튼 저 녀석만 불쌍하게 되었구나."

을지소문은 멀리 유원을 바라보며 안쓰러운 표정을 지었다. 그만이

아니라 나머지 식구들도 같은 표정이었다.

그렇게 자신의 신세가 재단되는 줄도 모르고 유원은 아침부터 재밌는 꼬마를 만났다고 여기는 중이었다.

"하, 고 녀석 참 말 많… 어라?"

유원은 머리라도 한 대 쥐어박을 참으로 손을 뻗었다. 한데 뭔가가 이상했다. 방금 전까지만 해도 보였던 을지호의 얼굴은 온데간데없고 흙으로 뒤덮여 지저분하기 그지없는 가죽신 한 짝이 눈에 들어오는 것이 아닌가.

"어이쿠!"

왜 눈앞에 그런 것이 보이는지, 그리고 자신의 얼굴을 향해 다가오는지 파악할 겨를도 없이 안면을 강타당한 유원의 입에서 비명이 터져 나왔다. 그리고 그는 양손으로 얼굴을 감싸 안고 그대로 주저앉았다.

"뭐, 뭐야!"

갑작스런 상황의 반전에 나머지 일행이 어쩔 줄을 몰라 할 때 허공으로 몸을 띄워 왼발로 유원의 얼굴을 후려친 후 아직 착지를 하지 않은 을지룡의 몸이 빙글 회전했다. 그 힘을 바탕으로 대머리 사내의 가슴을 냅다 걷어찼다.

"크악!"

가슴팍을 강타당한 대머리 사내가 한참이나 날아가 처박혔다. 그 반탄력으로 다시금 치솟은 을지룡이 또 다른 목표를 향해 움직였다.

"아이고!"

"으악!"

연이어 터지는 당혹스런 외침과 고통의 비명 소리.

사내들은 저마다 얼굴이며 가슴, 어깨 등을 부여잡고 땅바닥을 제집 안방인 양 구르면서 죽는시늉을 했다.

단 한 번의 도약으로 일곱 명을 잠재운 을지룡은 아직도 고통에서 헤어나지 못하고 있는 유원에게 다가갔다.

"아까 뭐라고 했지요?"

"으으……."

겁에 질린 유원은 제대로 말을 잇지 못했다.

정통으로 맞았는지 코뼈가 내려앉고 형편없이 일그러진 코에서는 코피가 샘솟듯 흘러나왔다.

"아직도 꼬마처럼 보입니까?"

너무 심하게 손을 쓴 것은 아닌가 하는 생각에 을지룡의 음성에는 다소 미안한감이 묻어 있었다.

"버버버버."

유원이 고개를 흔들며 뭐라 하는 것 같았지만 흐르는 피가 입과 코를 막고 있는지라 제대로 전달되지 않았다.

어느새 곁으로 다가와 그 모양을 본 을지소문이 한소리 했다.

"이 녀석아! 그렇게 쥐어 패놓고 물으면 그렇다고 할 사람이 누가 있느냐? 어쨌든 수고했다. 놈에게 몇 가지 물어볼 것이 있으니 너는 이만 비켜나거라."

"네."

누구의 말이라고 토를 달 것인가. 간단히 대답한 을지룡이 두어 걸음 물러섰다.

한데 조금은 미안했는지 물러서던 그가 유원에게 슬그머니 전음을 보냈다.

[할아버님 성정이 꽤나 급하시니 묻는 말에 재깍재깍 대답하세요. 그렇지 않다면 경을 친다는 게 뭔지 제대로 알게 될 겁니다. 또 몰라도 무조건 안다고 하는 게 신상에 좋을 겁니다. 단, 거짓말을 했다간 어찌 될는지는 장담 못하지만.]

을지룡의 전음이 아니더라도 유원은 거짓말을 하거나 아는 것을 모른다고 할 마음이 눈곱만치도 없었다.

많지 않은 나이, 오직 눈치 하나로 지금껏 버텨온 인생이 아니던가. 그는 을지소문의 눈빛을 본 순간 무조건 털어놓는 것이 살 길이라는 것을 간파했다.

입에 고인 피를 뱉어내고 옷을 찢어 대충 코를 틀어막은 유원은 을지소문이 소림사의 '소' 자를 꺼내기도 전, 현재 소림사를 지키고 있는 문파는 어디이고 총 인원은 몇이며 군자산에 중독되어 제압당한 소림사의 승려들이 머무는 곳과 그 외에 사로잡힌 포로들이 어디에 구금되어 있는지를 단숨에 토해냈다. 심지어는 누가 언제 순찰을 돌고 몇 명이 순찰을 하며, 어떻게 음식을 조달하는지까지 세세하게 설명했다.

그 대가로 그와 그의 수하들은 목숨을 보장받았다.

을지소문으로선 애당초 목숨을 빼앗을 생각이 없었음에도 그는 자신이 사실대로 고했기에 살 수 있는 것이라 믿었다. 비록 점혈(點穴)을 당해 하루는 꼼짝 못하고 누워 있이야 할 처지였지만.

아무튼 북천을 이루는 이십삼 개의 문파 중 가장 규모가 작은 문파.

문주 포함하여 총인원 사십칠 명.

문주인 독행도(獨行刀) 양웅천(楊雄天)과 몇몇 제자들을 제외하고는 그다지 뛰어난 인재가 없었던 독도문(獨刀門)의 외당(外堂) 조장 유원은 그렇게 악몽 같은 아침을 보내는 중이었다.

*　　　　*　　　　*

"죄송합니다. 속일 생각은 없었습니다."

"……."

자초지종을 묻는 남궁민의 말에 어쩔 수 없이 그간의 과정을 말해야만 했던 비무영이 고개 숙여 사죄했다.

남궁민은 아무런 대꾸도 하지 않았다. 그저 위지황과 장현일의 싸움을 지켜볼 뿐이었다. 하지만 무심한 척 애를 써도 속눈썹이 파르르 떨리는 것을 보아 마음속의 격동이 결코 작지는 않은 모양이었다.

'북천에서 온 사람이란 말인가.'

남궁민은 자신도 모르게 주먹을 쥐었다.

'그만큼 편했던 이가 없었는데…….'

이십의 나이를 훌쩍 넘기는 동안 그녀는 변변한 남자 한 명 사귀어보지 못했다. 몇몇 이들이 접근해 오기는 했지만 다들 제풀에 나가떨어졌다.

비록 형편없이 몰락은 했어도 남궁세가의 후예였던 그녀에게는 왠지 함부로 말을 걸거나 접근하기 힘든 위엄이 있었기 때문이다. 어쩌면 스스로를 지켜야 한다는 마음이 그녀에게서 풍겨 나오는 기품을 차갑게 만들었는지도 모른다.

이후, 어린 나이에 가문의 중흥이라는 중책을 맡게 되면서 더욱 그렇게 변했다. 비사걸과 을지호를 제외하고 남궁세가에서 그녀를 어려워하지 않는 사람은 없었다. 다른 이들에 비해 비교적 자유스런 입장에 있는 강유와 해웅은 물론이고 때로는 을지호에게조차 엉겨 붙는 뇌전과 천도문도 함부로 말을 붙이지 못했다.

스스로가 원해서 그리 된 것은 아니지만 어쨌든 그로 인해 그녀는 극히 몇 명을 제외하고는 편히 대화를 나눌 상대가 없었다. 그런데 위황, 아니, 위지황은 달랐다.

처음 일행이 되기는 했어도 자꾸만 달라붙어 말을 걸며 다가오는 것이 마음에 들지 않아 일부러 냉랭하게 대하고 날카롭게 쏘아붙이기도 했다. 하지만 그는 표정 하나 변하지 않았다. 때로는 화를 낼 만도 하건만 조금도 싫은 내색을 비치지 않았다. 오히려 더욱 웃는 낯빛으로 말을 걸어왔다.

웃는 낯에 침 못 뱉는다고 했던가. 결국 그의 끈기와 노력에 지쳐 위지황이 어떤 행동을 하건 더 이상 제동을 걸지 않고 그냥 나두었다. 때로는 몇 마디 말도 나누었다. 그 몇 마디가 백 마디, 나아가 수천 마디가 되어 지금은 다른 누구보다 편하고 친근하게 지낼 수 있었다. 그리고 남몰래 좋은 감정을 만들었다.

'그런데 하필이면 북천……'

한편으론 배신감이 다른 한편으론 안타까움이 물밀 듯 밀려왔다.

그런 남궁민의 마음을 아는지 모르는지 위지황은 장현일을 맞아 필사적으로 싸우고 있었다.

'실로 괴물이 아닌가!'

혼신의 힘을 다해 온갖 공격을 퍼부었음에도 조금도 물러서지 않고 맞서고 그것도 모자라 간담이 서늘해질 만큼의 날카로운 반격을 가하는 위지황의 무위에 장현일은 기가 질렸다.

내공은 물론이고 실전 경험 면에서도 상대를 압도하고 있는 것은 분명하건만 그는 좀처럼 효과적인 공격을 하지 못했다. 오히려 기습적으로 펼쳐지는 역공에 쩔쩔매기까지 했다. 특히 끊임없이 허점을 노리며 파고드는 음한지기는 치가 떨릴 정도였다.

그러나 언제까지 상대의 무위에 감탄하며 칭찬할 수는 없었다. 애당초 힘든 싸움을 예상했기에, 물론 이 정도일 줄은 꿈에도 몰랐지만 도갑을 버려가며 각오를 다지지 않았던가. 이제는 중천을 위해서가 아니라 최소한의 자존심을 지키기 위해서라도 반드시 이겨야 했다.

'시간을 끌면 내가 당한다.'

내공에선 약간의 우위가 있었으나 근본적인 체력 면에선 현저히 열세였다. 시간을 끌면 끌수록 불리해질 것은 뻔한 이치. 머뭇거릴 틈이 없었다. 오랜 격돌로 전신의 상처에서 피가 흐르고 쑤셔왔지만 신경 쓸 겨를이 없었다.

그사이 위지황의 매서운 공격이 쏟아졌다.

"타핫!"

힘찬 기합성과 함께 허공으로 몸을 띄운 그가 검을 휘둘렀다. 마구 휘날리는 검은 머리카락과 서리가 내린 듯 새하얗게 변해 버린 그의 의복이 극단적인 대조를 이뤘다.

그 역시 오랜 격전으로 곳곳에 상처를 입었으나 장현일처럼 피는 흐르지 않았다. 외부로 흘러나온 피가 몸에서 뿜어져 나오는 한기로 인해 그대로 얼어버려 자연적으로 지혈이 된 것이다.

거친 호흡을 내뱉으며 단숨에 거리를 좁히고 공격해 오는 위지황의 모습은 황무지를 질주하는 야수(野獸)처럼 위협적이었다.

'승부!'

장현일은 어쩌면 이번이 마지막 격돌이 될 것이라는 생각을 하며 도를 치켜세웠다.

그의 몸과 비스듬히 세운 도끝에서 뿌연 기운이 흘러나와 전신을 보호했다. 순간, 위지황의 검이 잠시 주춤거렸다. 하나 그것도 잠시 위지황의 검은 더욱 빠르고 강맹한 힘으로 몰아쳐 왔다.

장현일도 피하지 않았다.

그가 들고 있던 도를 집어던졌다.

승부를 예측할 수 없는 엇비슷한 상황에서 무기를 던진다는 것은 예측할 수 없다는 이유만큼 효과적일 수도 있겠지만 만약 그것이 무위로 끝났을 경우 절체절명의 위기에 빠질 수 있는 위험을 가지고 있었다.

성공하지 못하면 자신이 당하고 마는 양날의 검과 같은 공격. 그러나 장현일은 조금도 주저하지 않고 도를 던졌다.

칠혼유도의 마지막 초식이자 최근에 들어서야 깨우친 한성비폭류(瀚星飛瀑流).

장현일의 손을 떠난 도는 삽시간에 일곱 개의 잔상을 만들며 맹렬히 회전했다.

일곱 개로 나뉜 도 하나하나에서 거센 폭풍이 일며 주변의 공기를 모조리 빨아늘였다.

본능적으로 위기를 느낀 위지황이 비명과도 같은 함성을 내지르며 몸을 회전시켰다.

스스스슷!

검에 몸을 싣고 회전하는 그의 몸에서 장현일의 도가 일으키는 폭풍보다 더욱 거대한 회오리가 몰아쳤다.

그들 주변에 있던 이들이 비명을 지르며 피하기에 급급했다. 어떻게든 화살의 막을 뚫고 전진하려는 세 명의 중년인과 뚫리지 않기 위해 필사적으로 화살을 날리는 천뢰대원들을 제외하곤 모든 이들의 시선이 둘의 대결에 쏠렸다.

"세, 세상에!"

"엄청나다!

이곳저곳에서 터지는 함성, 지금껏 듣도 보도 못한 엄청난 광경에 저마다 벌어진 입을 다물지 못했다.

꽈꽈꽈꽝!

천둥 소리였다.

하나의 거대한 폭풍에 각 일곱 개의 작은 폭풍이 부딪치며 내는 소리는 여름날 만물을 두려움에 떨게 만드는 뇌성벽력과 같았다. 둘의 충돌은 그것을 제외하고는 딱히 뭐라 표현할 수 없었다.

"크으으."

모든 이들이 경악을 금치 못하는 사이 지축을 울리는 소리를 뚫고 나지막하게 들리는 신음성이 있었다.

신음성의 주인은 장현일이었다.

그는 믿어지지 않는 표정으로 자신의 명치를 바라보았다. 새하얗게 서리가 내린 듯 얼어 있는 옷 위로 너무도 선명한 손바닥 자국이 있었다.

"분명히 이겼다고 생각했거늘."

위지황이 만든 기세도 대단했지만 한성비폭류가 만들어낸 힘을 이겨낼 만큼은 아니었다. 그랬기에 위지황의 검이 산산이 조각나는 것을 보며 승리를 자신했던 것이 아니던가. 그런데 결과는 전혀 엉뚱하게 나버렸다.

"후~ 졌다."

무인으로서 가장 비참할 때는 바로 패배를 인정할 때였다. 하나 진정한 호적수를 만나 통쾌하게 싸웠을 때는 패배도 그리 비참한 것만은 아니었다.

담담히 패배를 언급하는 장현일은 다소 아쉬움이 남는 표정이었지만 슬프다거나 비참해하지는 않았다. 하지만 패했다는 것은 변하지 않는 사실이었고 결과는 냉정했다.

패배는 곧 죽음이었다.

명치를 파고든 한음신장의 한기는 단 한 번의 공격에 혼신의 힘을 쏟은 그가 어찌 손쓸 틈도 주지 않고 삽시간에 오장육부와 혈맥을 얼려 생명의 온기를 빼앗아 버렸다.

"잘… 가시오."

힘겹게 몸을 일으킨 위지황이 천천히 눈을 감는 장현일의 모습을 보면서 살짝 고개를 숙였다.

'싸움은 이겼을지 모르나 실력에선 졌소이다.'

만약 그가 조금만 더 침착했다면, 자신의 검이 부서지는 것을 보며 승리를 자신하지 않고, 그래서 정확히 심장을 향하던 도의 방향이 살짝 틀어지지 않았다면 최후의 일격을 날리지도 못했을 것이고 살아 있지도 못했을 것이다.

그러나 어쨌든 그는 살아남았다. 장장 반시진에 걸친 치열한 싸움 끝에 살아남은 그에게 실력이 부족하다고 말할 사람은 아무도 없을 것이다.

"공자님!"

황급히 달려온 비무영이 그를 부축했다.

"난 괜찮아. 가주께선?"

"무사하십니다."

"잘됐군."

위지황이 피로 얼룩져 있는 입가를 쓰윽 문지르며 미소를 지었다. 스스로 몸을 가눌 힘도 없으면서 그는 오직 남궁민의 안위를 염려했다. 뒤에서 그 말을 듣고 있던 남궁민의 눈동자가 급격하게 흔들렸다.

부설의 냉랭한 음성이 들린 것은 바로 그때였다.

"과연 그럴까?"

이굉에 이어 장현일까지 목숨을 잃었다.

이굉도 그랬지만 장현일의 패배는 조금도 생각하지 않았다. 그만큼 황당하고 화가 치밀었다. 입술을 잘근잘근 씹어대는 부설의 얼굴은 어이없음을 넘어서 분노의 살기로 번들거렸다.

"운이 좋았지만 여기까지다. 나는 네놈들은 가급적 목숨은 살려서 끌고 가려고 했다. 하지만 이제 그럴 필요를 느끼지 못하겠다. 굴러들어 온 복을 걷어찬 것은 다름 아닌 네놈들이니 날 원망하지는 말아라."

부설은 자신을 쳐다보는 수하들을 살피며 명을 내렸다.

"포로는 필요없다. 모조리 죽여라."

그의 명령이 떨어지기가 무섭게 잠시 소강 상태로 접어들었던 싸움이 다시 시작되었다.

"두 분 어르신들도 나서 주시지요."

"우리까지 나설 필요는 없는 것 같은데."

좌측의 노인이 고개를 흔들었다.

"그래도 나서주십시오. 놈들이 살아 설치는 꼴을 못 봐주겠습니다. 특히 저놈들을요."

부설이 가리키는 이들은 최초 그의 명을 받고 움직인 중년인들과 치열한 싸움을 하고 있는 천뢰대원들이었다.

사실 말이 치열한 싸움이지 승부는 이미 천뢰대에게 기울어 있었다. 간신히 버티고는 있으나 중년 사내들의 몸에는 많게는 다섯 개가 넘는 화살이 박혀 있었다.

"흠, 꽤나 대단한 놈들이다. 평상삼호(坪常三虎)라면 결코 만만한 친구들이 아닌데 저리 애를 먹으니. 알았다. 우리들이 나서마."

두 노인이 나란히 나섰다. 그러나 부설이 고개를 흔들었다.

"좌경(左炅) 어르신께선 놈들을 맡아주시고 단성(檀醒) 어르신께선 저자들을 해결해 주십시오."

부설이 가리키는 이들은 힘겹게 정신을 차리고 있는 위지황과 강유, 어느 정도 기력을 회복한 남궁민, 그들을 보호하기 위해 앞을 지키고 있는 비무영 등이었다.

부설의 말에 그들에게 시선을 주어 찬찬히 살핀 단성이 고개를 끄덕였다.

"남궁가의 어린 계집은 부상을 당했지만 가시가 있어 보이고 또 제법 어울릴 만한 녀석이 있구나. 놈도 북천의 인물인 것 같은데… 그래, 내가 해결하마."

"감사합니다."

"한데 정녕 몰살을 시키려고 하느냐? 사로잡으려면 얼마든지 그럴 수 있는데?"

"그만한 아량을 베풀기에는 이미 늦었습니다."

"흠, 그래도 남궁세가의 가주 정도면 요긴하게 쓸 데가 있지 않겠느냐?"

좌경이 표독하게 노려보는 남궁민에게 힐끗 시선을 던지며 물었다.

"어차피 망한 가문입니다. 혹, 다른 문파의 수장이라면 고려해 볼 수는 있겠지만 망한 가문의 수장 따위가 어디에 쓸 데가 있겠습니까?"

이미 화가 머리끝까지 치민 부설은 단호하게 고개를 저었다. 한데 그의 말이 끝나기가 무섭게 그의 등 뒤에서 낭랑한 목소리가 들려왔다.

"목소리는 좋은데 참 싸가지없게 말하는 아저씨네요."

"누구냐!"

누가 먼저랄 것도 없이 돌아가는 몸. 그리고 그들은 예쁘장하게 생긴 소녀를 볼 수 있었다.

"그렇게 소리칠 것까지는 없고요."

여느 소녀라면 시산혈해로 변한 주변의 상황만으로도 겁을 집어먹고 벌벌 떨 것이다. 하나 사뿐거리는 걸음으로 다가오는 그녀에게선 망설임이나 그 어떤 두려움도 없었다.

황당함에서 빠져나오지 못한 중천의 무인들은 그녀가 눈앞을 스쳐 지나가 남궁민에게 다가갈 때까지 아무런 말도 행동도 하지 않았다.

남궁민의 앞에서 임여령이 물었다.

"언니가 남궁세가의 가주인가요?"

"그, 그런데요."

얼떨결에 고개를 끄덕이는 남궁민도 당황하기는 마찬가지였다.

"할아버지 말씀대로 예쁘네요, 같은 여자가 봐도. 아무튼 반가워요. 난 임여령이라고 해요."

배시시 웃으며 말하는 것이 눈앞에 닥친 위기를 의식하지 못하게 할 정도로 여간 귀여운 것이 아니었다.

"고맙군요."

남궁민은 자신도 모르게 미소를 짓고 말았다.

"뭣들 하는 수작이냐! 네년은 누구냐?"

멍하니 바라보던 부설이 퍼뜩 정신을 차리고 목소리를 높였다. 그러나 임여령은 아무런 대꾸도 하지 않았다. 고개조차 돌리지 않았다.

"검상이 네 곳에 약간의 내상이라… 언니는 크게 문제가 되지 않겠네요."

남궁민을 살피던 임여령의 눈이 강유와 위지황에게 향했다.

"어머나, 이쪽은 꽤 심하게 당했네요. 외상이야 문제가 될 것 없지만……."

다소 걱정스런 눈으로 접근한 그녀가 거침없이 그들의 손목을 잡았다.

"흠, 역시 내상이 심하군요. 치료하려면 꽤나 고생해야겠어요. 뭐, 그래도 걱정할 것은 없어요. 삼 일 안에 깨끗하게 완치시켜 줄 테니까."

갑자기 등장하여 거침없이 행동하는 것도 황당하건만 지금의 행동이며 말투는 영락없는 의원이 아닌가.

"이, 이봐요, 동생."

시시각각으로 변하는 부설의 얼굴을 의식하며 보다 못한 남궁민이 임여령을 불렀다.

"왜요?"

"여기는 동생같이 어린 아가씨가 올 곳이 아니야. 위험하니까 어서 피하도록 해요."

"위험해요? 누가요?"

참으로 철없는 아가씨가 아닐 수 없었다.

끈적거리는 살기를 한눈에 받고도 천연덕스럽게 되묻는 임여령에게선 천하의 남궁민이라도 말문이 막히고 말았다.

대답은 전혀 엉뚱한 곳에서 들려왔다.

"누구긴 누구냐? 바로 네년과 이곳에 있는 년놈들이지."

나직하면서도 살기를 한껏 담은 부설의 음성에 임여령은 그제야 살짝 고개를 돌려 그를 쳐다봤다.

"저자의 말이 사실이야. 그러니 어서 피해."

남궁민이 그녀의 어깨를 살며시 짚으며 힘없이 말했다.

살짝 미소를 머금은 임여령은 도리어 고개를 흔들었다.

"내버려 둬요. 누가 위험한지도 모르는 멍청이들. 가만히 놔둬도 곧 세상 하직할 자들의 말에 겁먹을 필요는 없어요."

그녀의 말이 끝나기도 전에 부설을 비롯하여 모두의 안색이 심각하게 굳어버렸다. 이쯤 되면 어린아이의 애교로 봐줄 수 없는 노릇이 아닌가.

"이거야 원. 가만히 두고 보자니까 어린 년이 못하는 소리가 없구나."

애당초 어린아이의 말장난 따위를 듣고 있던 것이 잘못이었다는 듯 부설이 신경질적으로 소리쳤다.

"뭣들 하느냐? 쳐라!"

그의 명이 떨어지기가 무섭게 달려나오는 무인들.

두어 걸음이나 떼었을까?

가장 앞서 나가던 사내 둘이 처참한 비명을 지르며 꼬꾸라졌다.

순간, 모두의 걸음이 멈춰졌다. 그들의 눈은 양 다리가 잘려 허우적거리고 있는 사내들에게 쏠렸다.

"이, 이게 어찌 된……."

깜짝 놀란 부설이 경악을 금치 못하고 그사이 본능적으로 위기를 느낀 좌경과 단성이 그를 보호하듯 감싸며 주변을 살폈다.

"으아악!"

또다시 비명성이 터졌다. 그리고 두 명의 사내가 재차 피를 뿌리며 쓰러졌다. 여전히 적의 모습은 보이지 않았다.

"어느 고인(高人)이 납신 것이오?"

전신의 감각을 극도로 끌어올린 좌경이 현무관이 떠나가라 외쳤다. 그러자 그에 화답이라도 하듯 노회한 음성이 들려왔다.

"이런 미친놈을 보았나! 고인(故人)이라니? 그럼 내가 죽었단 말이냐?"

"말장난을 하고 싶지는 않소이다. 그렇게 숨어 있지 말고 정정당당하게 얼굴을 보이시오."

"홍, 네놈이 찾아보지 그러냐?"

마치 재미있는 놀이라도 하는 듯 들려오는 음성엔 장난기가 가득했다.

"내 비록 약간의 재주는 있으나 쥐구멍까지 수색할 능력은 없소이다."

좌경은 조금도 동요하지 않고 담담하게 대꾸했다. 그러면서도 차분하게 주변을 훑어갔다.

"쥐구멍? 같잖은 격장지계는 그만두……."

들려오던 소리가 갑자기 끊어졌다.

좌경보다 한발 앞서 적의 위치를 파악한 단성이 의심이 가는 어느 한 지점을 향해 검을 날렸고 그것이 적중한 것이었다.

그런데 그가 공격한 곳이 묘했다.

그의 검이 노린 목표는 이미 목숨을 잃고 쓰러져 있는 수하의 피가 흥건히 고여 있는 곳이었다.

"얼씨구! 제법인걸."

모두들 의아해하는 사이 한줄기 외침이 터져 나왔다. 그리고 검붉은 피가 갑자기 위로 솟구치며 괴이한 형상을 만들더니 곧 키가 작고 호리호리한 노인의 모습으로 변했다.

"괴, 괴물이다!"

"사, 사술(邪術)!"

이곳저곳에서 비명 소리가 터져 나왔다.

핏물이 사람으로 변하다니! 기사(奇事)요, 괴사(怪事)였다. 그런데 정작 모습을 드러낸 노인은 되려 화를 냈다.

"쯧쯧, 한심한 놈들 같으니. 환술(幻術)과 사술도 구별 못하는 머저리들만 모였구나. 어이, 송충이 눈썹을 한 놈. 제법 눈썰미가 있었다. 아무튼 잠시만 기다리거라. 곧 상대해 주마."

노인은 몸을 홱 돌려 임여령에게 다가갔다.

단성은 간신히 은신한 곳을 알아내고 혼신의 힘을 다한 공격을 했음에도 너무도 간단히 피해 버린 노인을 두려운 눈으로 쳐다보았다.

단성을 뒤로하고 임여령에게 다가간 노인이 짐짓 근엄한 표정을 지으며 그녀를 나무랐다.

"이 녀석아, 잠시 기다리라고 했더니만 뭐가 그리 신났다고 앞서 왔느냐? 내가 서둘렀기에 망정이지 자칫 늦기라도 했다간 큰일 날 뻔하지 않았느냐?"

"뭐, 오실 줄 알았으니까요."

노인이 어처구니없는 모습을 하건 말건 간단히 대꾸한 임여령이 남궁민의 소매를 잡았다.

"소개할게요. 유불살 송찬 할아버지예요."

"남궁민입니다."

남궁민이 정중하게 인사를 했다.

"알고 있다. 뭐, 그다지 알고 싶지는 않았다만."

송찬이 퉁명스레 대꾸했다.

아무리 곤란한 처지라 해도 한 세가의 가주가 아니던가. 문파의 수장에게 하는 말 치고는 너무나도 차갑고 오만한 말투였다.

남궁민의 안색이 살짝 굳어지자 송찬의 성격에 그럴 줄 알았다는 듯 고개를 흔든 임여령이 남궁민을 달랬다.

"신경 쓰지 말아요. 퉁명쟁이 할아버지니까."

"누가 퉁명쟁이란 말이냐?"

송찬이 인상을 찌푸리며 얼굴을 들이밀었다. 하지만 임여령은 눈 하나 까딱하지 않았다.

"늘 퉁퉁거리잖아요. 방금 언니한테도 그랬고."

"그거야……."

그의 말은 이어지지 않았다.

"언제까지 기다려야 하오?"

좌경과 단성이 노기 띤 얼굴로 둘의 대화를 끊고 나섰다.

그들은 화가 날 대로 난 상태였다. 난데없이 나타나 수하들을 상하게 한 것도 그랬지만 눈앞에 자신들을 놔두고도 말장난을 하며 노닥거린다는 것은 한마디로 무시한다는 태도가 아닌가.

실력 고하를 떠나 육십이 넘도록 지금과 같은 경우를 당해본 적이 없었던 그들은 참을 수 없는 모욕감에 몸을 떨었다.

"기다려 달란 적 없다. 네놈들이 움직이지 않은 것이지."

송찬이 피식 웃으며 대꾸했다.

"닥치시오! 우리는 당신처럼 기습 따위나 하는 사람이 아니오."

"기습? 병신들. 기습이 뭔지나 알고 지껄이는 거냐? 내가 마음만 먹었으면 네놈들은 이렇게 짖지도 못하고 있을 게다. 아무튼 시끄러우니 덤벼라. 다른 사람들이 오기 전에 오랜만에 몸이나 제대로 풀어보자꾸나."

좌우로 손을 벌리며 느긋하게 움직이는 송찬의 얼굴. 표정은 웃고 있었지만 그의 전신에선 말로 표현하지 못할 정도의 살기가 뿜어져 나오고 있었다.

그의 말이 끝나기도 전에 들려오는 음성이 있었다.

"쯧쯧, 어쩐지 급하게 달려가더라니. 그런 속셈이 있을 줄 알았다. 뭐가 어째? 여령이가 걱정이 돼?"

"다 늙어서 주저리주저리 뿜어대는 살기 하고는. 이제 그만 몸속으로 갈무리할 때가 되지 않았나?"

"놔두자고. 워낙 동작이 굼떠서 저렇게 서두르지 않으면 차례가 안 오는 줄 알고 겁을 먹어서 그런 것이니까."

동시다발적으로 들려오는 야유에 송찬의 얼굴이 참담하게 구겨졌고 또 다른 적의 등장에 모든 이의 시선이 일제히 음성의 주인들을 향했다.

제 49 장

원로원(元老院)

원로원(元老院)

정확히 일곱 명의 노인들.

하나같이 백발이 성성한 것이 나이를 추측할 수 없을 정도였고 전신에서 풍겨오는 기도 또한 예사롭지 않았다.

중천의 무인들은 물론이고 남궁세가의 인물들 역시 긴장하며 그들의 등장을 지켜보았다. 그런데 무척이나 낯선 얼굴이 보였다.

"태상호법님!!"

가장 뒤에서 뒷짐을 지고 있는 노인이 누구인지를 알아본 초번이 벼락같이 소리를 질렀다.

"태, 태상호법님이라니?"

눈썰미가 어두웠던 뇌전이 어리둥절해하며 되물었다.

"어르신……."

비사걸을 알아본 남궁민도 반가움을 감추지 못했다.

"태상호법님!"

"태상호법님이시다!!"

정식으로 사제지연을 맺은 것은 아니나 몇 년 동안 무공을 배웠다. 어찌 모를 것인가? 비사걸의 모습을 확인한 남궁세가의 무인들이 미친 듯이 환호성을 질렀다. 그제야 비사걸을 알아본 뇌전도 얼떨결에 만세를 불렀다.

담담한 표정으로 걸어온 비사걸이 남궁민의 어깨를 두드렸다.

"애썼다."

"어르신……."

남궁민의 눈에는 어느새 눈물이 고였다.

"내가 사정이 있어 일찍 찾지 못했구나. 다행이다. 난 너희들이 어찌 된 줄 알았다."

"패천궁에 계신 것이 아니셨습니까?"

남궁민이 볼을 타고 흐르는 한줄기 눈물을 닦으며 물었다. 그녀의 질문에 비사걸이 쓴웃음을 지었다.

"패천궁이라… 가보지도 못했구나."

비사걸의 눈이 부설에게 향했다.

"악가 옆에 있던 애송이로구나. 그래, 네가 우두머리냐?"

"그, 그렇소."

"내가 누구인지 알겠느냐?"

"무, 물론이오."

모를 리가 없었다. 악위군을 수행하며 이미 황보세가에서 안면이 있었다. 물론 그때는 그가 검왕 비사걸인 줄은 몰랐지만 그를 제거하기 위해 얼마나 많은 피해가 났는지도 익히 알고 있었다.

"중천에서 네 직책이 무엇이냐?"

"딱히 직책은 없소. 그냥 사, 사부를 도울 뿐이요."

"네 사부의 직책은 무엇이냐?"

"구, 군사요."

"군사라… 그렇다면 네가 중천의 군사 삼지안(三智眼) 신도의 제자란 말이구나."

"그렇소."

부설은 자신도 모르는 힘에 이끌려 대답을 했다. 좌경이 옆에서 그의 허리를 건드려 경고했으나 늦은 감이 있었다.

노인들의 기세가 심상치 않았지만 그는 부설이 왜 그렇게 겁을 먹고 있는지 의아해했다.

"본인은 좌경이라 하오. 선배의 존성대명은 어찌 되시오?"

부설의 앞을 가로막은 좌경이 물었다.

비사걸의 정체를 아는 사람은 오직 부설뿐이었고 좌경이나 단성 등은 미처 알지 못했다. 하나 불행히도 부설은 그들에게 비사걸의 정체를 말해 줄 여유를 갖지 못했다.

"네놈 따위가 여쭐 이름이 아니다."

유난히 붉은 눈썹의 노인이 싸늘히 소리쳤다.

"흥, 황제라도 되는 줄 아는 모양인……."

좌경의 말은 미처 이어지지 못했다. 그의 말이 끝나기도 전에 적미(赤眉) 노인의 검이 검집을 빠져나왔기 때문이었다.

목숨의 위협을 느낀 좌경이 필사적으로 물러났지만 온전히 피할 수는 없었다. 그는 허벅지에 깊은 자상을 입고 말았다.

"크으."

좌경은 뼛속까지 울리는 고통에 이를 악물었다.

믿을 수 없다는 표정이 그의 얼굴에 떠올랐다. 그러나 억울하다거나 기습에 당했다고 분노하는 모습이 아니었다. 오히려 목숨을 구했다는 안도감이 제일 컸다. 그만큼 상대의 검은 빨랐으며 치명적인 위력을 지니고 있었다.

"다, 당신 누구요?"

그제야 두려움에 찬 눈으로 좌경이 물었다

적미 노인은 아무런 대꾸도 하지 않았다.

"쯧쯧, 꽤나 오랫동안 썩더니만 한 번 뽑으면 반드시 피를 본다는 혈류도(血流刀)가 많이 무뎌졌습니다 그려."

적당한 키에 적당한 체구, 하나 어린아이의 얼굴만한 주먹을 지니고 있는 노인이 웃으며 말했다.

그의 이름은 응사웅(鷹娑雄). 세간에 잘 알려지지 않았지만 이미 권장지술(拳掌之術)의 극을 본 사람으로 전대의 강호오왕이었던 권왕 응천수가 그의 조부였다.

"그러게, 나 같으면 이미 끝장을 보았을 텐데."

송찬이 자신의 목을 그으며 맞장구를 쳤다.

"아무래도 그런 것 같군."

적미 노인은 그들의 말을 들으며 쓴웃음을 지었다.

'혈… 류… 도?'

단성이 노인들을 경계하며 좌경의 상처를 살피는 사이 비사걸의 등장에 이미 혼이 반쯤은 빠져 있던 부설이 또다시 멍한 표정을 짓고 있었다.

'혈류도라면 분명 기억이……'

어디선가 들어본 적이 있는 것 같긴 했지만 다소 생소한 이름이었다.

'혈류도라는 이름을 쓰는 적미의 노인. 적미, 적미라……'

생각이 날 듯 말 듯했다.

바로 그때, 번개같이 뇌리를 스쳐 지나가는 기억이 있었다.

…패천궁 자체도 무서운 상대지만 알려지지 않은 그들의 저력은 더욱 무섭다. 궁주도 함부로 할 수 없다는 원로원. 비록 인원은 몇 안 되나 그들의 힘은 실로 가공하다. 과거 패천궁이 무림 제패를 할 수 있었던 것도 바로 그들의 힘이 있었기 때문이다. 원로원의 수장은 과거 혈참마대를 이끌고 무림을 질타했던 혈류도 냉악이라는 자로……

'그, 그래. 혀, 혈류도… 혈류도 냉악이다!'

마침내 적미 노인의 정체를 알아낸 부설은 전신을 사시나무 떨듯하며 나머지 노인들을 살피기 시작했다.

'유불살 송찬, 살수계의 전설. 밤의 황제이자 그 옛날 환야를 도와 무림을 평정했던 무불살 송무(宋霧)의 직계 자손.'

'뭘 보느냐?'는 듯 싱글거리며 째려보는 송찬의 모습에 한기를 느낀 부설의 시선이 다른 노인에게 향했다.

'용권풍(龍拳風) 응사웅, 곡지통(哭之痛) 구양숭(歐陽嵩) 경의비마(輕衣肥馬) 한가풍(韓佳楓), 송백검(松柏劍) 백준(白俊).'

과거 신도가 해주었던 말들과 노인들의 모습을 하나하나 대조해 가며 노인들의 정체를 기억해 낸 부설은 미칠 지경이었다. 검왕 비사걸만 하더라도 죽고 싶은 심정이건만 이름만으로도 천하를 들썩이는 사람들이 눈앞에, 그것도 무더기로 적이 되어 나타난 것이었다.

'이들이 나타났다는 것은……'

결론은 하나였다.

원로원이 움직였다는 것.

'끝이군.'

아득한 절망감이 밀려들었다. 그리고 그것은 곧 현실로 들이닥쳤다.

싸움은 비사걸이 몸을 돌리는 것으로 시작되었다. 아니, 싸움이라고도 할 수 없었다. 애당초 싸움이 되지도 않는 일방적인 학살이었으니까.

손을 쓴 사람은 고작 세 사람에 불과했다.

이미 피를 본 송찬과 혈류도 냉악, 그리고 우는 것인지 웃는 것인지 구별이 가지 않을 정도로 묘한 얼굴을 하고 있는 곡지통 구양숭이 그들이었다.

냉악은 자신의 도를 피한 좌경을 단 이 초 만에 황천길로 보내는 것으로 싸움을 끝내고 검을 거두었다.

곡지통은 십여 초 만에 단성을 쓰러뜨리고 급변한 전황에 천뢰대와의 싸움을 접고 뒤로 물러난 평상삼호와 어울렸다. 실력으로 보아 금방 끝날 싸움이었지만 양상은 그렇지 않았다.

구양승은 마치 어린 제자의 어리광을 받아주기라도 하는 듯 평상삼호의 모든 공격을 받아주었는데 그는 단 한 번의 공세도 펼치지 않았다. 그럼에도 그의 몸에는 조그만 상처 하나 나지 않았다. 오히려 지친 사람들은 공격을 하는 평상삼호였다.

오랜만에 살심을 드러낸 송찬만은 본신의 실력을 마음껏 드러내고 있었다.

오직 일 검이었다.

단 한 번의 공격에 한 명씩 목숨을 잃었다.

종횡무진, 신출귀몰하게 움직이는 그의 움직임을 따라잡을 수 있는 사람은 아무도 없었다. 의식도 하지 못하는 사이 접근하여 목숨을 앗아가는 검을 피할 사람도 없었다.

두려움에 질린 몇몇이 미친 듯이 소리치며 저항을 했지만 차라리 하지 않느니만 못했다. 저항하면 저항할수록 죽음의 공포와 고통만 더할 뿐이었다.

그렇게 정확히 일각의 시간이 흘렀다.

싸움을 끝낼 때라고 여긴 곡지통이 평상삼호의 가슴에 커다란 구멍을 남기는 것으로 모든 싸움은 종결되었다.

부설이 이끌었던 중천의 무인들 중 멀쩡한 사람은 아무도 없었다. 송찬에게 걸린 이들은 모조리 목숨을 잃었고 그나마 천뢰대나 남궁세가의 무인들과 싸운 이들만이 간신히 목숨을 구했다. 그들 역시 치명적인 부상으로 신음하는 신세였지만.

비사걸과 원로원이 나섰음을 알고 있던 부설은 처음부터 이리 될 것임을 예견했다는 듯 멍한 눈으로 전장을, 그리고 자신에게 다가오는 비사걸을 응시했다.

부설 앞에 멈춰 선 비사걸은 차가운 눈초리로 그의 얼굴을 응시했다. 그리곤 자포자기하는 심정으로 마주 쳐다보는 그에게 천만 뜻밖의 말을 했다.

"돌아가거라."

"무, 무슨……."

부설은 비사걸의 말뜻을 이해하지 못했다.

"목숨을 살려줄 테니 돌아가거라. 가서 네 사부와 주인 되는 놈에게 알려라. 내가 살아 있음을. 그리고 구화산에서의 빚을 곧 갚으러 가겠다고 말이다."

담담히 할 말을 쏟아낸 비사걸은 믿어지지 않는 표정으로 바라보는 부설에게서 몸을 돌렸다.

'사, 산 것인가?'

부설은 믿을 수가 없었는지 멍한 눈으로 한참 동안이나 비사걸의 뒷모습을 바라보았다. 그리곤 천천히 걸음을 옮겼다. 아무도 그의 발길을 막지 않았다.

"몸은… 좀 어떤가요? 이렇게 앉아 있어도 되는 건가요?"

"하하, 괜찮습니다. 이까짓 상처야 금방… 윽!"

너털웃음을 지으며 상체를 흔들던 위지황은 상처 부위에서 밀려오는 고통에 인상을 찡그렸다. 그리곤 곧 겸연쩍은 표정으로 상처를 어루만졌다.

"뭐, 조금 아프기는 하지만 견딜 만합니다."

"그만하길 다행이에요."

"그 꼬마 아가씨의 의술 덕분이지요. 솜씨가 보통이 아니던데요."

위지황은 가녀린 손길로 능숙하게 상처를 다루던 임여령에게 혀를 내두르며 감탄을 했다. 하나 남궁민은 살짝 고개를 끄덕일 뿐 별다른 대꾸를 하진 않았다. 말을 이어가려던 위지황은 슬그머니 시선을 돌리는 그녀의 모습에 입을 다물었다.

쓴웃음을 지은 위지황이 힘없이 물었다.

"실망했습니까?"

"……"

"일부러 속이려고 한 것은 아닙니다. 결과적으로 그렇게 되기는 하였지만."

한숨을 내쉬며 고개를 떨어뜨린 그는 애꿎은 탁자만 툭툭 건드렸다. 그 모습이 그렇게 처연할 수가 없었다.

그를 바라보는 남궁민의 속눈썹이 파르르 떨렸다. 그렇다고 미련 따위를 둘 수는 없었다. 그래 봤자 서로의 마음만 더 크게 다칠 뿐이었다.

둘 사이에 어색한 침묵이 흘렀다.

"부탁할 것이 있어서 왔어요."

마음의 동요를 애써 짓누른 남궁민이 다소 차가운 음성으로 말했다.

그녀가 무슨 말을 하려는지 짐작도 갔으나 위지황은 애써 부정하고 싶은 마음에 도리어 과장된 몸짓을 했다.

"하하, 부탁이라니요. 말씀만 하십시오. 제 능력이 닿는 한 뭐든 들어드리겠습니다."

"그만… 떠나주세요."

정신이 번쩍 났다. 올 것이 왔다는 생각을 하긴 했지만 가슴이 덜컥 내려앉는 것은 어쩔 수가 없었다.

위지황은 아무런 말도 하지 못하고 그저 안타까운 표정으로 남궁민을 응시했다.

뭔가를 간절히 바라는 눈빛, 그러나 남궁민은 굳게 입을 다물고 있을 뿐 추호의 동요도 없었다.

"너무하지 않습니까?"

보다 못한 비무영이 간섭을 하고 나섰다.

"비록 사천이 남궁세가와 적대시하는 관계라도 공자님이 남궁세가를 적대시 하는 것은 아니잖습니까?"

"비무영!"

위지황이 끼어들지 말라는 듯 소리쳤으나 그는 고개조차 돌리지 않았다.

"적대시하기는커녕 오히려 남궁세가의 편에서 싸웠습니다. 지금껏 수차례의 싸움이 있었지만 이렇듯 무사할 수 있었던 게 모두 누구의 덕이라고 생각합니까? 공자님이 은연중 손을 쓰지 않았다면 아무도 무사할 수 없었습니다. 멀리 생각할 것도 없습니다. 달포 전, 장경 분타를 공격하던 당시를 기억하십니까?"

갑작스런 비무영의 질문에 남궁민은 자신도 모르게 고개를 끄덕였다.

"그곳의 분타주 조욱은 상당한 고수였습니다."

"그만 해!"

위지황이 소리쳤다. 하지만 비무영의 말은 점점 빠르고 힘차게 이어졌다.

"가주와 강유 공자님이 합공을 해서야 간신히 부상을 입힐 수 있었을 만큼 그는 무서운 인물이었습니다. 그렇지만 그게 다가 아닙니다. 만약 우리 공자님께서 암암리에 손을 써서 돕지 않았다면 결과는 그 반대로 나왔을 겁니다."

'그랬던가? 그래서 결정적인 순간마다 그런 모습을 보였던 것인가?'

남궁민은 조욱과의 치열했던 대결을 떠올리며 그가 어째서 결정적인 위기 때마다 당황스런 표정을 지었는지 비로소 이해를 했다. 은연중 위지황의 손길이 있었던 것이다.

"그자뿐만이 아닙니다. 농산 분타에서도 그랬고, 황정 분타에서도 그랬습니다. 공자님의 활약이 없었다면 남궁세가는 지금까지 버티지 못했을 겁니다. 물론 모르시고 계시겠지만 말이지요."

"그만 하라고 했다!!"

더 이상 참지 못한 위지황이 노기를 드러내며 소리쳤다.

"그렇게는 못하겠습니다. 참을 걸 참으라고 하십시오!"

버럭 소리를 지른 비무영이 황당해하는 위지황을 외면하고는 매서운 눈초리로 남궁민을 쳐다봤다.

"그럼에도 내색도 못하고, 혹시라도 자신이 북천의 사람임이 알려질까 봐 전전긍긍했던 멍청한 사람입니다. 사랑 때문에 부모 형제, 친구 다 버리고……."

비무영이 오만상을 찌푸리고 있는 위지황을 가리켰다.

"결국엔 저 모양이 된 한심한 사람이란 말입니다. 까짓, 일이 이 지

경이 된 마당에 그간의 일에 대해서 칭찬을 바라진 않습니다. 생색을
내고 싶지도 않습니다. 그리고 남녀 간의 일도 제가 알 바는 아닙니다.
두 분께서 서로 사랑을 하건 미워하건 상관없습니다. 하지만 몸은 회
복해야 하지 않겠습니까? 저 상처는 도대체 누구 때문에 입은 것입니
까? 바보처럼 싱글거리고 웃고 있지만 조금 전까지만 해도 의식도 제
대로 차리지 못한 사람입니다. 상처는 돌봐준 다음에 떠나라고 해야
되지 않느냔 말입니다. 그게 지독히도 누군가를 사모한 멍청한 사내를
위한 최소한의 배려 아닙니까?'

구구절절 옳은 말이었다. 무슨 말을 할 수 있겠는가?

"……."

침묵을 지키는 남궁민의 시선은 고래고래 소리를 지르는 비무영에
게 있지 않았다. 오직 위지황에게 고정되어 있었다. 애써 감정을 추스
르려고 하였으나 의식하지도 못한 사이에 눈물이 고여 있었다.

"최소한 공자님은 그만한 자격은 있다고 봅니다. 다른 사람은 몰라
도, 아니, 누구도 그럴 수는 없겠지만, 특히 가주께서 이리 매정하게 대
하실 수는 없는 겁니다."

그 말을 끝으로 비무영은 걷어차듯 문을 세차게 열어젖히고는 방을
나섰다.

오만상을 찌푸리며 지켜보던 위지황이 난처한 표정으로 머리를 긁
적거렸다.

"으이구, 성질 머리 하고는. 하하, 너무 신경 쓰지 마십시오. 공연히
신경질이 나서 그러는 거니까."

"제가… 너무하는 것이라 생각하나요?"

위지황은 아무런 말도 없이 그녀를 응시했다.

고요히 가라앉은 눈 속으로 마구 떨리는 그녀의 손이 들어왔다. 치맛자락을 찢어져라 부여잡고 있는 손에 어찌나 힘이 들어갔는지 섬섬옥수(纖纖玉手)에 어울리지 않는 핏줄이 툭툭 튀어 올랐다. 악다문 입술에 혈흔이 보이는 것으로 보아 그녀가 얼마나 힘겹게 감정을 정리하고 있는지 느낄 수 있었다.

'끝까지 몰랐으면 했는데…….'

그럴 수가 없다는 것을 알고 있었고, 언젠가는 알게 될 것이라며 마음을 졸였건만 막상 모든 것이 밝혀지자 너무나 가슴이 아팠다. 무엇보다 자신으로 인해 그녀가 괴로워하는 모습이 참기 힘들었다. 아픔을 감내하는 것은 혼자만으로도 충분했다.

"하하, 너무하긴요. 가주의 입장에서야 당연한 선택이지요. 마음 쓰지 마십시오. 곧 떠나도록 하겠습니다."

위지황은 애써 밝은 웃음과 과장된 행동으로 대답했다.

"미안… 해요."

남궁민은 자신을 위하는 그의 마음을 잘 알고 있었다. 그래서 아무렇지도 않게 행동하는 그의 모습이 더욱 안쓰러웠다. 결국 참지 못한 한줄기 눈물이 그녀의 볼을 타고 흘러내렸다.

"하하, 저 때문에 눈물을 보이시는 겁니까? 그러지 마십시오. 죽으러 가는 것도 아닌데."

당당하게 소리친 위지황이 손을 뻗었다. 얼굴을 향해 다가오는 손을 보며 흠칫했으나 남궁민은 그의 손길을 거부하지 않았다.

"저는 아직 가주… 아니, 아가씨를 포기하지 않았습니다. 그저 잠시

물러나는 것뿐입니다. 그러니 눈물을 보이지는 마세요. 눈물은 아가씨
와는 어울리지 않습니다.”

흐르는 눈물을 닦아내며 살며시 볼을 쓰다듬은 위지황이 부드럽게
말했다. 그리곤 뭔가가 생각났다는 듯 품을 더듬었다.

“아, 그리고 떠나기 전 드릴 것이 있습니다.”

그가 꺼낸 것은 손바닥 크기만한 조그만 책자였다.

“우연찮게 얻은 것인데 제법 쓸 만할 겁니다.”

얼떨결에 책자를 받아 든 남궁민이 의아한 눈빛을 보냈고 그것과 동
시에 조금 전 문을 박차고 나가서는 몰래 방 안의 동정을 엿보고 있던
비무영이 미친 듯이 달려들어 왔다.

“지, 지금 뭐 하시는 겁니까?”

“뭐가?”

“뭐가라니요!! 저, 저게 어떤 물건인 줄 아시잖습니까?”

얼마나 당황을 했는지 남궁민의 손에 들린 책자를 가리키는 비무영
의 손끝이 덜덜 떨렸다.

한데 호들갑을 떠는 그와는 달리 위지황은 전혀 대수롭지 않은 표정
이었다.

“알지.”

“아, 알면서 그러신단 말입니까?”

“어차피 우리 것도 아니었잖아. 그리고 죽어가면서 한 부탁이기도
하고.”

“미, 미쳤습니까?”

비무영이 자신도 모르게 소리쳤다. 아무리 막역하게 지내는 그라도

분명 할 수 있는 말이 아니었다. 그것은 곧 그가 지금 무슨 말을 하고 있는지도 모를 정도로 놀라고 있다는 증거였고 그것을 알기에 위지황 또한 빙그레 웃으며 별다른 문제로 삼지 않았다.

"너무 멀쩡해서 탈이다. 어쨌든 유언은 지켜줘야지. 그것이 사자(死者)에 대한 예의야."

"예의는 개뿔이, 뭐가 예의입니까?"

미칠 노릇이었다. 아무리 사랑에 눈이 멀었다지만 뭐가 중요한 것이고 그렇지 않은지 구별도 못하는 지경에 이르렀을지는 꿈에도 몰랐다.

위지황이 지금 넘겨주려 하는 책자는 잠룡부의 내용을 다시 정리한 것이었다.

그것을 건넨다는 것은 사실상 사천이 지닌 여러 무기 중 가장 치명적인 한 가지를 포기한다는 것이나 다름없었다. 그리고 자칫 잘못하면 그 책임을 북천에서 떠맡을지도 모르는 일이었다. 하지만 안절부절 못하는 비무영과는 상관없이 위지황은 고집을 꺾지 않았다.

"시끄러. 이미 명단은 넘어갔고 네가 뭐라 떠들어도 소용없어. 그냥 포기해."

"정말입니까?"

"성격 알잖아."

"젠장, 죽이 되건 밥이 되건 마음대로 하십시오. 더 이상은 저도 모르겠습니다. 하지만 이것 하나만큼은 반드시 알아두시는 게 좋을 겁니다."

"뭐를?"

"명단을 넘겼을 때 닥쳐올 후폭풍을. 어쩌면 그것을 공자님과 우리 북천이 감당해야 할지도 모른다는 것을 말입니다."

"그건 그때지. 그리고 따지자면 애당초 잃어버린 놈이 멍청한 것 아니냐? 그만큼 중요한 것이면 알아서 조심해야 해야지."

비무영의 말을 간단히 일축한 위지황이 남궁민에게 고개를 돌렸다.

"들으셨습니까? 별거 아닌 것 같아도 꽤나 중요한 겁니다. 이 녀석이 이리도 길길이 날뛸 정도로 말이지요. 그러니 부디 소중히 간직하세요."

일부러 말을 하지 않아도 경악을 금치 못하는 비무영의 반응을 보며 남궁민 역시 위지황이 건넨 책자의 중요성을 인식하고 있었다. 그리고 그만큼 부담으로도 전해왔다.

"어찌 이것을……."

남궁민의 물음에 위지황은 아무런 말도 하지 않았다. 그저 빙그레 웃을 뿐이었다.

'인연의 끈이라 생각하시면 될 겁니다. 인연의 끈.'

"생사괴의 그 친구가 구화산에 은거한 것은 알고 있었으나 사실 그때 쇄혼계에 몸을 던진 것은 누가 보더라도 최악의 선택이라 할 수 있었다."

"그렇게 험한 곳입니까?"

뇌전의 물음에 희미하게 미소를 지은 비사걸은 대답 대신 앞에 놓인 술잔을 들었다. 그러자 언제쯤 입을 열까 눈치를 보고 있던 임여령이 재빨리 끼어들었다.

"험한 정도가 아니에요. 좁은 내가 스물일곱 번 굽이쳐 흐르는데다가 물살이 워낙 거세어 솜씨 좋은 사공도 고개를 젓고 칼날처럼 날카로운 바위들은 또 얼마나 많은지 물고기보다 바위가 많다고 할 정도지요. 의식을 잃은 검왕 할아버지가 하류까지 무사히 떠내려 오기란 번개를 맞고 죽은 다음 환생하여 또다시 번개를 맞고 죽는 것보다 아마 확률적으로 쉬울 거예요."

"설마요~"

뇌전이 믿어지지 않는다는 반응을 보이자 임여령의 안색이 차갑게 가라앉았다.

"믿지 못하겠다는 건가요? 그럼 나중에 시도를 한번 해보던가요. 아마 십 장도 못 가서 물고기 밥으로 변할 걸요."

"아니, 꼭 믿지 못하겠다는 것은 아닙니다만……."

"아니라 뭐요?"

임여령의 앙칼진 추궁에 넉살 좋기로 타의 추종을 불허하는 뇌전도 딱히 대꾸할 말을 찾지 못해 난처한 기색이었다.

곱상한 외모와 티없이 맑은 미소를 지닌 열일곱의 어린 임여령이었지만 천하를 풍미했던 괴의(怪醫) 임종대의 후손이었다. 그 피가 어디 가겠는가? 그녀의 말과 행동은 그 나이의 또래와는 확실히 다른 괴팍한 면이 있었다.

"여령이 말대로 무사하지만은 않았다. 내상도 내상이었지만 상처가 워낙 중해 꼬박 백 일을 넘게 치료해야 했으니까."

잔을 비운 비사걸이 말했다. 임여령이 고개를 흔들었다.

"쇄혼계를 지나고도 그 정도면 멀쩡한 거라니까요. 천운이 따랐어요."

"천운이 아니라 네 의술이 뛰어나기 때문이다."

"뭐, 약간 그런 면도 있기는 하지만요."

임여령은 별것 아니라는 듯 대꾸했다.

막 방으로 들어서던 남궁민이 맞장구를 쳤다.

"동생의 의술이 그토록 뛰어난 줄 몰랐어. 동생이 치료를 해줘서 다들 회복이 빨라. 모두 고맙다는 말을 전해달라고 했어."

"호호, 뭘 그 정도를 가지고요."

남궁민의 칭찬에 임여령은 살짝 얼굴을 붉히며 수줍어했다. 그런 모습은 영락없는 소녀의 모습이었다. 하지만 뇌전 등 이를 지켜보는 사람들은 시시각각으로 변하는 말과 행동을 보면서 참으로 괴팍한 소녀와 일행이 되었다고 여기고 있었다. 배분이나 신분이 참으로 무지막지할 정도로 높아 남궁민을 제외하고는 아무도 하대를 하지 못하는.

"다들 치료는 잘하고 있느냐?"

남궁민이 자리에 앉는 것을 기다리던 비사걸이 물었다.

"예. 여령 동생이 도와준 덕분에 차도가 빠릅니다."

"다행이구나. 그 녀석은 어찌 되었느냐?"

멈칫하는 남궁민의 안색이 살짝 굳어졌다. 그녀가 대답을 못하자 또다시 임여령이 나섰다.

"누구요? 위지황인가 뭔가 하는 그 잘생긴 오빠요?"

"그래. 상태가 꽤 심해 보이던데."

"심해 봐야 그게 그거지요. 넉넉 잡아 한 사나흘 신경 쓰면 괜찮아질 거예요."

임여령의 말이 끝나기가 무섭게 살짝 입술을 깨문 남궁민이 입을 열었다.

"떠났어요."

"떠나요? 어디로요? 아직 그 몸으론 무린데요."

깜짝 놀란 임여령이 속사포처럼 쏘아댔다.

"조금 전에."

"그걸 가만히 보고 있었어요?"

남궁민이 힘없이 고개를 끄덕였다.

"왜요? 그 오빠가 당한 상처는 모두 언니를 보호하기 위해 그리 된 것 같던데… 두 분이 좋아하는 사이 아니었나요?"

"……."

남궁민은 아무런 대꾸도 하지 않은 채 살며시 고개를 떨구었다.

"보면 모르겠습니까? 그 녀석은 사천의 인물입니다. 중천과 함께 장강 이북을 초토화시킨 북천의 인물이오. 우리와는 적이란 말입니다."

보다 못한 뇌전이 임여령의 옆구리를 툭 건드리며 나직하게 말했다. 하나 좁은 방 안에서 나직하게 말한다고 해도 듣지 못할 사람은 아무도 없었다. 탁자 위에 올려진 남궁민의 손끝이 살짝 떨렸다.

"말도 안 돼. 그 집안이 적이라고 그 오빠가 적은 아니잖아요. 좋아하는 사람 때문에 목숨까지 건 사람을 그렇게 대하는 법이 어디 있어요? 그리고 이상하네요. 아까 얘기를 할 때는 떠날 생각이 없는 것 같았는데."

"내가 보냈어."

"언니가요? 왜요?"

황급히 되묻는 임여령의 눈이 화등잔만해졌다.

"지금은 아닐지 모르지만 언젠가는 적이 될 사람이야. 그의 부모 형제와 검을 겨룰 수도 있지. 내가 죽을 수도 있고 그의 가족이 다칠 수도 있어. 그때 그는 어찌해야 할까? 나는 또 어찌해야 하지?"

"그, 그야……."

그것까지는 생각하지 못했는지 임여령도 쉽게 대답을 하지는 못했다.

"훗날 그런 모습을 보느니 차라리 지금 보내는 것이 낫겠지. 가슴이 아프더라도. 이해할 수 있어?"

마지막 말은 임여령이 아닌 스스로에게 하는 독백이나 마찬가지였다. 듣는 이로 하여금 안타까운 마음이 물씬 풍기게 만드는 처연한 표정과 슬픔이 깃든 말에 임여령은 자신도 모르게 고개를 끄덕이고 말았다.

일순 좌중의 분위기가 숙연해졌다.

"급한 대로 치료는 했다고 하니까 별일은 없을 게다."

남궁민의 모습을 안쓰럽게 바라보던 비사걸이 주위를 환기시키기 위해 화제를 바꿨다.

"그건 그렇고 앞으로는 어찌할 생각이냐? 지금처럼 움직이는 것은 그다지 좋아 보이지 않는구나. 위험 부담도 커 보이고."

"글쎄요, 다른 방식으로 싸우기는 해야겠지요."

"다른 방법? 그렇다면 을지호에게 가려느냐? 듣자니 사천 쪽에서 싸우고 있는 것 같더구나."

"흥, 삼시파천인가 뭔가 하는 별호도 얻었다던데요. 남궁세가로 떠난 지가 얼만데 아직도 돌아오지도 않고… 우리는 요 모양 요 꼴로 고생하는 줄도 모르고 어여쁜 마누라를 얻어서 아주 신난 모양입니다."

뇌전이 흥흥거리며 대꾸했다.

"마누라라니? 녀석이 언제 부인을 얻었더냐?"

"삼시파천이 있는 곳에 늘 함께 하는 여인이 있다는 것은 천하가 다 아는 사실입니다. 그렇게 붙어 다니는 것을 보면 저희들 몰래 도둑 장가를 간 것이 틀림없습니다."

"확실하지도 않은 사실을 함부로 말해선 안 되지. 만약 아니라면 그 뒷감당을 어찌하려고……."

초번이 넌지시 경고를 했다.

호들갑스런 행동이며 유난히 큰 음성이 남궁민 때문에 침울한 주변의 분위기를 바꿔보려는 노력인 줄은 알지만 그냥 듣고 넘어가기엔 조금 과한 게 아닌가 싶었다.

뒷감당 운운할 때 한쪽 구석에서 시립하고 있던 천도문과 연능천도 함께 고개를 끄덕이는 것이 그들 역시 초번과 같은 생각을 하고 있는 것 같았다. 그러나 뇌전은 조금도 아랑곳하지 않았다. 도리어 과장된 표정으로 떠들어댔다.

"뒷감당은 무슨… 안 보이는 곳에선 황제의 욕도 하는 법입니다."

"어디 녀석을 만난 이후에도 그러는지 보겠다."

비사걸마저 어이없다는 듯 너털웃음을 지었다.

"아무튼 녀석이 데리고 다닌다는 여자가 부인인지 아니면 단순한 동료인지는 나중에 보면 알 것이고. 그래, 녀석이 있는 곳으로 가려느냐?"

비사걸의 물음에 남궁민은 고개를 가로저었다.

"좀 더 생각을 해보고 결정하도록 하겠습니다. 지금은 그냥 이대로 가 좋습니다."

물끄러미 그녀를 쳐다보던 비사걸이 알았다는 듯 고개를 끄덕였다.

"편한 대로 하여라. 어차피 내가 함께 있을 것이니 이전과 같은 큰 위험은 없겠지."

"고맙습니다, 어르신."

남궁민이 그의 빈 잔을 채우는 것으로 감사를 표했다.

"한데 혹시 유수(劉秀)와 유영(劉寧)이라는 자를 아시는지요? 형제라고 합니다만."

"흠, 유수와 유영이라… 들어본 적은 있는 것 같은데 잘은 모르겠다."

비사걸이 알 듯 말 듯한 표정으로 고개를 갸웃거리자 곁에 있던 냉악이 입을 열었다.

"그들이라면 제가 알고 있습니다."

"그래? 뭐 하는 자들이냐?"

"패천궁의 장로입니다. 개개인의 무공도 무공이지만 둘이 함께 펼치는 합격술은 천하에 짝을 찾아볼 수 없을 정도로 신묘하면서도 위력적이지요. 제가 원로원으로 물러날 즈음하여 장로라는 직함을 받은 것으로 기억합니다. 한데 가주께서 그들은 어찌 아시는가? 그다지 알려지지 않은 인물인데."

남궁민의 낯빛에 살짝 긴장의 빛이 떠올랐다.

"그들 형제는 패천궁의 장로라는 직함도 가지고 있지만……."

"직함도 가지고 있지만?"

뭔가 이상한 기척을 눈치챈 것일까? 응사웅이 기다리지 못하고 채근했다.

"패천궁 장로 이전에 중천의 인물입니다. 중천에서 패천궁에 간세로 잠입을 시킨 것이지요."

꽝!

엄청난 충격이 좌중에 휘몰아쳤다.

"그, 그럴 수가!"

"말도 안 되는!"

그녀의 말이 끝나기가 무섭게 원로들은 하나같이 경악을 금치 못했다.

그도 그럴 것이 장로라면 한 문파의 최고 어른들에게만 주어지는 직함이었고 그만큼 그들이 지닌 지위나 힘은 장난이 아니었다. 더구나 패천궁이었다. 사천이 등장하기 전까지만 해도 단일 세력으로 감히 맞상대할 곳이 없다는 패천궁. 그런 곳의 장로가 적의 간세라는 것이니 경악 정도가 아니라 아예 기절할 정도로 놀라운 일이었다.

"그것이 사실인가? 그들이 패천궁에 들어온 지도 벌써 삼십 년이 넘었네."

냉악이 믿지 못하겠다는 듯 되물었다.

"확실한 것은 확인을 해보아야 할 것입니다. 하나 충분히 근거가 있는 정보입니다. 또한 첩자가 암약하는 곳은 패천궁만이 아닙니다."

남궁민의 시선이 곡양에게 향했다. 그는 조금 전 싸움에서 목숨을 잃은 풍찬을 대신하여 개방의 방도들을 이끌고 있었다.

"개방은 물론이고 무당과 화산을 비롯하여 심지어는 소림까지. 오대세가를 제외하고는 대다수의 문파에 간세가 섞여 있더군요. 오래전부터 치밀하게 계획된 것 같습니다."

기겁을 하는 곡양. 그의 반응도 원로들과 다르지 않았다.

"어디서 얻은 정보인가?"

침착성을 되찾은 냉악이 물었다.

"사천이 준동하기 전 악가에 잠입했던 혈영대원이 정보를 입수했다고 합니다. 그가 목숨을 바쳐 지킨 그것이 위지… 공자에게 전해졌고 그것에 제게 온 것입니다."

남궁민이 위지황에게 전해 받은 책자를 건네며 대답했다. 위지황을 언급할 때 음성이 살짝 떨렸지만 이내 정상으로 돌아왔다.

책자를 살피는 비사걸과 냉악의 표정은 군을 대로 굳어 있었다.

"음, 이것이 정녕 사실이라면 참으로 엄청난 일이로구나. 백도나 패천궁이 놈들에게 지금껏 속수무책으로 당하고 있는 것도 이해가 가."

"그렇습니다. 놈들로 인해 이쪽의 동태가 하나도 빠짐없이 전해질 테니까요."

"이거야 원. 그럼 지금껏 부처님 손바닥 안에서 놀고 있는 손오공의 꼴이었다는 거야?"

송찬이 어이없다는 듯 고개를 흔들었으나 냉악의 표정은 훨씬 심각했다.

"어쨌든 정보의 진위를 떠나서 이는 굉장히 중요한 일일세. 자칫 잘못하며 궁주가 위험할 수도 있겠어."

"궁주가 위험하다니요? 그건 또 무슨 소리입니까?"

송찬이 황급히 물었다.

"생각해 보게. 명색이 장로까지 오른 자들일세. 그것도 순수한 실력을 인정받아. 그런 그들이 고작 정보나 빼돌리는 것으로 만족할 것이라 생각하는가?"

"암살이란 말입니까?"

응사웅의 물음에 냉악이 고개를 끄덕였다.

"그렇지. 운이 좋았든 아니면 기회가 없었든 지금까지야 무사히 넘어갈 수 있었지만 놈들은 호시탐탐 궁주의 목숨을 노리고 있을 것일세. 또 그만한 실력이 충분히 되고. 어쩌면 지금 이 순간 궁주에게 위기가 닥쳤는지도 모르지. 있을 수 없는 일이나 혹 궁주가 잘못된다면 힘겨우나마 팽팽하게 유지하고 있는 싸움은 급격히 기울게 될 것이네. 패천궁에서 궁주라는 위치는 그만한 영향력을 충분히 가지고 있는 자리니까."

"죽일 놈들 같으니라고!"

"패천궁을 감히 뭘로 보고!"

아무리 나이가 들어 무림을 떠났으나 원로원의 원로들은 한평생 패천궁에서 잔뼈가 굵었고 그만큼 궁에 대한 애정이 남다른 사람들. 한데 그들의 피와 땀으로 지켜온 패천궁이 위험에 빠진 것이다. 힘겨운 싸움을 하는 것도 염려가 되고 화가 날 지경인데 거기에 더해 수십 년 전에 잠입한 첩자가 궁주의 목숨까지 위협하는 지경에 이르렀다고 하니 저마다 참을 수 없는 분노에 몸을 떨었다.

그들의 몸에서 뿜어져 나오는 살기가 어찌나 강맹한지 무공이 약한 이들은 호흡이 곤란할 지경이었다.

"아무래도 궁주에게 가봐야겠습니다. 놈들도 놈들이지만 전황이 어찌 돌아가는지도 살펴야 할 것 같고요."

냉악의 말에 비사걸이 고개를 끄덕였다.

"그래야겠지. 예기치 못한 기습을 당해 꽤나 고전하고 있을 터, 너희
들의 도움이 필요할 것이다."

"어르신께서는……."

"난 이 녀석들과 있을 생각이다. 아직까지는 그래도 남궁세가의 태
상호법이라는 지위를 지니고 있으니 말이다."

"알겠습니다. 대신 저들을 남기고 가겠습니다."

그가 가리킨 사람은 송찬과 옹사웅이었다.

"그럴 필요까지는 없다. 큰 싸움이 기다리고 있는 것은 이곳이 아니
라 그곳이다."

비사걸이 간단히 거절했지만 냉악은 자신의 뜻을 접지 않았다.

"그럼 한 명이라도 남기게 해주십시오."

그는 비사걸의 허락을 기다리지도 않고 엉거주춤 서 있는 송찬에게
고개를 돌렸다.

"자네가 어르신을 지키게."

"알겠습니다."

냉악과 같은 생각이었던 송찬은 비사걸이 말릴 새라 황급히 대답을
했다. 하지만 비사걸은 아무런 말도 하지 않았다. 그저 묵묵히 잔을 들
뿐이었다. 그것은 곧 냉악의 배려를 받아들이겠다는 허락의 의미였다.

제 50 장

대환단(大丸丹)

대환단(大丸丹)

무당산 옥허궁의 정문.

을지호와 사마유선이 몇몇 사람들의 배웅을 받고 있었다.

사흘 전, 그들은 철혈마단의 포위망을 뚫고 힘들게 무당산에 올랐다. 한데 크나큰 환대는 원하지 않더라도 그동안 고군분투한 것을 생각한다면 최소한의 예의는 차려줄 줄 알았건만 그들을 바라보는 사람들의 시선은 가히 곱지 않았다.

이유는 오직 하나였다. 그들을 잡지 못한 철혈마단에서 그들이 지나온 길의 모든 문파를 초토화시켜 버렸고 그로 인해 수많은 인명 피해가 발생했기 때문이었다.

피해를 당한 몇몇 문파와 인사들이 노골적으로 적의를 드러내고 심지어는 책임을 지라는 억지 주장을 펼치기도 했다. 하지만 아미파나

당가처럼 도움을 받았거나 또 그들의 활약에 찬사를 보내던 사람들은 일의 부득이함을 강조하며 을지호와 사마유선을 두둔하고 나섰다.

양측 간에 치열한 설전이 오갔다. 말싸움이 번져 주먹다짐을 하는 경우도 있었다. 시간이 가면 갈수록 각 문파들 간에 점점 반목이 심해졌다.

을지호는 자신으로 인해 분란이 생기는 것을 원하지 않았다. 애당초 목적지가 무당산이 아니었기에 미련도 없었다. 해서 산에 오른 지 정확히 사흘 만에 전격적으로 하산을 결정했다.

"어디로 가려는가?"

본가로 복귀하지 못하고 지금껏 정도맹을 지키고 있는 제갈경이 물었다.

"남궁세가로 가야겠지요."

"그들이 어디 있는지도 정확히 모르면서?"

"하하, 어르신께서 하남 어딘가에서 활동하고 있다고 하지 않으셨습니까? 다소 귀찮기는 하겠지만 발품을 팔아보면 찾을 수 있을 겁니다."

"그렇게 쉽지는 않을 걸세. 사방 천지가 사천의 손아귀에 들어가 있는 터라."

"지금까지도 견뎌왔습니다. 조심조심 다니면 되겠지요. 너무 걱정하지 마십시오."

"후~ 자네를 이렇게 보내선 안 되는 것인데……."

담담해 보이는 을지호와 다소 냉랭한 표정을 짓고 있는 사마유선의 모습을 안타깝게 바라보던 제갈경의 입에서 긴 탄식이 흘러나왔다.

"부디 오해는 하지 말게. 자네가 미워서 그러는 것이 아니라 놈들이 그들의 문파에 한 짓이 너무 끔찍한 것이라 그러니."

을지호가 쓴웃음을 지으며 대꾸했다.

"알고 있습니다. 오해도 하지 않습니다. 그 사실을 알게 되었을 때 어느 정도는 각오한 일이었으니까요."

하나 그의 눈가에 스치는 서늘한 기운은 그가 이번 일로 꽤나 서운한 감정을 품고 있음을 짐작케 했다. 그것을 눈치채지 못할 제갈경이 아니었다. 그렇다고 딱히 뭐라 해줄 말도 없었다. 그저 팽팽히 대립하는 양측을 중재하지 못하고 수수방관하여 결국 일이 이 지경에까지 이르게 만든 정도맹과 무당파의 수뇌들이 한심스러울 뿐이었다.

'분명 후회할 것이야.'

살며시 허리를 꺾어 인사를 하곤 떠나가는 을지호의 뒷모습을 보며 제갈경은 마음 한쪽이 무거워짐을 느꼈다.

한데 불안한 마음을 가지고 있는 사람이 그만은 아닌 듯했다.

을지호와 사마유선이 사람들의 배웅을 받으며 떠나는 것을 먼발치에서 지켜보던 천강 진인이 천중 진인에게 걱정스런 표정으로 물었다.

"이대로 보내도 되는 것입니까?"

"뭐가 말인가?"

"모양새가 좋지 않았습니다. 더구나 함께 떠나는 여인은 패천궁의 사람입니다. 행여나 저자가 패천궁으로 가기라도 한다면……."

뒷말은 들어보지 않아도 뻔했다.

"설마 패천궁으로 가기야 하겠는가? 남궁세가 사람이라 알고 있네만."

천강 진인이 그렇지 않다는 듯 고개를 흔들었다.

"남궁세가는 이미 존재감마저 희미해진 지 오랩니다. 더구나 지금 함께 있는 사람은 패천궁의 여인, 그녀가 원한다면 남궁세가가 아니라 패천궁으로 갈 가능성이 있습니다."

"상관없지 않겠나? 그가 어디를 가든 싸워야 할 상대는 사천이니 말일세."

"그렇지 않습니다. 지금 당장이야 사천과 싸움을 하고 있지만 백여 일 전만 해도 상대는 패천궁이었습니다. 사천과의 싸움이 끝나면 필연적으로 패천궁과 부딪치게 되어 있는 터, 앞으로의 일을 감안한다면 그가 패천궁으로 가는 것만큼은 반드시 막아야 한다고 봅니다."

"그래서 어쩌잔 말인가?"

잡으려면 그가 길을 나서기 전 잡아두었어야 한다. 이미 길을 나선 이상 끝난 일이나 마찬가지였다. 되묻는 천중 진인의 말투에 은근히 짜증이 묻어났다.

"차라리 지금이라도 억류를……."

순간, 천중 진인의 고개가 매섭게 돌려졌다.

"억류? 사제는 지금 그것을 말이라고 하는가?"

싸늘히 내뱉는 말투가 가히 추상같았다.

"자, 장문인."

그러한 반응은 생각지도 못한 듯 천강 진인의 얼굴엔 당황한 기색이 역력했다.

"지금 당장 일어날 일도 아니고 또 일어날지도 불분명한 사안에 대해 어찌 이리 가볍게 입을 놀린단 말인가? 억류? 도대체 누가 누구를 억류한단 말인가? 억류를 한다면 그만한 죄가 있어야 하거늘 그에게,

아니, 다른 이들에겐 뭐라 말을 할 것인가?"

서슬 퍼런 호통에 천강은 고개조차 들지 못했다. 그들을 수행하기 위해 따라나선 두 명의 제자 역시 진땀을 흘릴 뿐 감히 나서지는 못했다.

고개를 숙이고 어쩔 줄을 몰라 하는 천강을 보며 천중의 표정이 다소 부드러워졌다.

"사제의 마음은 내 모르는 바가 아니나 무당파의 장로로서 그렇게 가벼이 할 말은 아니었네."

"죄, 죄송합니다."

"그리고 문제는 또 있네. 자네 말대로 억류를 한다고 치세. 그런데 만약 그가 인정하지 못하겠다면 어찌하겠나? 작심하고 대항하면 또 어찌 상대하려는가? 철혈마단에서도 눈에 불을 켜고 잡으려고 하였으나 발끝에도 이르지 못한 인물일세. 일신에 지닌 무공이 하늘에 닿아 있다고 하였지 아마. 오죽하면 그가 삼시파천이란 광오한 별호를 얻었을까. 누가 있어 그를 상대할 수 있겠는가? 자네가 하려는가?"

"……."

천강 진인은 대답하지 못했다.

"물론 여럿이 합공을 한다면 능히 제압할 수는 있을 것이네. 하지만 그간 입을 피해는 어찌할 것이며 여러 동도들에겐 뭐라 해명할 것인가? 자칫 잘못하다간 자중지란만 일어날 뿐이야. 지금처럼 서로 대립하는 정도가 아니라 아예 끝장날 수 있단 말일세."

"제 생각이 짧았습니다. 용서해 주십시오."

천강 진인이 재차 머리를 조아렸다.

"후~ 용서랄 것이 뭐 있겠는가? 솔직히 말하자면 나 역시 사제와 같은 생각을 한 적이 있었음이니."

가벼이 숨을 내뱉은 천중 진인은 점점 멀리 사라지는 을지호의 뒷모습을 물끄러미 바라보았다.

왠지 모를 불안감이 전신의 피부를 파고들었다. 일이 결코 순리대로 흐르지 않을 것만 같은 묘한 불안감이.

*　　　　*　　　　*

해질녘 날아든 한 장의 서찰.

특별한 장식도 없었고 귀한 종이도 아니었다.

그다지 잘 쓴 글씨도 아닌 데다가 덜떨어진 차림의 상인을 통해 전해진 터라 처음엔 아무의 주목도 받지 않았었다. 하지만 그 안의 내용이 전해지면서 무당을 공략하고 있는 철혈마단의 본진은 벌집을 쑤셔놓은 듯 어수선해졌다.

서찰이 단주인 철포산에게 전해진 뒤 이각 후, 그의 거처로 군사격인 요중을 비롯하여 수뇌 열둘이 모여들었다.

서찰의 내용은 간단했다.

을지호와 사마유선이 은밀히 무당을 떠나 남하하고 있다는 것.

서찰의 진위를 놓고 한참 동안 갑론을박이 벌어졌다. 비록 그 의도를 파악할 수는 없을지라도 놓쳐서는 안 될 절호의 기회라며 출정을 고집하는 사람도 있었고 어쩌면 적이 파놓은 함정일 수도 있다며 좀 더 신중해야 한다는 사람들도 있었다.

공교롭게도 반반으로 나뉘어 펼쳐진 설전은 끝이 나지 않았다. 결국 결정은 한참 동안 설전이 벌어짐에도 아무런 말도 없이 묵묵히 서찰만을 응시하던 철포산에게 넘겨졌다. 애당초 그의 결정이 절대적이긴 하였지만.

모두의 시선을 받으며 철포산이 처음으로 입을 열었다.

"요중, 너는 어찌 생각하느냐?"

그와 마찬가지로 토론에 참여하지 않고 홀로 한참 동안 심사숙고하던 요중이 조심스레 대답을 했다.

"확률은 반반이지만… 아무래도 사실이라는 쪽에 무게가 실립니다."

"왜 그런 생각을 하느냐?"

"우선 놈들의 움직임에 별다른 이상이 감지되지 않았습니다. 또한 함정이라면 보다 그럴듯한 장소, 곧 매복하기가 용이한 곳을 고르게 마련입니다. 하나 서찰대로라면 그쪽 지역은 매복하거나 포위 공격을 하기 위한 장소로는 마땅하지가 않습니다."

"포위 공격을 하기엔 적당한 장소지."

나렴이 반박을 하고 나섰다.

"상대가 철혈마단이 아니라면 가능하겠지요. 그러나 최강의 기동력을 자랑하는 우리들을 상대로 하여 평야에서 포위 공격이 성공할 수 있다고 여기는 인간은 단언하건데 없을 겁니다."

"그도 그렇군."

나렴 역시 그와 같은 생각을 했는지 순순히 고개를 끄덕였다.

"또한 솟아나온 못이 정을 맞기 쉬운 법입니다.

"그건 또 무슨 소리냐?"

철포산이 물었다.

"을지호는 뛰어납니다. 인정하고 싶지는 않지만 그가 철혈마단을 상대로 거둔 전과는 혁혁하지요. 어쩌면 지금껏 입은 피해 중 오 할 이상이 그와 관련이 있다고 해도 과언은 아닐 겁니다."

"칠 할 이상이다."

나렴이 거들었다.

"하지만 너무 뛰어나면 주변에 시기하는 사람들이 생기기 마련입니다. 특히 겉으로 점잔을 빼고는 있어도 자신들보다 뛰어난 사람을 인정하기 싫어하는 정파 놈들은 더욱 그렇지요."

"하면 네 말은 그를 시기하는 자 중 누군가가 그의 이동 경로를 전해 왔다는 말이냐?"

"그렇습니다. 그렇지 않다면 이렇듯 그들이 무당을 떠났고 천주봉을 넘어 남하하고 있으며 내일쯤이면 백하구(白河口)에 도착한다는 사실을 알 수가 없겠지요."

"흠, 일리가 있는 말 같네. 자네의 명으로 놈이 지나온 곳을 초토화시켰으니 놈에 대한 반감을 가진 자들도 꽤나 많을 것이고."

나렴의 말에 철포산도 동의한다는 표정을 지었다.

"그럴 수도 있겠군."

"움직일 텐가?"

"어차피 서찰의 진위를 떠나 움직일 생각이었어."

"그럼?"

순간, 철포산의 주먹이 꽉 쥐어졌다.

"삼시파천이라는 놈을 잡는 일이야. 만에 하나 서찰의 내용이 사실이라면 절호의 기회를 놓치는 셈. 절대로 그럴 수는 없지. 이번과 같은 기회가 또 온다고 보장도 못하고. 해서 말이네만 자네가 나서주어야겠어."

"내가?"

"그래, 어차피 흑풍과 백풍이 움직이겠지만 아무래도 안심이 안 돼. 자네가 녀석들을 데리고 놈을 쫓아주게. 그리고 서찰의 내용이 사실이라면 놈의 목을 반드시 내 앞으로 가지고 오고. 아니, 가능하다면 살려서 데리고 오는 것이 좋겠군. 어찌 생긴 면상인지 구경이나 하게. 해줄텐가?"

"노력해 보지."

나럼의 성격상 한다면 하는 것이다. 또한 내뱉은 말은 반드시 지키는 사람이었다. 담담히 대답하는 그의 음성에 만족한 미소를 지은 철포산이 요증을 불렀다.

"요증."

"예, 단주님."

"함정일 가능성도 전혀 배제할 수는 없다. 수하들을 총 동원해 놈들의 움직임을 단 하나도 놓치지 마라."

"존명."

요증이 명을 받고 물러나자 시선이 금기령주에게 향했다.

"오룡궁을 접수했다고?"

"그렇습니다."

오룡궁에서 패퇴하여 질책을 당했던 지난번과는 달리 후설담은 한

결 자신만만한 표정이었다.

"좋아, 이참에 더 밀어붙여라. 또한 은기령주와 동기령주에게도 명을 전해 총격에 나서라고 해. 행여나 놈들이 딴생각을 하지 못하도록 말이야."

"존명."

금기령주가 허리를 꺾으며 명을 받자 철포산은 그제야 탁자 위에 놓인 술잔을 들었다.

'진위를 떠나 꽤나 기대가 되는군. 놈, 과연 이번에도 무사히 빠져나갈지 궁금하구나.'

비취 빛으로 빛나는 술에 의미심장한 미소를 짓는 그의 모습이 투영되었다.

"어찌할 생각이더냐?"

우문걸의 물음에 위지요는 생각할 것도 없다는 듯 대꾸했다.

"움직여야지요."

"만만치 않은 상대야."

"알고 있습니다. 철혈마단이 기를 쓰고 잡으려고 해도 그림자조차 밟지 못한 인물이라는 것을."

"밟았어도 밟히는 것은 오히려 놈들이라 들었다."

"그래도 이런 기회를 놓칠 수는 없지요. 잘만 하면 어설픈 텃세를 부리는 놈들에게 톡톡히 망신을 줄 수도 있고요."

위지요가 의뭉스런 미소를 지으며 말했다.

그동안 형식적으로 지원했던 북천이 본격적으로 무당을 공략하기 위해 나선 지도 벌써 상당한 시간이 지났으나 예상보다 성과는 미미했다. 거기엔 무당산에서 배수의 진을 치고 있는 이들의 저항이 상당한데다가 미리 자리를 잡고 있던 철혈마단의 은근한 견제가 한몫을 했다.

보다 빠르고 확실하게 무당산을 점령하기 위해선 북천의 도움이 필요했지만 무당을 점령하고 정도맹을 무너뜨려 호북에서의 영향력을 확고히 하려던 철현마단으로선 북천의 활약을 마냥 환영할 수는 없었기 때문이다.

아무튼 이로 인해 눈에 보이지 않는 양측의 신경전은 날이 갈수록 치열해졌고 심지어는 칼부림이 일어나기도 했다.

가급적 마찰을 줄이라는 위지요의 명이 있기에 더 이상 큰 사단으로 번지지는 않았지만 철혈마단에 대한 북천의 심기는 무척이나 불편한 상태였다.

"그럴 수도 있겠구나."

그렇잖아도 철혈마단의 횡포에 화가 나 있던 우문걸이 반색을 하며 고개를 끄덕였다.

"그렇지만 무리하지는 않을 생각입니다. 우리가 알고 있다면 북천도 알고 있을 터, 괜한 충돌이 있을 수 있으니까요."

"그렇지. 북천 놈들도 단단히 벼르고 있을 게야. 그래, 하면 누구를 보낼 생각이냐?"

우문걸의 물음에 완함이 자신을 보내달라고 연신 신호를 보냈다. 이를 간단히 무시한 위지요의 고개는 모른 척 딴짓을 하는 위지청에게 향했다.

"네가 다녀와야겠다."

"예."

위지청은 그럴 줄 알았다는 듯 반색을 하며 대답했다.

"설풍단에서 실력있는 녀석만 추려서 떠나라. 한빙오영도 데리고 가고."

"알겠습니다."

"단, 절대 무리하지는 말아라. 철혈마단에서도 분명히 나섰을 게야. 괜한 충돌을 일으키는 것보다는 먼발치에서 놈들이 어찌 움직이는지 관찰한 후에 나서는 것도 좋은 방법일 것이다. 어쩌면 어부지리를 얻을 수도 있고."

"그리하겠습니다."

위지청은 한마디도 토를 달지 않고 선선히 대답했다. 하지만 살짝 고개를 숙이는 그의 눈은 반짝반짝 빛나고 있었다. 그것은 강한 사람을 만나게 되면 불이 붙는 전형적인 무인의 눈빛이었다.

*　　　*　　　*

숭산과 마주하고 있는 정심객점(正心客店)은 인근에서 가장 큰 규모의 객점이었는데 일층과 이층은 술과 음식을 팔고 삼층과 사층은 여행객들을 위한 객실로 쓰였다.

정심객점은 탁월한 음식 솜씨와 고관대작이 들러도 감탄할 만큼 휘황찬란하게 꾸며놓은 객실 덕에 늘 사람들로 붐볐다.

그곳의 가장 높은 층, 가장 구석진 객실에 을지 가문의 사람들이 묵고 있었다.

"어떻더냐?"

을지소문이 막 돌아온 을지휘소에게 물었다.

그는 탁자에 놓인 차를 가볍게 들이키더니 한나절을 허비하며 조사한 것들에 대해 설명하기 시작했다.

"생각보다 병력이 많았습니다."

"얼마나 되는데?"

"사백 정도입니다."

예상보다는 많은 숫자였으나 을지소문은 그다지 신경 쓰는 안색이 아니었다.

"현재 소림사는 장백파를 중심으로 몇 개의 문파들이 각자의 구역을 맡아 관리하고 있습니다. 물론 장백파가 중심이기는 합니다만."

"확실하지는 않아도 대충 그 녀석의 말대로구나."

며칠 전 을지룡에게 치도곤을 당했던 유원을 말함이리라.

"예, 하지만 이제부터는 경비가 훨씬 강화될 것 같습니다."

"어째서?"

"유원인가 뭔가 하는 자가 헐레벌떡 뛰어가는 것을 보고 오는 중입니다. 아무래도 그가 복귀하면 우리와 만난 것을 발설하지 않겠습니까? 당연히 경비도 강화되겠지요."

"발설이라고 할 것도 없다. 몸뚱이가 움직이면 당연히 제가 몸담고 있는 곳으로 갈 것이고 상관을 만나 보고하는 것이 순리겠지. 이렇게 시간을 지체할 것이었으면 차라리 끝장을 내버리는 것인데 그랬어."

을지소문이 자신의 목을 비트는 시늉을 하며 장난스레 말했다. 그의 모습에 저마다 입가에 미소를 지었다.

처음엔 당장에라도 소림사를 뒤집어놓을 것만 같았던 을지소문은 보다 철저한 준비를 갖춘 뒤에 치자며 완강하게 반대하는 환아와 남궁혜의 만류로 결국 숭산으로 향하던 발걸음을 멈추고 말았다.

대신 바빠진 사람은 을지휘소와 을지룡이었다.

정심객점에 여장을 풀자마자 부친의 명으로 숭산에 오른 을지휘소는 소림사의 상황을 차분히 살피기 시작했다. 유원의 자백으로 어느 정도 파악을 하고 있었으나 아무래도 직접 보고 확인하는 것이 만일을 생각해서라도 좋을 것 같았기 때문이었다.

소림사의 경내로 은밀히 잠입한 그는 소림사를 장악하고 있는 문파와 무인들의 수, 경내의 경비는 어찌 되고 있으며, 어느 곳에 누가 포로로 잡혀 있는가를 살폈다. 특히 수호신승이 치료를 받고 있는 약사전을 집중적으로 살폈다. 심지어는 병사로 들어가 신승의 병을 살피며 진맥까지 하는 여유를 보였다. 하지만 그의 족적을 발견한 사람은 아무도 없었다.

그가 소림사를 헤집고 다니는 동안 을지룡은 저잣거리를 헤매고 다녔다. 조부의 명으로 군자산을 해독할 수 있는 약재를 찾아 약방이란 약방은 모두 돌아다녔다.

비록 개개인이 가히 일기당천의 실력을 지니고 있었고 자신 또한 있었으나 억류되어 있는 포로들과 소림사의 무승들을 제어하고 있는 군자산만 일시에 해독하면 모든 게 끝이었다. 구태여 힘든 싸움을 할 필요가 없는 것이다.

어쨌든 소림사로 간 부친보다 먼저 도착한 을지룡은 옆방에서 이미 조부의 설명대로 열심히 약재를 배합하고 있는 중이었다.

"참, 수호신승은 찾아보았느냐?"

질문을 예상했다는 듯 대답은 곧바로 나왔다.

"예. 그분이 계신 약사전도 돌아보고 왔습니다."

"심각하더냐?"

질문을 던지는 을지소문의 안색이 살짝 어두워졌다. 그만큼 그에 대한 걱정이 크다는 증거였다.

"때마침 기회가 되어 수호신승의 몸을 살펴볼 수 있었습니다. 두 개의 기운이 몸 전체를 휘감고 있더군요."

"두 개의 기운이라니?"

수호신승과의 인연이라면 환야 또한 만만치가 않았다. 주의 깊게 듣고 있던 그녀가 재빨리 물었다.

"하나는 외부에서 들어온 독의 기운이었고 다른 하나는 그 독을 제어하고자 하는 신승의 기운이었습니다. 참으로 대단한 것이 두 힘이 어느 한쪽의 우위도 잡지 못하고 서로 치열한 싸움을 하고 있다는 것입니다."

"어느 한쪽이 우위를 잡았다면 중독되어 목숨을 잃었거나 해독했을 게다. 그나저나 어떤 독이기에 수호신승의 능력으로도 제거하지 못하는 것일까? 웬만한 독이라면 침범조차 하지 못할 것인데."

가히 도검불침, 만독불침의 경지에 이르렀을 수호신승을 중독시킨 독이라니. 상상도 할 수 없는 극독의 출현에 을지소문의 미간에 깊은 주름이 잡혔다.

"인기척이 들려 더 이상 자세히는 살피지 못했습니다."

"괜찮다. 곧 알게 되겠지. 다른 포로들은 어찌하고 있더냐?"

"군자산으로 인해 무공을 사용할 수는 없어도 소림사의 승려들은 그다지 큰 제재를 받는 것 같지는 않았습니다. 경내에서 대체적으로 자유롭게 움직이며 활동하고 있었습니다. 나머지 사람들은 모두 나한당에 구금되어 있습니다."

"나한당?"

"예, 이십 정도 되어 보였는데 크게 학대를 당하거나 하지는 않은 것 같습니다. 접근하기가 힘들어 먼발치에서만 살폈으나 그리 보였습니다."

"제법 예의를 차릴 줄 아는 놈들이구나."

싸움에 승리를 하고 포로를 잡았다는 것은 곧 그들의 생사여탈권을 움켜쥐었다는 뜻이다. 그런 상황에서 포로들은 온갖 수모와 학대를 당하기 일쑤였다. 심지어는 승리자를 위한 한낱 여흥거리로 전락하기도 하였는데 소림사에선 다행이도 그와 같은 극한 상황은 벌어지지 않는 모양이었다.

소림사도 소림사지만 그들을 위해 싸우다 포로가 된 사람들 중에는 단견과 곽검명이 있었다. 포로들이 무사하다면 그들 역시 무사하다는 말. 을지호의 얼굴이 한결 밝은 표정으로 변했다.

"그나저나 약재는 마련되었습니까? 룡이가 뭔가를 하고 있던데 말입니다."

"부족한 대로 마련하였다. 군자산이 그리 심각한 독도 아니고 중화시키기 위해 그다지 많은 약재가 필요한 것도 아니니까. 룡이가 지금 약재들을 배합하여 가루로 만들고 있을 것이다."

그의 말이 끝나기가 무섭게 방문이 열리고 땀으로 번들거리는 이마를 훔치며 을지룡이 들어섰다.

"다 끝났습니다."

을지룡이 조그만 항아리를 내밀며 말했다.

약 내음이 방 안 가득 스며들었다.

항아리에는 고운 모래와 비슷한 형태의 흙색 가루가 하나 가득 들어 있었다.

"따로 정제하지 않아도 되겠습니까?"

을지휘소가 흙색 가루를 만지작거리며 물었다.

"그럴 시간이 없다. 물론 정제한 것만큼의 효과는 기대하기 어렵겠지만 이 정도면 괜찮아. 충분히 회복할 수 있을 것이다."

해약의 상태를 찬찬히 살피며 고개를 끄덕인 을지소문의 시선이 가족들에게 향했다.

"이것으로 대충 준비가 끝난 것인가?"

"바로 시작할 생각인가요?"

환야가 물었다.

을지소문의 고개가 힘차게 끄덕여졌다.

"이틀, 꽤나 긴 시간이었소."

그의 기분이 전달되었는지 환야도 더 이상 반대는 하지 않았다.

"정면 대결입니까?"

을지룡이 한껏 긴장된 표정으로 묻자 을지소문이 너털웃음을 지었다.

"인석아, 애당초 그럴 생각이었다면 이미 결판을 보았어. 이따위 해약을 만들 필요도 없었고."

"그, 그렇군요. 그, 그러면 어디부터……."

어린 손자의 머쓱한 웃음이 귀여웠는지 을지소문이 그의 머리를 쓰다듬었다.

"허허, 그렇게 궁금하더냐? 그래, 말해 주마. 이 할애비는 우선 수호신승을 구할 생각이다."

그의 시선이 을지휘소에게 향했다.

"약사전이라고 했느냐?"

"예."

"비록 병석이지만 명색이 수호신승이다. 경비가 만만치는 않을 터, 몇 명이나 지키고 있느냐?"

"독도문이라는 문파가 전담하여 지키고 있습니다."

"독도문?"

들어본 적이 없었다. 아니, 그런 것은 아니었다. 지난번 유원이 모두 고한 사실이지만 단지 그의 뇌리에 남아 있지 않을 뿐이었다.

"북천에서 가장 작은 문파입니다. 인원은 오십 남짓 되어 보입니다. 아, 지난번 그 녀석도 독도문 출신이었지요."

"흠, 오십이라… 그래도 요란 떨지 않고 처리하려면 제법 주의를 해야겠구나."

을지소문이 다소 신중한 태도로 입을 열었다. 하나 말만 그러할 뿐 전신에서 뿜어져 나오는 기운은 확신에 찬 자신감이었다.

태실산 중턱에 자리한 약사전.

과거엔 소림사 승려의 건강을 책임지던 곳이었지만 지금은 북천의 무인들을 위한 곳으로 바뀌어 버린 상태였다. 병사를 차지하고 있는 사람들은 승려들이 아니라 각종 싸움에서 부상을 당한 북천의 무인들이었고 치료를 하는 사람들 역시 북천에 속한 의원들이었다.

그들의 손길이 미치지 않는 곳은 수호신승이 치료를 받고 있는, 위지요의 명으로 정해진 몇 사람을 제외하고는 그 누구도 함부로 접근하지도 또 소란을 피우지도 못하는 외딴 병사뿐이었다.

을지가의 사람들이 약사전에 접근하기 시작한 순간은 해가 떨어지고 어둠이 대지를 잠식하기 시작할 때부터였다.

첫 번째 희생자는 약사전으로 통하는 길목을 지키고 있던 두 명의 사내였다.

"그 얘기 들었어?"

일정한 거리를 두고 왕복을 하며 주변을 살피던 사내 중 한 명이 말을 꺼냈다.

"무슨 얘기?"

"이제 곧 큰 적이 찾아들 것이라는 말."

"큰 적이라니? 누가 그래?"

큰 병을 앓았는지, 아니면 태생이 그런 것인지 젊은 나이임에도 머리카락이 거의 보이지 않는 데다가 왼쪽 볼에 큰 상처까지 입어 쳐다만 봐도 기절할 만큼 험상궂은 사내가 인상을 찌푸리며 물었다. 가뜩이나 더러운 인상에 얼굴까지 찌푸리자 실로 가관이었다. 하나 매일같이 얼굴을 맞대고 지내온 좌측의 사내에겐 그것은 조금의 문제도 되지 않았다.

"점심 때 외당 당주가 돌아와서 그랬다던데."

"유원 조장 말이야?"

"그래. 수하들을 이끌고 진탕 술을 마시느라 어제 돌아오지 않았다고 소문이 났잖아."

"그랬지."

"한데 그게 아닌 모양이야. 복귀를 하던 중 습격을 받았다나."

"습격? 누가?"

대머리 사내가 깜짝 놀라 되물었다.

"자세히는 몰라. 대충 들은 얘기로는 어마어마한 무공을 지닌 고수들이 출현했다고 하더라. 그리고 중요한 것은 놈들의 목표가 바로 이곳. 소림사라는 거야."

"아, 그래서 아까 문주님이 급히 소림사에 다녀오셨구나."

대머리 사내가 굳을 대로 굳은 얼굴로 인사도 받지 않고 걸음을 옮기던 문주를 떠올리며 고개를 끄덕였다.

"대담한 놈들이야. 감히 이곳이 어디라고. 아무튼 저쪽에선 난리도 아닌 모양이더라. 완전히 비상이 걸린 것이지."

"여기는 괜찮을까?"

대머리 사내가 다소 불안한 듯 중얼거렸다.

"여기? 여기에 뭐가 있다고? 나중엔 몰라도 지금 당장은 문제 될 것이 없어. 어느 멍청한 놈이 중요한 곳을 놔두고 별로 쓰잘데기도 없는 이곳부터 공격하겠냐? 당연히 저쪽부터지."

고개도 돌리지 않고 가리키는 방향은 산사에서 내걸은 등불로 인해 그 존재감을 드러내고 있는 소림사였다.

"그, 그런가?"

고개를 끄덕이는 대머리 사내. 한데 그는 동료의 손길을 따라 엉거주춤 시선을 돌리다 난데없이 눈에 들어오는 인영(人影)을 보며 기겁을 하고 말았다.

"누, 누……."

깜짝 놀라 소리를 치려던 그는 고작 한마디 말을 내뱉기도 전에 점혈을 당해 몸이 굳어졌다.

직감적으로 적이 나타났다는 것을 감지한 사내가 번개같이 몸을 틀며 검을 빼 들었다. 하나 그것은 단지 상상 속의 시도에 불과할 뿐 정작 그가 할 수 있었던 것이라곤 고개가 미처 돌아가기도 전, 손이 검집에 닿기도 전에 점혈이 되어 뻣뻣하게 굳는 것뿐이었다.

통나무처럼 굳어버린 그들 앞에 나타난 사람은 을지가의 사람들이었다.

"누군지 궁금하냐?"

을지소문이 사내의 볼을 꼬집으며 말했다.

몸이 굳긴 하였으나 감각은 남았는지 사내의 얼굴에 고통스러움이 피어났다.

"쯧쯧, 데굴거리기는."

연신 눈동자를 굴리며 두려움에 떠는 사내의 모습에 코웃음을 친 을지소문이 손가락으로 사내의 이마를 튕겼다.

딱!

돌이 깨지는 듯한 소리와 함께 비명도 지르지 못하는 사내의 몸이 그대로 넘어갔다.

"우리가 누구냐 하면 말이지. 네 녀석이 방금 말한 것처럼 중요한 곳을 버려두고 엉뚱하게도 약사전을 접수하려는 어느 멍청한 놈이란 말이다."

장난스레 말을 던진 을지소문은 그들의 눈이 경악으로 물드는 것을 확인하며 성큼성큼 걸음을 옮겼다.

환아와 남궁혜, 을지휘소가 뒤를 따르고 결국 그들의 처리는 뒤에 처진 을지룡의 몫이었다.

"에휴."

짧은 한숨과 함께 그들의 신형을 길 옆 숲에 숨긴 을지룡이 자리를 떠나기 전에 한마디 했다.

"얼마 지나면 점혈이 풀릴 것이니 얌전히 계세요. 괜히 떠들어 대다가 치도곤을 당하지 말고. 뭐, 그때쯤이면 이미 모든 것이 끝나 있을 테지만."

물론 대답은 들려오지 않았다.

동쪽에서 불어와 이제 곧 소림사에 들이닥칠 광풍은 그렇게 시작되었다.

*   *   *

과거엔 약사전 전주가 기거하는 곳이었지만 지금은 독도문의 문주 양웅천의 거처가 된 불심각.

소림사에서 돌아온 양웅천은 유원이 만났다는 정체 모를 고수들에 대해 부문주 마총(麻寵)과 꽤나 심각한 표정으로 대화를 나누고 있었다.

"경비는 철저하게 하고 있는 것인가?"

"예, 문주님. 일일이 돌아다니며 점검했습니다. 한데 너무 과민 반응을 하는 것은 아닌지 모르겠습니다."

"뭐가?"

"유 조장이 만났다는 적 말입니다. 그가 거짓말을 할 리는 없으니 유 조장 말대로 그를 제압했던 자들의 무공이 강하는 것만은 사실일 것입니다. 하지만 고작 다섯입니다. 그 인원으로 무엇을 할 수 있겠습니까?"

한마디로 몇 명 되지도 않는 적에게 너무 신경을 쓰는 것은 아닌지 묻는 것이었다.

"자네 말에도 일리는 있네. 다른 사람들도 그리 말하더군. 하나 사람에겐 느낌이라는 것이 있어. 어쩌면 오감보다 더욱 정확한 육감이 말일세."

고개를 가로젓는 양웅천의 굳은 얼굴은 펴지지 않았다.

"하오면?"

"그래, 나의 육감이 말을 해주고 있다네. 극도로 위험한 일이 터질 것 같다고. 유 조장의 말을 듣는 순간 눈에 보이지 않는 솜털까지 곤두서는 느낌이었어. 그리고 그런 느낌은 나만이 갖는 것은 아닌 것 같아."

"예?"

마총이 이해를 하지 못하고 되물었다.

"자네 말처럼 다른 이들은 그다지 걱정하는 눈치가 아니었네. 하긴, 누구라도 그럴 테지. 소림에 주둔하고 있는 병력만 사백이 훨씬 넘으니. 그렇지만 장백선옹 선배만큼은 달랐네. 이것저것 꼬치꼬치 묻는 것이 나만큼이나 긴장하는 눈치였어."

타는 듯한 갈증 때문인지, 아니면 원인 모를 불안감 때문인지 연거푸 석 잔의 술을 들이킨 양웅천이 재차 입을 열었다.

"아무튼 한시도 긴장을 늦추지 말게나. 언제 적이 쳐들어올지 모르는 상황이야."

"예, 그리하겠습니다. 그런데 아무래도 일차적인 목표는 약사전보다는 저쪽이 되지 않겠습니까?"

마총의 말에 양웅천은 단호히 고개를 흔들었다.

"아니, 그렇지 않네. 나라면 이곳부터 치겠어."

"어째서 그렇습니까?"

마총은 이해가 가지 않는다는 표정이었다.

"아무리 거대한 둑이라도 조그만 구멍이 생기는 것부터 시작하여 무너지는 법. 강한 상대를 상대하려면 단단한 곳보다는 약한 곳부터 야금야금 잠식해 들어가는 것이 최고일세. 인정하고 싶지는 않으나 현재 소림에서 가장 약한 곳은 우리가 지키고 있는 약사전이 아니던가. 더구나 이곳엔 수호신승이 있네. 비록 의식을 잃고 있는 상태라지만 그가 지닌 상징성은 소림에 못지않아. 만약 적의 손에 그의 신병이 확보된다면 꽤나 힘든 싸움을 각오해야 할 것이네."

그의 말이 끝나자마자 난데없는 박수 소리가 들렸다.

짝짝짝!

"누구냐!"

번개같이 몸을 일으킨 마총이 양웅천의 앞을 가로막으며 칼을 빼 들었다.

"역시 우두머리라 뭔가 달라도 다르구나."

꽤나 나이가 든 노인의 목소리. 하지만 웅웅거리며 들려오는 것이 어디서 들려오는 것인지 방향을 가늠할 수가 없었다.

직감적으로 적이 쳐들어왔다는 것을 느낀 양웅천이 조용히 물었다.

"어느 고인이시오?"

"고인일 것까지는 없다. 그냥 나이 먹은 늙은이일 뿐이야."

노인의 음성은 여전히 방을 울리며 들려왔다.

"볼일이 있어 여기까지 왔을 터, 하면 그렇게 모습을 숨길 필요는 없지 않겠소이까?"

"흠, 숨은 게 아니라 너희들이 찾지 못하는 것이다. 뭐, 네 말도 일단은 맞는 것 같다."

미처 말이 끝나기도 전에 모습을 드러내는 노인, 을지소문은 마치 처음부터 그곳에 있었다는 듯 양웅천의 면전에서 태연히 뒷짐을 지고 서 있었다.

이를 가만히 지켜볼 마총이 아니었다.

"죽어랏!"

거리라야 고작 일 장 정도.

고작 한 걸음 내디딘 것으로 거리를 확보한 마총이 눈부신 속도로 칼을 휘둘렀다.

등잔 빛을 반사하며 접근한 칼날이 순식간에 목을 노리며 접근을 했지만 을지소문은 미동도 없었다. 그런 모습을 보며 마총은 회심의 미소를 지었다.

'끝장이다, 늙은이.'

그러나 미소를 짓기엔 너무나 일렀다.

아무런 움직임도 없이 다가오는 칼을 지켜보던 을지소문의 입꼬리가 살짝 치켜 올라갔다.

팅.

참으로 듣기 민망한 소리가 들리며 기세 좋게 나아가던 도가 반 토막이 나버렸다. 살짝 몸을 튼 을지소문이 수도(手刀)로 칼의 옆면을 후려친 것이었다.

"헛!"

경악을 한 마총이 황급히 뒤로 물러나려 했으나 오직 마음뿐이었다.

"버르장머리없는 놈 같으니."

대뜸 칼을 휘두르며 달려든 것이 못마땅했던 을지소문이 마총의 멱살을 틀어쥐더니 번쩍 허공으로 치켜 올렸다.

"으아아!"

발이 지면에서 떨어지고 삽시간에 푸줏간에 걸린 고기로 전락해 버린 마총이 발악하듯 발길질을 하고 토막난 검을 휘둘렀다.

"고놈 아주 발광을 하는구나."

애당초 통할 상대가 아니었다.

그 정도의 반발을 예상했다는 듯 을지소문은 왼쪽 발로 쇄도하는 발을 후리듯 툭 건드리며 쳐 올리고 한쪽 손으론 멱살을, 다른 한 손으론 칼을 든 손을 제압했다. 순간, 발악을 하던 마총의 몸이 끊어진 연처럼 힘없이 공중제비를 하더니 머리와 발끝의 위치가 바뀌었다.

"어른에겐 함부로 까부는 것이 아니니라."

마혈까지 제압당했는지 마총은 아무런 반응도 하지 않았다.

칼 하나에 몸을 의지하며 살아온 지 벌써 수십 년, 언제 지금과 같은 자세를 상상이나 했을까. 수치심에 사로잡힌 마총은 죽고 싶은 심정이었다.

"비, 비겁한 늙은이!"

마총이 버럭 소리를 질렀다. 전신의 마혈은 제압당했는지 몰라도 아혈까지 제압당하지는 않은 모양이었다.

한데 그 또한 실수였다.

실력을 인정하고 그냥 가만히 있었으면 끝났을 일이었으나 괜스레 놀린 입으로 인해 그의 몸은 또다시 수난을 당해야 했다.

우당탕!

나무토막처럼 뻣뻣하게 굳은 마총의 몸이 땅바닥을 굴렀다. 거꾸로 들려진 상황에서 그대로 내던져진 것이었다.

요란한 소리와 함께 한참이나 바닥을 구른 그의 몸은 침상다리에 부딪치고서야 멈춰졌다.

"게서 조용히 찌그러져 있거라. 함부로 나불대지 말고."

"이……."

그렇게 심하게 바닥을 구르고도 정신만은 멀쩡했는지 마총의 입이 또다시 실룩거렸다. 그러자 양웅천이 재빨리 고개를 흔들며 그를 만류했다.

"노 선배는 누구시오?"

마총을 진정시킨 양웅천이 을지소문을 향해 최대한 정중히 물었다. 겉은 태연했으나 이미 전신의 몸에선 엄청난 위기감이 경종을 울리고 있었다.

'고수다. 그것도 가히 극강의!'

마총이 누구던가. 비록 세가 약하다고는 하나 독도문의 부문주였다. 무공 또한 어디에 내놓아도 부족하다는 소리는 듣지 않을 정도였다. 그런 그가 참으로 민망한 자세로 바닥을 구른 것이다. 그것도 변변한 대항도 하지 못한 채.

"알고 있을 터인데."

"무슨 뜻이오?"

"지금껏 우리 이야기를 하지 않았더냐?"

대수롭지 않게 내뱉는 을지소문의 말에 양웅천의 몸이 움찔거렸다. 짐작한 대로 적은 유원이 만났다는 노인인 것이다.

"음."

양웅천의 입에서 절로 침음성이 흘러나왔다.

'역시 이곳으로 먼저……'

나름대로 예상은 했지만 막상 닥치고 보니 난감하지 그지없었다. 더 군다나 이렇듯 아무런 제지도 없이 불심각까지 잠입했다는 것은 밖의 상황이 그다지 좋지 않다는 것을 의미하는 것. 아마도 불심각을 지키는 수하들은 귀신같이 제거가 되었으리라.

"유 조장에게 보고를 받아 알고 있소. 인원이 얼마 되지 않는다고 들었는데 너무 무모한 것 아니오?"

"무모? 쯧쯧, 한 문파의 문주라는 사람이 자신감과 무모함도 구별하지 못한단 말이냐?"

"과연 그런 말을 할 자격이 있는지 궁금하구려."

을지소문을 노려보는 양웅천의 눈빛이 착 가라앉았다.

명색이 고수라고 자부하는 무인이자 북천의 한 축을 담당하는 독도문의 문주였다. 갑작스런 방문에 당황하는 모습을 보이기는 했어도 양웅천은 그리 만만한 사내가 아니었다.

"궁금하면 시험해 보거라. 하나 각오는……"

을지소문이 잠시 말을 끊더니 방문으로 눈을 돌렸다.

"흠, 끝난 모양이군."

그의 말이 끝나는 것과 동시에 방문이 열렸다. 문을 열고 들어선 사람은 을지휘소였다.

"어찌 되었느냐?"

"끝났습니다."

"빠져나간 사람은 없느냐?"

"없습니다."

"수호신승은?"

을지소문에 수호신승의 안위는 무엇보다 우선했다.

"큰어머니께서 가셨습니다."

무사하다느니 하는 일체의 설명이 배제된 간단한 대답이었다. 그러나 최상의 대답이었다. 환야가 움직였다는 말보다 더 확실한 설명은 있을 수가 없었다.

한데 둘의 대화를 듣고 있는 양웅천은 이들처럼 여유로울 수가 없었다.

'끝나다니? 하면 벌써 모든 싸움이 끝났단 말인가? 아무런 소리도 들리지 않았거늘.'

수백 명이 우글거리는 소림사에 비해 약사전을 지키는 독도문의 인원은 채 오십이 되지 않았다. 그렇다고 오십이 결코 적은 숫자는 아니었다. 물론 절정의 무공을 지닌 고수의 수가 많지는 않았으나 적어도 적의 출현을 알릴 수 있을 정도의 고수는 그래도 열 손가락은 넘었다. 그럼에도 아무런 낌새도 없었다는 것, 적의 출현을 알리기는 고사하고 문주인 자신의 거처까지 적이 쳐들어올 정도로 방비가 허술해졌다는 것은 무엇을 의미하는가?

'세, 세상에 그 짧은 시간 동안에.'

그가 산책을 마치고 불심각에 들어와 흐른 시간이 정확히 삼 각이었다. 한데 둘의 대화에 의하면 그 삼각이라는 짧은 시간 동안 무려 오십에 이르는 수하가 제압당했다는 것이 아닌가.

"믿을 수 없다!!"

발작적으로 소리를 치는 양웅천.

소리를 치는 것과 동시에 을지휘소의 코앞까지 접근한 그의 도가 싸늘한 냉기를 머금으며 공간을 베어왔다. 몸놀림이 마총과 비할 바가 아니었다.

그런 양웅천을 보며 을지소문이 혀를 찼다.

"쯧쯧, 상대를 골라도……."

안쓰럽기 그지없는 음성에 양웅천의 가슴엔 왠지 모를 불안감이 싹텄다. 그렇다고 이미 뽑은 칼을 다시 물릴 수는 없는 노릇이었다. 더구나 이렇듯 전격적인 기습은 생각지도 못했다는 듯 상대는 움직일 엄두도 내지 못하지 않은가.

하지만 그것은 그의 착각일 뿐이었다.

을지휘소는 움직일 엄두를 내지 못하는 것이 아니라 움직일 필요성을 느끼지 못한 것이다.

그것은 눈앞에 접근한 도의 옆면을 단지 손가락으로 튕겨내더니 손을 빙글 돌려 양웅천의 손목을 가격하는 것으로 증명했다.

"큭!"

손목에서 시작하여 팔을 타고 흐르는 극통에 외마디 비명을 지른 양웅천이 황급히 칼을 거두며 물러났다.

"호~"

을지소문의 입에서 감탄성이 터져 나왔다.

그는 을지휘소가 그에게 쓴 수법이 어떤 것인지 알고 있었고 그것이 지닌 위력 또한 알고 있었다. 그것은 어떤 금나수와도 견줄 정도로 뛰어난 수법으로 웬만한 인물이라면 그 자리에서 무기를 놓치고 말았을 것이다. 한데 양웅천은 팔을 타고 전신으로 이어지는 고통 속에서도 끝까지 버티며 손에 든 무기를 지켜냈다.

감탄은 오래가지 않았다. 물러나는 양웅천을 따라 을지휘소의 몸이 움직이는 것을 보았기 때문이었다.

물러나는 속도보다 더 빠르게 접근한 을지휘소가 양웅천의 발등을 밟았다.

당황한 양웅천의 입에서 헛바람이 터져 나오고 상대의 움직임을 단박에 봉쇄한 을지휘소의 발이 양웅천의 손목을 그대로 걷어차 버렸다.

쉬이익! 탁!

맹렬한 기세로 치솟은 칼이 천장에 깊이 박혀 버렸다.

일순간에 무기를 잃었지만 양웅천은 포기하지 않았다. 포기하지 않은 이상 싸움도 끝난 것이 아니었다.

"받아랏!"

손목이 가격당하고 손에서 칼이 빠져나가는 순간 양웅천은 온 힘을 왼쪽 팔에 집중시켰고 일격필살의 기세로 을지휘소의 아랫배를 향해 손을 뻗었다.

절묘한 반격에 막 의자에 앉아 여유롭게 싸움을 지켜보려던 을지소문이 벌떡 몸을 일으켰다. 그 힘을 이기지 못하고 뒤로 넘어간 의자가 요란한 소리를 내며 쓰러졌다.

끝난 싸움이라 생각하며 다소 방심을 하던 을지휘소의 안색도 급변했다.

"타핫!"

을지휘소가 밀려오는 공세를 막기 위해 마주 손을 뻗었다.

쾅!

손과 손이 부딪치며 천장에 꽂힌 칼이 흔들릴 정도로 큰 충격이 방 안을 휘감았다.

"크으윽!"

우뢰와 같은 충격파가 휩쓸고 지나가기도 전 묵직한 신음성이 터져 나왔다.

"이, 이런 말도 안 되는."

무릎을 꿇고 있는 양웅천은 도저히 믿기지 않는 표정으로 상대를 쳐다보았다.

분명 공격을 한 것은 자신이었다. 을지휘소가 때늦은 반격을 하기는 하였으나 온 힘을 다해 공격을 한 자신에 비해 준비가 되지 않은 상태였다. 힘을 모을 여유도 주지 않았다.

당연히 필승을 자신했다. 상대의 목숨을 빼앗을 수는 없을지라도 치명적인 부상은 안겨줄 수 있으리라 여겼다. 그것만으로도 독도문과 자신의 자존심은 지켰다고 생각했다. 한데 너무도 어이없게 결과는 전혀 엉뚱하게 나오고 말았다.

"미, 믿을 수가 없다. 어떻게 그, 그런 힘이… 컥!"

양웅천이 말을 잇지 못하고 피를 토했다.

옷을 적시고 바닥에 흥건히 고일 정도로 검붉은 피를 토하는 모습이 상당한 내상을 당한 듯했다.

"쯧쯧, 그러게 적당히 할 것이지. 칼을 놓쳤을 때 포기를 했으면 그런 꼴은 당하지 않았을 게 아니냐."

깜짝 놀란 것도 잠깐, 쓰러진 의자를 일으켜 앉은 을지소문이 당연한 결과라는 듯 양웅천이 마시던 술을 대신 홀짝이며 말했다.

"도, 도대체 다, 당신들은 누구요?"

양웅천이 떨리는 음성으로 물었다. 이미 그에겐 더 이상 대항할 힘이 남아 있지 않았다.

"우리말이냐?"

을지휘소에게 힐끗 고개를 돌린 을지소문의 얼굴에 능청스런 웃음이 피어올랐다.

"그냥 삼 년이 넘도록 연락 한 번 없는 손자놈을 찾기 위해 먼 길을 온 사람들이라고만 해두자."

순간, 양웅천의 얼굴에 어이없는 표정이 떠올랐다. 마치 '손자와 소림사가 무슨 상관이기에' 하고 묻는 듯한 표정이.

불심각에서 얼마 떨어지지 않은 외딴 병사.

'후~ 다행히 나쁜 의도를 가진 자들은 아니로구나. 한데 도대체 이들은 누군가? 누구기에 이런 상황에서 이리도 태연할 수 있단 말인가?

약사전주 공양은 눈앞에서 벌어지고 있는 상황을 불안한 눈으로 주시하고 있었다.

조금 전, 약재를 살피고 돌아오던 길에 그는 병사 밖에서 늘 자신과 수호신승을 감시하던 네 명의 사내가 외마디 비명도 지르지 못하고 쓰러지는 것을 목격했다.

독도문에서도 몇 손가락 안에 드는 고수들이라던 그들은 고작 두어번 손을 놀리는 것이었던 상대의 움직임에 모조리 제압당하고 말았다. 한데 놀라운 것은 그들을 제압한 사람이 꽤나 나이가 들어 보이는 노파(老婆)라는 것이었다.

그 노파는 그가 말릴 사이도 없이 병사로 들어갔다. 행여나 수호신승에게 해를 끼칠까 하여 서둘러 따라 들어갔으나 염려하는 일은 일어나지 않았다.

노파는 아무런 말도 없이 한참 동안이나 수호신승을 살펴보더니 그의 곁에 털썩 주저앉았다. 그리곤 긴장된 표정으로 연신 질문을 던지는 공양에게 단 한 번 입을 다물라는 수신호를 보냈다. 하나 그는 수호신승의 안위를 걱정한 나머지 계속해서 질문을 퍼부었고 결국 아혈이 제압당하여 병사 구석에 처박히는 꼴을 당하게 되었다.

그의 아혈이 풀린 것은 그로부터 일각 후, 노부부와 아들로 보이는 중년인이 병사로 찾아오면서부터였다. 중년인은 미안한 표정을 지으며 구석에 처박혀 있는 공양의 아혈을 풀어주었다.

하지만 그는 또다시 아혈이 제압당하여 구석에 처박히고 말았다. 다짜고짜 손을 뻗어 수호신승을 진맥하려 하는 노인의 모습을 보며 소리를 질렀기 때문이었다.

이후 그가 할 수 있는 일이라곤 조마조마한 심정으로 그들을 살피는 것뿐이었다.

"어떤가요?"

수호신승을 진맥하는 을지소문의 굳은 안색이 펴질 줄을 모르자 궁금함을 참지 못한 환야가 물었다.

"후우~"

수호신승의 손을 이불 안으로 밀어 넣은 을지소문이 긴 탄식을 내뱉었다.

"안 좋은가요?"

환야가 재차 물었다.

"좋은 상황이라고는 말할 수 없겠소. 그렇다고 최악의 상황은 아니니 너무 걱정할 필요도 없소."

"자세하게 말씀해 보세요."

"아범이 말했듯 현재 수호신승의 몸에는 두 개의 기운이 팽팽하게 줄다리기를 하고 있소. 어느 한쪽이 우위도 점하지 못한 채 끊임없이 계속해서."

"하면 치료할 수 있단 말인가요?"

환야의 곁에서 역시 근심 어린 표정으로 지켜보던 남궁혜가 물었다.

"다소 무리가 따르겠지만 불가능한 것은 아니라오. 다만 함부로 손을 썼다간 큰일이 날 수 있소. 지금 신승의 몸은 팽팽히 당겨진 실과 같은 상태. 자칫 잘못하여 그 균형이 깨진다면 걷잡을 수 없는 결과가 벌어질 수 있다오. 신중에 신중을 기해야 하오."

"그래서 고칠 수 있다는 말인가요, 없다는 말인가요?"

답답했는지 환야의 음성이 다소 커졌다.

"고치기 위해선 몇 가지 조건이 필요한데… 험, 우선은 몸을 보호할 수 있는 영약이 필요하고… 하지만 웬만한 것으로 감당하기 힘든 데다가… 있다면 오직 하나뿐인데……."

을지소문이 계속해서 말꼬리를 흐리며 눈치를 보자 환야가 냉소를 지었다.

"흥, 그렇게 말을 돌리지 않아도 되요. 그렇잖아도 이미 준비하고 있었으니까."

그녀가 품에서 꺼내놓은 것은 주먹만한 약합(藥盒)이었다. 그다지 특별할 것도 없이 투박해 보이기만 하는 약합. 한데 그것을 보는 이들의 눈빛은 결코 예사로운 것이 아니었다.

"진정이오? 꽤나 귀한 것인데."

을지소문이 기꺼운 표정으로 물었다.

"처음부터 내 물건도 아니었어요. 원래의 주인한테 돌려주는 것인데 아까울 것도 없지요."

"잘 생각하셨어요."

남궁혜가 환야의 손을 잡으며 활짝 웃었다.

"이러지 마, 동생. 어차피 내가 가지고 있어봐야 쓸 데도 없는 건데 뭐."

"허허. 아무튼 고맙소, 부인. 이것으로 일단 반은 성공한 것이나 마찬가지라오."

행여나 마음이 변할까 황급히 약합을 챙긴 을지소문이 조심스레 뚜껑을 열었다.

'지, 지금 무, 무슨 짓을!!'

을지소문이 지금 무슨 일을 하려는지 눈치챈 공양의 낯빛이 새하얗게 질려 버렸다.

적의가 없어 보여 다행이라 여겼다. 수호신승의 몸 상태도 비교적 정확하게 파악하고 있는 것이 상당한 실력의 의술도 지닌 것 같았다. 다행이란 생각에 다소 안심을 하고 있었건만 난데없는 행동에 심장이 덜컥 내려앉는 충격이 몰아쳐 왔다.

하는 모양새를 보니 제법 뛰어난 영약이라도 지니고 있는 모양이었다. 하나 그따위 호의는 적의만도 못한 것. 얼마나 뛰어난 영약인지는 모르나 수호신승의 병세를 다스릴 수 있는 것은 오직 대환단뿐이었다. 엉뚱한 영약은 오히려 상세를 악화시켜 최악의 결과를 가져올 수도 있었다.

'아, 안 돼!'

당장에라도 말리고 싶었다. 아니, 반드시 말려야만 했다. 그러나 아혈이 제압당한 지금 아무리 발버둥을 쳐도 그의 음성은 입 밖으로 흘러나오지 못했다.

딸깍!

약합이 열리는 소리가 들렸다.

공양의 얼굴에 절망감이 깃들었다.

그런데 뭔가가 이상했다.

'응?'

참담한 표정을 짓던 공양의 안색이 괴이하게 변하기 시작했다. 약합에서 은은한 약향이 흘러나와 순식간에 병사를 뒤덮었기 때문이었다.

'이, 이런 향기라니!'

단지 살짝 들이마셨을 뿐인데도 폐부까지 찔러오는 상쾌함. 약합에서 흘러나온 향기는 병이란 병은 모조리 쓸어버릴 것만 같은 신묘한 기운이 있었다.

단번에 병사를 물들인 약향은 마치 천하를 뒤덮을 기세로 밖으로 퍼져 나갔다.

"허허, 역시 대환단이로구나."

꽝!

망치로 뒤통수를 맞은 듯한 엄청난 충격이 공양의 전신을 강타했다.

'대, 대환단? 서, 설마!'

공양은 찢어질 듯 부릅뜬 눈으로 을지소문의 손에 들린 환단을 살피기 시작했다. 어찌나 흥분을 했는지 입이 바싹바싹 마르고 심장 뛰는 소리가 천둥처럼 크게 들려왔다.

'제, 제발!'

터져 버릴 것만 같은 심장을 간신히 억누른 공양의 뇌리에 대환단을 묘사한 글들이 하나둘 떠오르기 시작했다.

…크기는 호두알만하고 빛깔은 적갈색이나 은은히 피어오르는 광채는 금빛이다. 그리고 천하에서 짝을 찾을 수 없는 신묘한 향기를 내포하

고 있어 천 리 밖에서도 알 수 있는데…

눈앞의 단환은 기억 속의 조건을 충분히 만족시키는 것이었다. 더구나 본인의 입으로 직접 말을 하지 않았던가.

'대환단이다! 대환단이야!!'

부처가 다시 환생한다 해도 이만큼 기쁠 것인가? 비록 아혈이 제압당해 환호성을 지르지는 못할지라도 공양은 기쁨을 감추지 못했다. 마음속으로 연신 불호를 외는 그의 눈에서 어린아이처럼 뜨거운 눈물이 흘러나왔다.

그런 공양의 기분을 눈치챈 것일까? 한줄기 지풍이 그의 아혈과 마혈을 풀어주었다.

"또다시 시끄럽게 굴면 아예 밖으로 내던져질 각오를 하는 게 좋을 거야."

환야가 퉁명스럽게 경고를 하였다.

공양은 알아들었다는 듯 고개를 끄덕였다.

어느새 칠십을 바라보는 나이, 하나 그와 같은 반말에도 전혀 기분이 나쁘지 않다는 표정이었다. 어쩌면 그것은 수호신승을 구할 수 있다는 기쁨과 눈앞의 노파가 결코 범상한 사람이 아니라는 것을 느꼈기 때문일 것이다.

"자, 이제 그만 일어나실 때가 되었소이다. 너무 오래 쉬시는 것도 그리 좋은 것은 아니라오, 신승."

마치 오랜 친구를 대하듯 친근하게 말을 한 을지소문이 대환단을 신승의 입에 넣어주었다.

"너무 크지 않겠습니……."

굳게 다문 입에 비해 대환단의 크기가 너무 크지 않느냐고 물으려던 을지휘소는 수호신승의 입에 닿자마자 봄눈 녹듯 녹아 사라지는 대환단의 모습에 입을 다물고 말았다.

그가 무슨 말을 하려 했는지 알고 있다는 듯 을지소문이 너털웃음을 지었다.

"허허, 대환단이니라."

"그렇군요. 제가 잠시 잊고 있었습니다."

"아무튼 이것으로 첫 번째 준비는 끝난 것 같구나. 이제 남은 순서는 독기운을 몰아내는 것이다. 할 수 있겠느냐?"

"해봐야지요."

"함께하는 것이 어떠냐?"

"혼자하는 것이 더 편합니다."

"네가 그런 말을 하는 것을 보니 자신있는 모양이구나. 아무튼 힘을 내거라. 수호신승의 생사는 전적으로 네게 달려 있음이니."

을지휘소는 대답하지 않았다. 눈을 감고 있는 것이 이미 기운을 끌어 모으고 있는 모양이었다.

"자, 우리는 이만 나가볼까?"

을지소문이 벌떡 몸을 일으켰다. 그를 따라 환아와 남궁혜도 자리에서 일어났다. 공양만이 엉거주춤 어쩔 줄을 몰라 했다. 그러자 곧바로 호통이 터져 나왔다.

"뭐 해? 나가라는 소리 안 들려?"

"쯧쯧, 나이 지긋한 스님한테 그 무슨 실례되는 말이오."

대뜸 환야를 나무란 을지소문이 난처한 기색의 공양에게 살짝 허리를 숙였다.

"성격이 조금 괄괄해서 그러니 스님이 이해를 해주시구려. 한데 스님께서는 법명이 어찌 되시오?"

"아, 아미타불! 약사전을 맡고 있는 공양입니다."

"공양 대사셨구려. 그래, 수호신승과는……."

"수호신승께선 제게 사숙조 되십니다."

"허, 그리도 차이가 난단 말이오? 나이는 비슷해 보이는데. 아, 그러고 보니 옛날에 그런 말을 들은 적이 있는 것 같구려. '무(無)' 자배가 나이에 비해 배분이 높다는 소리를."

"예, 그렇습니다. 한데 시주께서는 사숙조님과 어떤 관계이신지……."

"허허허, 꽤 깊은 인연이 있소이다. 현대와 선대의 수호신승과. 아무튼 그 얘기는 뒤로 미루기로 하고 우선은 자리를 비켜줍시다. 치료에 방해가 되기 전에 말이오."

을지소문은 공양이 뭐라 대답을 하기도 전 그의 팔을 잡으며 방문을 나섰다. 공양도 거부하지는 않았다. 그다지 내키지는 않으나 수호신승을 위해 대환단이라는 희대의 명약을 아낌없이 사용한 사람들이 아니던가. 충분히 믿을 수 있는 사람들이었고 또 지금의 상황에선 믿고 맡길 수밖에 없었기 때문이다.

제 51장

백하구(白河口)

백하구(白河口)

무당산을 떠나 도하(堵河)의 물줄기에 의지하여 남하하던 을지호와 사마유선이 백하구에 도착한 것은 꽤나 늦은 시각이었다.

"후~ 아무래도 더 이상은 못 가겠어요."

사마유선이 걸음을 멈추고 길게 숨을 내뱉었다. 철혈마단의 포위망을 뚫고 무당산을 빠져나오느라 제법 많은 긴장을 했는지 몹시 지친 모습이었다.

"조금만 가면 마을이 있다고 했어."

"아무려면 어때요. 여기도 나름대로 괜찮은데요."

사마유선이 듬성듬성 쌓여 있는 짚 더미를 가리키며 말했다.

가을걷이가 끝난 논에는 나그네들이 하룻밤 쉬어 가기에 충분할 만큼 많은 짚 더미가 흩어져 있었다.

"나야 상관없지만 불편하지 않아?"

"상관없어요. 하루 이틀 노숙(露宿)하는 것도 아닌데. 이만하면 훌륭하지요."

그녀가 짚 더미 위로 몸을 던졌다.

"푹신푹신한 것이 여느 비단 금침 부럽지 않은 걸요. 어서 올라와 봐요."

최대한 편하게 몸을 누인 그녀가 을지호를 향해 손짓을 했다.

"하하, 이거야 원."

못 말리겠다는 듯 너털웃음을 터뜨린 을지호가 훌쩍 몸을 띄워 그녀의 곁에 누웠다. 그리곤 그녀의 머리를 살며시 들더니 팔베개를 해주었다.

"오늘따라 유난히 별이 많은 것 같아요."

그의 체온을 느끼며 사마유선이 부드럽게 말했다.

"그러게. 달빛이 어두워서 그런지 더 잘 보이는 것 같고."

을지호는 달이라고 하기엔 그 존재감이 미미해 보이는 그믐달을 가리키며 대꾸했다.

"후~ 그나저나 이렇게 평화로운 시간은 참 오랜만에 가져보는 것 같군."

"오랜만은 무슨 오랜만이요. 처음 아닌가요?"

을지호가 쓴웃음을 지으며 고개를 끄덕였다.

"하긴, 세가를 떠나 오룡지회에 참여한 이후엔 계속해서 싸움, 싸움, 또 싸움이었으니까."

"언제나 끝날까요?"

"글쎄, 쉽지는 않을 거야. 사천과의 싸움은 결코 단시일 내에 끝나지 않을 테니까. 힘든 싸움이기도 하고. 하지만 언젠가는 끝이 나겠지."

"싸움이 끝난 후엔 어찌할 생각이에요?"

"어쩌긴, 그만 돌아가야지."

흠칫 하는 그녀의 떨림이 몸을 통해 전해왔다.

"어디로요?"

"고향. 애당초 내가 이곳에 온 이유는 남궁세가를 위함이었어. 사천의 일만 아니었으면 어느 정도 마무리되었다고도 할 수 있었는데… 아무튼 싸움이 끝나는 대로 고향으로 돌아갈 생각이야. 가족들이 보고 싶기도 하고."

"그렇… 군요."

어딘지 침울하게 들리는 음성이었다.

부드러운 미소를 지은 을지호가 사마유선의 손을 잡았다.

"그러나 혼자는 안 가. 올 때는 혼자였지만 갈 때는 누군가와 함께 갈 생각이야."

"누구와요?"

되묻는 사마유선의 음성이 촉촉이 젖어들었다.

"그런 사람 있어."

"내가 아는 사람인가요?"

"그럴 거야. 밥도 못하고 빨래도 못하고 살림이라곤 해본 적도 없지만 사랑스런 사람이지."

"고생 꽤나 하겠군요."

"아무렴. 하나하나 배우려면 무척이나 고된 시집살이를 각오해야 할

걸. 특히 우리 집 사람들은 다들 요상한 성격들을 지니고 있거든. 나만 빼고."

"호호, 설마요?"

"겪어보면 알지."

"뭐, 그럴 것도 같군요. 당신만 봐도 충분히 알 수 있을 것 같아요."

순간, 벌떡 상체를 일으킨 을지호가 정색을 하고 말했다.

"내가 제일 양호하다니까."

"호호, 어련할까요?"

"정말이라니까!"

"알았어요. 누가 뭐라나요. 그러니까 조금 더 얘기해 봐요."

"얘기? 무슨 얘기를?"

을지호가 커다란 눈을 깜빡이며 물었다.

"고향 얘기요. 가족들이랑 친구들, 이웃 등등 말이에요."

"고향 얘기라……."

천천히 상체를 누인 을지호가 그녀의 고운 눈동자를 바라보았다. 그리곤 오직 그녀에게만 들릴 정도로 작은 목소리로 이야기를 하기 시작했다.

"우리 고향은 말이야……."

그렇게 시작된 을지호의 이야기는 한참이나 계속되었다.

품에 안긴 사마유선이 이미 한참 전에 잠이 들었다는 것을 알고는 있었지만 그의 말은 끝날 줄을 몰랐다.

어쩌면 그의 고향 이야기는 사마유선에게 들려주는 것이라기보다는 아련하게 밀려오는 향수(鄕愁)를 달래기 위해 스스로에게 보내는 위안

일 수도 있었다.

"…아무튼 조금 춥고 괴팍한 사람들이 많아서 그렇지 좋은 곳이야. 우리 고향, 우리 집은. 안 그러냐?"

을지호가 조금 떨어진 곳에서 날개를 접고 있던 철왕을 보며 물었다.

철왕은 그의 말이 끝나기가 무섭게 활짝 날개를 펼치며 몸을 띄웠다. 하늘 높이 비상한 철왕은 곧 하나의 점으로 변해 까마득히 멀어져 갔다.

"너도 고향이 그리운 거냐? 하긴, 수구초심(首丘初心)이라. 고향을 그리는 마음이야 사람이고 짐승이고 모두 같겠지. 임마, 그렇다고 그렇게 노골적으로 드러낼 것은 없잖아. 지금 당장 갈 수도 없는 노릇이고… 응?"

살짝 주먹을 흔들며 중얼거리던 을지호의 눈빛이 변한 것은 눈으로 살피기도 힘든 높은 곳에서 선회하는 철왕의 날갯짓이 어딘가 이상하다는 것을 느끼면서부터였다.

'설마!

그것이 철왕이 보내는 경계의 표시라는 것을 알아본 을지호의 표정에 긴장감이 흐르기 시작했다.

'적인가?

을지호는 온몸의 감각을 동원하여 주변을 살폈다. 아무런 느낌도 전해오지 않았다. 그러나 경고를 보내는 철왕의 몸짓은 더욱 격렬해졌다.

'근처에는 아무도 없다. 그럼에도 저렇게 경고를 보낸다는 것

은······.'

뭔가가 느껴지는지 팔베개를 했던 팔을 슬그머니 빼며 짚단에서 내려온 을지호는 신중한 태도로 땅에 귀를 갖다댔다.

드드드드.

미약하기는 해도 확실한 떨림이 전해왔다.

드드두두.

'기마대다.'

소리는 점점 명확해져 왔다. 더구나 그것은 한쪽 방향이 아니라 동서남북 사방에서 조금씩 좁혀들고 있었다.

'포위된 것인가? 한데 어떻게······?'

하지만 지금 중요한 것은 그것이 아니었다. 벌떡 몸을 일으킨 그는 곤히 자고 있는 사마유선을 흔들었다.

"왜··· 요? 무슨 일··· 있어요?"

오랜만에 단잠을 이루던 중이었는지 그녀는 쉽게 정신을 차리지 못했다.

"적이 온 것 같소."

착 가라앉은 음성은 또다시 꿈결로 떠나려는 그녀의 의식을 확 돌아서게 만들었다.

"저, 적이라니요?"

튕기듯 일어나더니 짚에서 뛰어내린 사마유선이 굳은 표정으로 주변을 살폈다.

사위를 둘러봐도 적의 존재는 느껴지지 않았다.

"어디에 적이······."

"곧… 나타날 거야."

그의 말이 끝나기가 무섭게 지축을 흔드는 조그만 떨림이 있었다. 그 떨림은 조금씩, 아주 조금씩 커지더니 곧 천지를 울리는 거대한 진동으로 변하기 시작했다.

두두두두두.

이제는 몸으로도 확연히 느낄 수 있을 정도의 울림이 사방에서 느껴졌다.

사마유선이 을지호의 손을 잡았다. 그 짧은 순간에 땀이 고인 것을 보니 꽤나 긴장한 모양이었다.

"걱정할 것 없어."

그녀에게 하는 말인지 아니면 스스로에게 다짐하는 것인지 의미가 모호한 말을 내뱉은 을지호가 두 눈을 지그시 감고 정면을 응시했다.

그의 눈에 지축을 울리며 달려오는 기마대의 모습이 들어왔다.

'철혈마단……'

어느새 그의 손에는 거무튀튀한 철궁이 들려 있었다.

"어쩌지요?"

"기마대하고 이런 곳에서 싸울 수는 없어. 일단 피하고 봐야지. 틈이 있을지는 모르겠지만."

둘은 그나마 포위망이 약해 보이는 동남쪽을 향해 달리기 시작했다.

"단숨에 치고 나가야지 조금이라도 지체하면 완벽하게 갇히고 말 거야."

"알고 있어요."

"먼저 갈 테니까 바로 따라와."

사마유선의 대답을 기다리지도 않고 속력을 높인 을지호.

출행랑을 극성으로 일으키며 달려가는 그의 몸은 가히 섬전과 같았다. 또한 그의 몸에서 뿜어져 나오는 살기는 사마유선은 물론이고 백여 장 떨어진 곳에서 접근하는 기마대의 말들까지 동요를 일으킬 정도로 엄청난 것이었다.

핑!

드넓은 평야를 울리는 말발굽 소리와는 확연히 구별되는 한줄기 소성이 울렸다.

첫 번째 무영시는 좌우로 크게 펼쳐져 달려오는 기마대의 정중앙 사내를 노리며 날아갔다.

핑핑!

첫 번째 화살이 도착하기도 전에 연이어 무영시가 날아갔다.

위험을 감지한 기마대가 급히 회피 기동을 하였으나 그것을 허락할 무영시가 아니었다.

"크악!"

외마디 비명성이 터지고 첫 번째 무영시에 가슴을 허락한 사내의 몸이 허공으로 붕 뜨더니 무려 십여 장이나 날아가 땅에 처박혔다.

그것과 거의 동시에 말과 사람의 음성이 뒤섞인 비명성이 연속적으로 터졌다.

히이이힝!

"으악!"

"컥!"

을지호가 날린 무영시는 백발백중이었다.

특히 처음 날린 화살을 제외하고는 나머지 십여 발의 무영시는 모두 말을 노린 것이었다.

잔뜩 몸을 웅크리고 있는 사람보다는 그들이 타고 있는 말을 노린 의도는 적중했다.

무영시에 맞은 말은 그 자리에서 꼬꾸라졌고 말의 주인들 또한 달리던 힘을 이기지 못하고 그대로 앞으로 나뒹굴었다. 더러는 황급히 몸을 틀며 뛰어내린 자들도 있었으나 대다수는 말과 함께 힘없이 땅바닥에 처박혔다.

하지만 그러는 사이 기마대와 을지호의 간격은 어느새 육칠 장 정도로 좁혀져 있었다.

"타핫!"

주변을 쩌렁쩌렁 울리는 함성과 함께 몸을 날린 을지호가 깜짝 놀라 칼을 휘두르는 사내의 공격을 피해 공중제비를 한 후 그대로 발길질을 했다.

"크악!"

외마디 비명과 함께 힘없이 쓰러지는 사내.

재빨리 말 위에 올라탄 을지호가 그 틈을 노려 옆으로 치고 들어오는 사내를 향해 무영시를 날렸다.

가까운만큼 위력도 컸다.

그는 자신의 몸이 어째서 상대와 멀어지는지 의식도 하지 못한 채 말 위에서 굴러 떨어졌다.

"죽어랏!"

좌우에서 또다시 협공이 들어왔다.

재빨리 고개를 숙여 첫 번째 칼을 피한 을지호가 고삐를 힘껏 낚아 챘다.

히히히힝!

순간 그를 태운 말이 앞발을 하늘 높이 치켜세우며 급제동을 했고 그를 공격하느라 미처 제동을 걸지 못한 이들은 삽시간에 그를 스쳐 앞으로 치고 나갔다.

핑핑.

연속적으로 시위가 당겨지고 그들은 어찌 손쓸 틈도 없이 목숨을 잃고 말았다.

주변의 위험을 대충 정리하기는 하였으나 아직 위기를 벗어난 것은 아니었다.

"손을 잡아!"

지원 사격을 하며 뒤늦게 달려오는 사마유선에게 접근한 을지호가 비스듬히 몸을 숙이며 손을 내밀더니 마주 손을 뻗은 사마유선을 재빨리 말 위로 끌어올렸다. 그리곤 속도를 죽이지 않기 위해 짧은 원을 그리며 말머리를 돌렸다.

가히 폭풍과도 같은 기세로 치고 나가는 그의 뒤로 남겨진 것은 주인 잃은 말 몇 필과 공격은커녕 변변한 대항도 해보지 못하고 쓰러진 십여 명의 기마대원이 전부였다.

"흠, 대단하군. 삼시파천이라는 명성이 허명이 아니었어. 저렇듯 위력적인 궁술은 처음 봐."

멀리서 을지호의 싸움을 지켜본 나렴이 진정 탄복했다는 듯 연신 혀를 내둘렀다.

"하나 이제 시작일 뿐입니다! 놈의 명성은 오늘로서 끝입니다. 쥐새끼처럼 도망 다니는 것도 말이지요!"

곁에 있던 흑풍의 대주 암흑마신(暗黑魔神) 낭곡(郞梏)이 그 옛날 장비가 사용했다는 장팔사모를 고쳐 잡으며 소리쳤다.

"피해가 제법 만만치 않겠는데. 단 한 번의 충돌로 벌써 저만큼의 인원이 당했어."

"저 녀석들은 어차피 몰이꾼에 불과합니다. 보십시오. 백풍 녀석들이 벌써 따라잡았군요."

낭곡이 창을 들어 을지호를 가리켰다.

을지호와 사마유선을 태운 말은 뒤쪽에서 추격하는 흰색 기마대에 의해 서서히 둘러쌓이고 있었다.

*   *   *

덜컹.

병사의 문이 열렸다.

초조한 기색으로 소식을 기다리던 이들의 시선이 일제히 방문으로 향했다.

상당한 기운을 소모했는지 초췌한 얼굴의 을지휘소가 걸어나왔다.

"어, 어찌 되었느냐?"

"성공한 것이냐?"

"사, 사숙조께선 무사하십니까?"

동시다발적으로 터지는 질문은 그들이 얼마나 마음을 졸이며 방문이 열리길 기다렸는지 보여주는 것이었다.

"성공했습니다."

을지휘소가 엷은 웃음을 지으며 대답했다.

"잘됐구나. 정말 잘됐어."

연신 고개를 끄덕이는 을지소문의 얼굴에 화색이 돌았다.

"들어가 보시지요. 눈을 뜨셨습니다."

"암, 그래야지. 그래야 하고말고."

그들은 누가 먼저라고 할 것도 없이 병사 안으로 들어섰다.

"신승!"

재빨리 병석으로 다가간 을지소문이 그의 손을 잡았다.

수호신승은 여전히 누워 있는 상태였다.

그러나 의식은 회복이 되었는지 을지소문을 향한 눈가엔 반가움이 깃들어 있었다.

"이 늙은이를 알아보시겠습니까, 신승?"

"아미… 타불! 어찌… 모르겠습니까?"

조금 전까지만 해도 의식이 없었던 환자라고는 생각하지 못할 만큼 또렷한 발음이었다.

"을지 시주, 오랜만입니다."

"허허허, 기억을 하고 계시는군요. 무척이나 오랜 시간이 흘렀는데요."

"아미타불! 백 년이 지났다 한들 어찌 잊을 수가 있겠습니까? 궁귀 을지소문을."

살짝 웃는 노승의 눈가에 잔주름이 일었다.

"궁주께서도 오셨구려."

수호신승이 을지소문의 뒤쪽에 앉아 있는 환야에게 아는 체를 했다.

"오랜만입니다, 신승. 몸은 괜찮으십니까?"

"덕분에요. 궁주께서 주신 대환단 덕에 거뜬합니다. 소승이 참으로 큰 은혜를 입었습니다."

순간, 환야의 안색이 살짝 붉어졌다.

"은혜랄 것도 없지요. 어차피 소림의 물건이었으니까요."

과거 수호신승과의 싸움에서 승리를 거두고 전 무림을 일통한 그녀는 소림사에 대환단을 요구했었다.

당시 소림의 방장이었던 영오 대사는 대환단이 소림의 보물인 데다가 남은 것도 단 하나뿐인지라 고심에 고심을 거듭했다. 하나 거절했을 경우 어떤 일이 닥칠지 모른다는 생각에 결국 여러 장로들의 반대에도 불구하고 대환단을 건네주고 말았다.

사실 그 당시, 싸움이 시작되기 전부터 무림을 떠나 을지소문을 따라나서기로 결심한 그녀가 대환단을 탐낸 것은 오직 어린 을지휘소를 위해서였다.

한데 나중에 알게 된 사실이지만 어린 을지휘소는 애당초 대환단이 필요없을 만큼 엄청난 잠재력을 지닌 상태였다.

그가 세상에 태어나기 전, 고독(蠱毒)에 중독된 상태로 출산을 준비하던 산모(産母)를 위해 소림사는 상당량의 소환단을 제공했다. 비록 대환단의 효과에는 미치지 못할지라도 소환단이 지닌 약효도 결코 무시 못할 정도로 무궁무진했다.

또한 화산, 개방 등에서도 상당한 영약을 보내왔고 그의 증조부와 구양풍이 온갖 귀하디귀한 영약은 모조리 구해 복용시켰다.

그것들 모두가 산모가 무사히 고독을 이겨내고 출산에 이르도록 돕기 위함이었지만 그것만은 아니었다. 영약의 기운은 뱃속에 있던 을지휘소에게도 영향을 주었다. 대환단이 필요가 없을 정도로 충분하면서도 실로 엄청난 힘을.

아무튼 이후 을지호, 을지룡이 태어났지만 의술에 전념하고 있는 을지소문으로 인해 그녀는 딱히 대환단을 사용할 필요를 느끼지 못했다. 해서 수십 년이 지난 지금까지 보관해 왔던 것이었고 때마침 수호신승에게 복용시켰다. 결국 그녀의 말대로 원주인을 찾아간 것이었으니.

"그리 말씀해 주시니 소승이 몸둘 바를 모르겠습니다. 그건 그렇고… 혹, 남궁 시주가 아니신지요?"

환야에게 거듭 감사를 전한 수호신승이 다소곳이 앉아 있는 남궁혜에게 시선을 주었다.

"예, 신승. 남궁혜입니다."

"아미타불! 하도 소문이 무성해서 걱정했었는데 소승의 생각이 맞았군요. 이렇듯 건강히 뵙게 되어 다행입니다."

남궁혜의 안색이 부끄러움으로 물들었다.

그녀가 뭐라 대꾸를 하기도 전에 더 이상 참지 못한 공양이 수호신승을 불렀다.

"사, 시숙조님!!"

"공양이로구나."

수호신승이 엎드린 그를 향해 힘겹게 손을 뻗어 떨리는 등을 어루만졌다.

"사숙조님……."

"의식 너머에서 네가 부르는 소리를 들었다. 내가 이렇듯 목숨을 부지할 수 있었던 것도 다 네 덕이로구나."

"아, 아니옵니다. 하지만 소림이… 소림이……."

간신히 고개를 쳐드는 그의 노안에서 눈물이 흘러내렸다.

눈물의 의미를 짐작한 수호신승이 달래듯 말했다.

"이미 알고 있다. 조사님들께 큰 죄를 지었구나. 참으로 감당키 힘든 죄를 범했어."

"그게 어디 신승의 잘못이란 말입니까?"

을지호가 당치도 않다는 듯 말했다.

수호신승은 고개를 흔들었다.

"아닙니다. 이 모든 것이 소승의 불찰입니다. 중요한 순간에 이렇듯 큰 부상을 당하여 저들을 막지 못했으니 어찌 고개를 들겠습니까?"

"어쩔 수 없지요. 명색이 사천인가 뭔가 하는 곳의 우두머리라니까."

"우두… 머리라면?"

을지휘소를 통해 대충 주변이 어떤 상황인지 전해 들었지만 아직 자세한 이야기를 나누지 못한 수호신승이 의아한 표정을 지으며 물었다.

"듣자하니 신승과 양패구상을 한 녀석이 사천의 우두머리라고 하더군요."

공양이 덧붙였다.

"산동악가가 중천이었습니다. 지금껏 양의 탈을 쓰고 숨겨왔지만 결국 마수(魔手)를 드러냈습니다."

"아미타불! 악가가……."

수호신승은 믿기지 않는다는 듯 연신 불호를 되뇌었다.

수백 년 동안 명문가로 이름을 날리던 악가가 아니던가. 그런 악가가 감쪽같이 정체를 숨긴 중천이라니!

수호신승은 그제야 구파일방이 속절없이 쓰러져 간 이유를 이해할 수 있었다.

"그래, 방장은 어찌하고 있느냐?"

긴 탄식을 내뱉은 수호신승이 물었다.

"명종이 녹옥불장을 받았습니다. 방장 사제는 책임을 지고 물러난 후 달마동(達摩洞)에 칩거하는 줄로 압니다."

"일이 그리 되었구나."

공양의 침울한 대답에 수호신승 역시 안타까운 표정이었다.

"곧 끝날 것이니 너무 걱정마시구려."

을지소문이 수호신승의 손을 꽉 쥐며 말했다.

잠시 그의 얼굴을 쳐다보던 수호신승이 안심이 된다는 듯 고개를 끄덕였다.

"그렇군요. 제자들 걱정에 곁에 을지 시주가 계신 것을 잠시 잊고 있었습니다."

수호신승이 몸을 일으키려 하였다.

다들 만류하였지만 결국 공양의 도움을 받아 상체를 일으킨 수호신승이 을지소문과 환야를 응시하며 정중히 물었다.

"도와주시겠습니까?"

"물론이지요."

을지소문과 환야가 동시에 대답을 했다.

"감사합니다. 부끄럽게도 소림과 소승은 두 분의 도움만 받게 되는 군요."

"무슨 말씀을 그리 하십니까? 당연히 해야 할 일입니다. 을지 가문은 물론이고 저의 모든 인연 역시 소림에서 시작되었지요. 그런 소림을 결코 놈들의 손아귀에 맡겨둘 수는 없습니다. 곧 놈들을 정리할 것입니다."

"인원이 많다고 들었습니다."

"그런 것은 상관없습니다."

참으로 자신감이 넘치는 모습이었다.

"아미타불! 소승이 쓸데없는 걱정을 한 모양입니다."

수호신승의 입가에 미소가 번졌다. 비로소 그가 과거에 천하제일인으로 불리웠다는 것을 인식한 것이다. 하지만 수호신승이 살아났다는 기쁨에 겨워 정신이 없었던 공양, 지금껏 을지소문의 정체를 눈치채지 못하고 있는 그는 불안하기 짝이 없는 표정이었다.

"뜻은 고마운 일이나 지금의 인원으로는 중과부적(衆寡不敵)입니다. 소림엔 지금 수백 명의 적이 우글거리고 있습니다. 그 인원을 어찌 감당하려고 하시는지요."

"허허, 다 방법이 있소이다. 스님께서는 걱정하지 마시고 신승을 잘 보살피고 계시구려."

을지소문이 너털웃음을 지으며 한구석에서 운기조식을 하고 있는 을지휘소를 불렀다.

"멀었느냐?"

"다 되었습니다."

눈을 뜬 그가 대답했다.

"그럼 가자. 다녀오겠습니다, 신승."

수호신승에게 가볍게 인사를 한 을지소문이 벌떡 일어나자 모두들 자리에서 일어났다.

도대체 왜 그렇게 무모한 짓을 하는지 이해할 수 없었던 공양만은 불안한 기색으로 어찌할 바를 몰랐다.

"말려야 합니다, 사숙조님."

공양이 안타까운 음성으로 소리쳤다. 한데 들려온 대답은 너무나 의외였다.

"괜찮다. 그냥 저들에게 맡겨두어라."

"예?"

"그만한 능력이 있는 사람들이다."

"아, 아무리 그렇지만 수백의 적이……."

"너는 저들이 누구인지 아느냐?"

공양이 머뭇거리자 수호신승의 입가에 미소가 맴돌았다.

"조금 전 듣지 않았느냐? 궁귀 을지소문."

"궁… 귀… 을지소문… 구, 궁귀!!"

그제야 궁귀라는 말이 지닌 의미를 파악한 공양의 얼굴에 경악이 떠올랐다.

비록 무림과는 담을 쌓고 오직 약사전의 일에만 매달린 그라지만 궁귀 을지소문을 모르지는 않았다.

"그, 그렇다면 그가?"

"천하제일인이지."

"아!"

공양은 자신도 모르게 탄성을 내질렀다.

과연 누가 있어 수호신승에게서 천하제일이란 칭호를 얻을 수 있을 것인가? 오직 그뿐이었다.

그러나 놀랄 일은 아직 끝나지 않았다.

"그 옆에 있던 노부인의 내력도 만만치 않다."

공양은 침을 꿀꺽 삼키며 다음 말을 기다렸다.

"혈검 환야. 처음으로 무림을 일통했던 전전대 패천궁의 궁주이자 내게 처음으로 패배의 쓴맛을 안겨준 인물이다."

혈검 환야!

소림의 제자가 어찌 이 이름을 모를 것인가!

"아, 아미타불!"

공양은 심장이 얼어붙을 정도로 극한의 놀라움을 경험하고 있었다.

"또 다른 부인은 검성의 후인으로 남궁세가의 사람이다. 그녀 역시 엄청난 실력을 지니고 있는 것 같더구나. 하나 진정한 고수는 따로 있었다. 그들 모두를 뛰어넘는."

기가 막힐 일이었다.

궁귀와 혈검, 그리고 검성의 후인.

개개인의 능력으로 능히 천하를 오시할 만한 절대자들이었다. 한데 그들을 뛰어넘는 고수라니.

"누, 누구이옵니까?"

공양이 떨리는 음성으로 물었다.

"을지 시주의 아들이라고 했던가? 그래, 어렸을 적 그를 본 적이 있다. 허허허, 훌륭하게 장성하였더구나."

평범하게만 보이는 을지휘소의 인상을 떠올린 공양이 더듬거리며 물었다.

"그, 그가 그리도 강합니까?"

"암, 강하지. 강하고말고. 천하에 그 누가 있어 그를 상대할 것이더냐? 단언컨대 아무도 없을 것이다."

"……."

공양에겐 더 이상 놀랄 여력도 남아 있지 않았다. 그저 질린 표정으로 그들이 떠난 문만을 하염없이 바라볼 뿐이었다.

＊   ＊   ＊

눈처럼 하얀 백마(白馬).

백마보다 더욱 흰 의복의 사람들.

사람들은 이들을 일컬어 사막에 부는 백색 광풍, 일명 백풍이라 불렀다.

"후~"

을지호는 어느새 도주로를 끊고 퇴로 역시 차단하고 있는 기마대를 살피며 나직이 한숨을 내쉬었다.

'역시 무리였나?'

아무리 뛰어난 명마와 기마술을 지녔다고 하더라도 홀로 말을 달리는 것과 두 사람을 태우고 달리는 것에는 분명 차이가 있었다. 더욱이 상대는 그러한 허점을 놓칠 리가 없는 기마술의 달인들. 애당초 사마유선을 태우고 도주를 한다는 발상 자체가 잘못된 것이었다.

"삼시파천! 무척이나 만나고 싶었다."

새하얀 의복과 어울리지 않게 검은 수염이 턱을 뒤덮은 대주 탕평(湯萍)이 앞으로 나오며 소리쳤다.

"글쎄, 뭣 때문에 그리 날 만나고 싶어했을까 모르겠네. 난 남색(男色)엔 그다지 취미가 없는데."

"흐흐흐, 딴에는 그게 우스운 농담인 줄 아는구나."

탕평이 누런 이를 내보이며 웃자 이곳저곳에서 비웃음이 터져 나왔다.

"그렇게 목매지 말고 웬만하면 다른 놈을 알아봐라."

"죽일 놈 같으니. 농담 따위는 집어쳐라. 네놈 뒤꽁무니를 쫓느라 고생한 것을 생각하면 지금도 이가 갈린다."

웃음을 멈춘 탕평이 진한 살기를 내뿜었다.

을지호가 피식 웃으며 대꾸했다.

"내가 시키지 않았다."

겉으로는 태연하기 그지없는 태도였으나 내심은 그러지 못했다.

[신호를 하면 우측으로 고삐를 당겨. 머뭇거리거나 멈추면 안 돼. 무조건 달려.]

사마유선에게 고삐를 전하며 은밀히 전음을 보낸 을지호는 동그랗게 눈을 뜬 그녀가 뭐라 대꾸하기도 전에 탕평에게 소리쳤다.

"운치있는 밤이다. 괜히 피 보지 말고 그냥 길을 터라."

어이없다는 듯 탕평이 누런 가래침을 뱉었다.

"운치? 웃기는 소리. 흐흐흐, 네놈에겐 곧 지옥 같은 밤으로 변할 것이다."

"그래? 그럼 한번 덤벼보든가."

말이 끝나기가 무섭게 한 발의 무영시가 차가운 공기를 가르며 탕평에게 날아갔다.

한껏 비웃음을 흘리던 탕평의 얼굴에서 웃음기가 사라졌다.

그는 을지호가 어째서 삼시파천이란 별호를 얻게 되었는지 익히 알고 있었다. 더구나 조금 전엔 직접 보기까지 했다.

자칫 방심을 했다간 어떤 꼴이 되는지 충분히 인식하고 있던 그는 여인네의 아미처럼 멋들어지게 휘어진 반월도(半月刀)를 치켜세워 아랫배를 향해 접근하는 무영시를 막아갔다.

꽝!

강렬한 격타음이 들리며 탕평의 몸이 약간 휘청거렸다.

"음."

그의 입에서 신음성이 흘러나왔다.

무영시에 부상을 당하거나 그 힘을 감당하지 못해 그런 것은 아니었다. 다만 반월도를 타고 팔을 찌릿찌릿하게 만드는 무영시의 위력에 놀란 것이었다.

어느 정도 예상은 했지만 그 예상보다 배는 묵직한 느낌이었다.

"제법이다."

탕평은 애써 놀란 마음을 감추며 소리쳤다. 하지만 그는 이번 싸움에서 많은 수하를 잃을지 모른다는 불길한 느낌에 사로잡혔다.

"그건 내가 할 소린데. 곰도 구르는 재주가 있다더니만. 좋아, 그렇다면 이것도 한번 막아봐라."

"얼마든지."

이쯤 되면 기세 싸움이었다.

을지호가 또다시 시위를 당겼다.

"쏴봐!!"

탕평도 지지 않고 가슴을 탕탕 쳤다.

한데 이번 목표는 그가 아니었다.

[지금이야.]

전음성이 떨어지고 신호를 기다리던 사마유선이 힘껏 고삐를 당겼다.

히히히힝!

울음소리와 함께 급히 방향을 튼 말이 우측으로 쏜살같이 달리기 시작했다.

"막아랏!"

자신이 속았다는 것을 눈치챈 탕평이 이를 갈며 소리쳤다.

핑핑.

그의 외침과 함께 공기를 가르는 시위 소리가 들리고 연속적으로 날린 무영시가 길을 막고 있는 두 사내를 단숨에 쓰러뜨렸다.

백풍의 일원으로 제아무리 단련된 그들이었지만 형체도 없이 날아드는, 그것도 한 번에 서너 발이 넘는 무영시를 막아낼 재주는 없었다.

을지호와 사마유선을 태운 말은 말에서 굴러 떨어지는 그들을 지나쳐 단숨에 앞으로 치고 나갔다.

그러나 백풍의 대응은 참으로 빠르고 신속했다.

재빨리 따라붙은 사내들이 원형으로 생긴 일월권(日月圈)을 꺼내 들더니 안장에서 엉덩이를 떼 말의 옆구리 쪽으로 비스듬히 몸을 누였다. 그리곤 을지호와 사마유선을 향해 한 쌍으로 이루어진 일월권을 힘껏 내던졌다.

파스스슷!

땅바닥을 스치듯 비행한 일월권은 마치 눈이라도 달린 것처럼 기괴한 궤적을 그리며 쫓아가 말의 다리를 노렸다.

달리는 말의 속도를 간단히 따라잡고 맹렬히 접근하는 일월권을 보며 을지호가 시위를 당겼다.

타탕!

두 개의 일월권이 그대로 땅에 처박혔다. 하나 여전히 세 개의 일월권이 쫓아오고 있었다.

연거푸 몇 발의 무영시를 더 쏘았다. 그러나 적중시키기가 쉽지 않았다.

퍽퍽!

땅만 괜스레 움푹움푹 파였다.

'어쩔 수 없지.'

무영시로 일월권을 잡는 것이 불가능하다고 판단한 을지호가 몸을 날렸다. 그리곤 일월권을 향해 철궁을 휘둘렀다.

따땅.

날카로운 금속성과 함께 낮게 깔려 날아오던 일월권이 하늘로 치솟았다. 을지호의 철궁에 의해 방향을 잃은 것이었다.

"오, 오라버니!"

갑작스런 상황에 놀란 사마유선이 고개를 돌리자 을지호가 버럭 소리를 질렀다.

"멈추지 마! 달려!"

그것으로는 부족했는지 그는 조그만 돌멩이를 집어 말에게 던졌다.

쏜살같이 날아간 돌멩이는 말의 엉덩이를 정확하게 맞추었다.

히히히힝!

깜짝 놀란 말이 앞발을 치켜세우더니 이내 속도를 높였다.

놀란 말은 미친 듯이 달리기 시작했다.

"안 돼! 멈춰!"

황급히 고삐를 잡아당기는 사마유선, 하나 그녀의 다급한 외침에도 불구하고 속도는 조금도 늦춰지지 않았다.

'제, 제발. 멈춰.'

사마유선은 필사적으로 말을 제어하려 했다. 고삐를 잡아채는 손등에 심줄이 툭툭 튀어 올랐다.

분명 지금과 같은 일이 과거에도 있었다.

둘은 수많은 적에게 쫓기는 상황이었고 퇴로도 끊긴 상황이었다. 앞에는 흉험한 기운을 내뿜는 일단의 무리들이, 그리고 뒤에는 엄청난 기운을 내뿜은 노인들과 앞보다 훨씬 더 많은 수의 적들이 있었다. 그 상황에서 을지호는 홀로 적을 상대했다. 자신을 피신시킨 뒤 목숨을 걸고 그 많은 적을 상대했다. 그때 함께하지 못했던 것을 얼마나 많이 후회했던가.

'안 돼. 이럴 수는 없어.'

이번만큼은 홀로 남겨두고 싶지 않았다. 살아도 같이 살고 죽어도 같이 죽어야 했다.

결심을 굳혔는지 그녀가 고삐를 놓았다. 그리곤 안장에서 뛰어내리고자 자세를 취했다.

바로 그때였다.

[유선!]

그녀의 몸이 흠칫했다. 자신도 모르게 고삐를 잡았다.

[지난날 대파산의 일을 기억하고 있지? 그때도 지금과 같았어. 힘은 들었지만 그래도 결과는 좋았잖아. 목숨을 구했으니까. 이번에도 마찬가지야. 함께 있다간 방해만 될 뿐. 나를 염려한다면 걱정하지 말고 먼저 피해 있어.]

그녀는 대답하지 않았다.

[나라는 놈은 사랑하는 사람이 위험에 빠지는 꼴은 보지 못해. 나를 믿는다면 그렇게 해줘. 반드시 뒤쫓아갈 테니까.]

전음으로 전해지는 그의 음성이 다급함으로 물들었다.

그녀도 알고 있었다. 그녀가 함께 있어도 싸움엔 전혀 도움이 되지 않는다는 것을.

그럼에도 함께하고 싶은 마음 역시 어쩔 수 없는 것.

"자신… 있나요?"

그녀가 울먹이는 목소리로 조그맣게 중얼거렸다.

을지호는 천지를 울리는 말발굽 소리 속에서도 그녀의 목소리를 똑똑하게 들을 수 있었다.

[자신? 물론이야. 대파산에선 정말 최악이었지. 지금보다 훨씬 나쁜 상황이었어. 상처 입고 지칠 대로 지쳤으니까. 하지만 지금은 오히려

놈들의 목숨을 걱정해 주는 것이 좋을 거야. 난 강하거든. 놈들이 생각하는 것보다 훨씬 더.]

"……."

사마유선은 말에게 몸을 맡긴 채 고개를 돌려 을지호를 응시했다. 꽤나 먼 거리였지만 바로 곁에 있는 듯 둘은 서로의 눈빛을 확인할 수 있었다.

[내 말대로 해.]

을지호가 그녀의 대답을 채근했다.

"당신이 죽으면 나도 죽어요."

[죽긴 왜 죽어.]

"얼마 안 가 마을이 있다고 했죠? 입구에서 기다릴께요."

하지만 기마대에 둘러싸여 이미 치열한 싸움을 하고 있는 을지호는 그녀의 말을 듣지 못했다.

입술을 꼬옥 깨문 그녀가 고개를 돌렸다. 애써 참은 눈물이 볼을 타고 흘러내렸다.

"그냥 보내도 되겠습니까?"

누군가가 탕평에게 물었다.

"추격할까요?"

"계집 따위를 잡아서 어디다 쓰게. 나둬. 목표는 저놈이다."

탕평의 살기 어린 눈은 벌써 두 명의 부하를 쓰러뜨린 을지호에게 고정되어 있었다.

일 대 사십의 싸움.

혹자는 '아주 불가능한 일은 아니야. 힘은 들겠지만 운이 좋으면 이길 수도 있겠지'라고 말할 수도 있었다.

하나 상대가 기마대라면 그따위 말을 내뱉는 사람은 아무도 없을 것이다.

말 위에서 싸운다는 것에는 생각지도 못한 이점이 있었다.

우선 기마대를 상대하는 사람은 적의 모습을 확실하게 파악할 수가 없었다.

언제 어느 순간에 공격이 시작되는지 파악하기가 힘들었고 단순히 휘두르는 칼에도 평소보다 배는 감당하기 힘든 힘이 실렸다. 또한 무섭게 돌진해 오는 말도 여간 신경 쓰이는 것이 아니었다. 반면에 말 위에서 적을 내려다보며 싸우는 이는 그 모든 이점을 안고 싸울 수 있을 터, 결국 평지에 땅을 딛고 서서 기마대와 싸워 이긴다는 것은 계란으로 바위를 치는 격이었다.

을지호도 그것을 모르지는 않았다. 해서 사마유선이 무사히 떠난 것을 확인한 그가 가장 먼저 시도한 일은 말을 탈취하는 일이었다. 하지만 그들은 을지호가 말 위에 오르지 못하도록 가히 필사적으로 몸부림쳤다. 행여나 말을 빼앗길 것 같으면 스스로, 그것이 불가능할 것 같으면 그 옆의 동료가 먼저 말의 목숨을 끊어버렸다.

그와 같은 상황이 계속해서 반복되자 을지호는 말을 빼앗는 것을 포기할 수밖에 없었다. 대신 목표를 바꿔 기마대원보다는 말을 집중적으로 공격했다.

그 또한 쉽지는 않았다.

그는 호랑이도 주춤하게 만드는 출행랑의 살기를 견뎌내는 백마들을 보며 혀를 내두르지 않을 수 없었다. 잠깐의 머뭇거림이 있기는 하였으나 그것도 잠시였다. 수많은 전장에서 광기에 찬 싸움을 견뎌온 기마들은 주인의 명에 곧바로 정신을 차리고 을지호를 압박했다. 또한 눈 깜짝할 사이에 치고 빠지는 상황에서 말을 노리며 화살을 날리기란 무척이나 힘든 일이었다.

그래도 포기할 수는 없었다. 지금 상황에선 그것만이 최선이었다. 을지호는 가히 필사적으로 몸을 움직이며 차분하게 말을 제거해 나갔다.

핑.

활시위가 팅겨지고 무영시가 허공을 갈랐다.

목표는 접근해 오는 말의 앞다리.

히히히히힝!

가만히 듣고 있어도 가슴이 아플 만큼 처절한 울림과 함께 목표가 된 말이 쓰러졌다. 미처 내려오지 못한 주인이 육중한 몸에 깔려 그대로 정신을 잃고 말았다. 땅에 쓰러져 허우적거리는 말은 다리 하나가 보이지 않았다. 허벅지 근처에서 흉측하게 잘려 나간 것이다.

"윽!"

을지호의 입에서도 나직한 신음성이 터져 나왔다.

그 짧은 사이에 칼 하나가 왼쪽 어깨를 베며 지나갔기 때문이었다. 다행히 깊은 상처는 아니었으나 상당한 고통이 전해져 왔다. 상처를 준 상대는 이미 꽤 멀리 떨어진 곳에서 다음 공격을 위해 선회를 하고 있었다.

'제길, 끝이 없군.'

한참을 싸웠다.

출행랑을 이용해 공격받는 범위를 최대한 줄이며 수도 없이 많은 화살을 날렸다. 얼마나 많은 말을 쓰러뜨리고 말 주인의 목숨을 빼앗았는지 기억이 없을 정도였다. 한데 전후좌우 가릴 것 없이 밀려드는 공격은 좀처럼 약해지지를 않았다.

'절반은 없앤 것 같은데…….'

적의 숫자를 파악할 여력도 없었다. 사실, 그것은 무의미했다. 또 다른 적이 거대한 포위망을 구축하고 있기 때문이었다.

'힘들군.'

숨이 가빠왔다. 지칠 대로 지친 몸으로 견뎌야 했던 대파산에서의 싸움도 힘이 들었지만 기마대를 상대로 하는 싸움에는 비할 바가 아니었다. 최상의 몸 상태로 싸움을 시작했으나 이내 파김치가 되고 말았다.

무엇보다 방향을 예측하기 어려운 공격을 막아내기가 힘들었다.

왼쪽인가 싶으면 어느새 오른쪽에서 공격이 들어왔고 오른쪽인가 싶어 막아가면 뒤쪽에서 칼이 날아들었다.

거기에 그들이 무차별적으로 던져 대는, 교묘하게 아군을 피해 접근하는 일월권은 큰 골칫거리였다. 닥치는 대로 부순 것만 해도 수십 개는 될 텐데 끊임없이 날아들고 있었다. 행여나 허공으로 몸을 띄울라치면 무수히 많은 일월권이 함께 비상을 하였다.

그러나 그가 지친만큼 공격을 퍼붓고 있는 백풍도 지쳐 가고 있었다. 특히 공격을 지휘하고 있는 탕평의 안색은 이미 굳을 대로 굳어 있었다.

반시진에 걸친 싸움 끝에 목숨을 잃은 수하가 스물둘.

을지호는 의식하지 못하고 있었지만 어느새 절반이 넘는 인원이 목숨을 잃은 것이었다.

'이 정도일 줄이야.'

쉽지 않은 싸움을 예상하기는 했어도 이토록 많은 피해를 입을 줄은 꿈에도 몰랐다. 그만한 피해를 당하면서 상대에게 입힌 피해라고는 고작 미미한 상처 몇 개뿐이었다.

망신도 그런 망신이 없었다. 더구나 흑풍이 보고 있었다. 고작 한 명의 적을 상대하지 못하고 쩔쩔매느냐는 비아냥이 귓가에서 아른거리는 듯했다.

그는 더 이상 시간을 지체했다간 흑풍이 싸움에 끼어들지 모른다는 생각에 초조감을 감추지 못했다.

'죽인다! 반드시 죽이고 만다!'

탕평이 거친 콧김을 내뱉으며 말고삐를 단단히 말아 쥐었다. 그리고 을지호를 향해 돌진하기 시작했다.

"흠, 그만 말려야겠는걸."

백풍과 을지호의 싸움을 지켜보던 나럼이 혀를 차며 고개를 흔들었다.

탕평과 대원들의 자존심을 생각해 가만히 지켜보고는 있었지만 생각보다 피해가 너무 컸다. 이대로 시간이 흐르면 자칫 전멸을 당할지도 모른다는 생각이 들었다.

"아무래도 그래야 할 것 같습니다."

낭곡이 맞장구를 쳤다.

"상대를 잘못 골랐습니다. 백풍이 약한 것은 아니나 저자를 상대하기엔 역부족입니다."

"맞는 말이야. 백풍의 특징이라면 전광석화와 같이 치고 빠지는 빠름인데 저자는 백풍의 움직임을 능가할 정도로 빠르군. 공격은 더욱 치명적이고."

"저런 자를 상대하려면 다소 느리긴 하더라도 이런 것이 필요하지요."

그가 자신의 갑주를 두드리며 말했다.

"더 늦기 전에 결정을 내려야겠군."

"언제든지 명만 내려주십시오."

"좋아, 백풍에겐 뒤로 물러나라 하고 자네들이 나서게."

"그리 하겠습니다."

명을 받은 낭곡이 옆구리에 끼고 있던 투구를 썼다. 그리고 자신을 바라보는 수하들에게 손짓을 했다.

"가자."

제 52 장

혈검(血劍) 환야(幻倻)

혈검(血劍) 환야(幻倻)

부스럭.

인기척이 느껴졌다.

"정운(晶澐)이더냐?"

살며시 눈을 뜬 공선 대사가 물었다.

아무런 대답이 없자 공선 대사의 얼굴에 노기가 피어올랐다. 그를 수발하는 소사미 정운이 아니라면 근처에서 달마동을 감시하는 북천의 무인들이라는 말이었다.

"이곳은 그대들이 올 곳이 아니오. 물러가시오."

"……."

역시 대답은 들려오지 않았다. 그렇다고 물러간 것도 아니었다. 인기척은 여전히 남아 있었다.

"어찌 이리도 무례하단 말인가!"

앉은 채로 몸을 돌리며 소리치는 공선 대사.

그런데 달마동을 기웃거리고 이는 사람은 북천의 무인이 아니라 낯선 노파였다.

"흠. 달마동, 달마동 하기에 뭔가 특별한 것이 있는가 싶더니 그것도 아니로군."

약간은 실망했다는 듯 피식 웃음을 터뜨리는 사람은 다름 아닌 환야, 을지소문의 부탁으로 공선 대사를 만나러 온 그녀였다.

"시주는 누구시오?"

공선 대사가 물었다.

"네가 공선이냐?"

환야가 되물었다.

을지소문의 신신당부에도 불구하고 환야의 말투는 여전히 바뀌지 않았다.

공선 대사가 눈살을 찌푸렸다.

"노승이 공선이 맞소만 시주는 대체 누구시오? 북천의 무인이오?"

환야가 고개를 흔들었다.

"이곳은 외인이 함부로 드나드는 곳이 아니오. 더구나 인근에서 북천의 무인들이 감시하고 있소. 행여 화를 당할까 걱정이니 빨리 떠나시구려."

"아, 아까 그 녀석들이 이곳을 감시하는 놈들이었군."

"그들을 보았소?"

환야는 달마동을 오르는 자신의 발걸음을 막아서던 두 명의 청년을 떠올리며 코웃음을 쳤다.

"꽤나 버릇없는 놈들이었다. 하나 놈들은 걱정하지 마라. 푹 자고 있을 테니까."

"어째서 그들을 건드렸단 말이오?"

공선의 음성이 살짝 떨렸다.

"건드리면 어때서?"

"그 화가 어디에 미칠지 생각이나 해보셨소? 어째서 쓸데없는 분란을 만드는 것이오? 당장 돌아가시오."

"놀고 있군."

"말씀이 지나치지 않은가!"

무례한 언사를 참지 못한 공선 대사가 결국 노호성을 터뜨렸다. 그러나 환야는 냉랭한 조소를 보낼 뿐이었다.

"언제부터 소림이 이 모양 이 꼴로 변했나? 변변치 않은 적 따위에게 본산을 빼앗기질 않나, 전대 방장이라는 자가 놈들의 비위를 맞추기에 급급해하는 모습이라니!"

환야는 진정 화가 난 듯했다.

그 옛날 폭풍 같은 기세로 무림을 휩쓸던 구양풍의 발걸음을 막은 곳이 소림이었고 환야 역시 무림을 일통하기 위해서 소림을 넘어서야 했다. 수호신승과의 힘겨운 싸움을 승리로 이끌면서 결국 소림이라는 벽을 뛰어넘을 수 있었으나 이후 그녀의 마음속에는 소림에 대한 경외심이 자리하게 되었고 그것은 을지소문에 못지않았다.

그녀의 호통은 가히 추상과도 같았다.

일순 할 말을 잃은 공선 대사는 부끄러움에 잠시 안색을 붉혔으나 이내 평정심을 되찾고 힘없이 중얼거렸다.

"시주의 비난에 할 말은 없소이다. 그러나 많은 이들의 목숨이 달린 일이라 어쩔 수 없소이다. 그만 하시고……."

공선 대사는 다음 말을 이을 수가 없었다. 어느새 다가온 환야가 그의 목을 틀어쥐었기 때문이다.

"목숨? 목숨을 부지하기 위해선 자존심 따위는 어찌 되어도 좋단 말이냐?"

"……."

"내가 아는 소림은 이렇지 않았다. 이렇게 나약하지 않았단 말이다."

당장에라도 목숨을 거둘 듯 살기 띤 얼굴로 공선 대사를 노려보던 환야는 나직한 한숨을 내뱉더니 목을 잡았던 손을 풀었다. 그리곤 품에서 조그만 종이를 꺼내 그의 얼굴에 뿌렸다.

'독인가?'

공선 대사는 흑색 가루가 코며 입을 통해 체내로 들어오는 것을 느끼며 눈을 감았다.

그의 생각을 읽기라도 한 듯 핀잔이 날아들었다.

"엉뚱한 생각 하지 말고 운기나 해라."

우당탕!

몸이 허공에 붕 뜬다는 것을 느꼈을 땐 이미 바닥에 내동댕이쳐진 이후였다.

온몸으로 아픔이 밀려왔다. 하나 지금은 그것을 따질 때가 아니었다.

"무, 무슨 뜻이오?"

달마동 한쪽 구석에 처박힌 공선 대사가 몸을 바로세우며 물었다.

"군자산의 해약이다. 독기를 몰아내고 빨리 무공을 회복해라."

"무슨 뜻이냐고 물었소!"

공선 대사가 거듭 물었다.

비록 무공은 잃었지만 한때는 소림의 방장이라는 자리에 있던 사람이었다. 정색을 하고 되묻는 그의 몸에서 뿜어져 나오는 기백은 일대 종사에 버금가는 것이었다.

환야의 얼굴에 비로소 만족한 미소가 떠올랐다.

그녀가 품속에서 꺼낸 해독 약을 건네며 말했다.

"소림을 점령하고 있는 북천 놈들을 칠 생각이다. 이것으로 제자들을 해독시켜라."

"무리요. 적이 너무 많소이다. 부끄러운 말이나 소림의 힘으로는 불가능하오."

해독 약이라는 것을 얼떨결에 받기는 하였으나 공선 대사는 회의적인 표정이었다.

"갇혀 있는 나머지 포로들도 해독시킬 생각이다."

"포로라야 고작 기십에 불과하오. 물론 그들의 무공이 탁월하다는 것은 알고 있으나 그래도 놈들을 칠 전력은 되지 못하오."

"발뺌하려 해도 이미 늦었다. 말은 이미 달리기 시작했으니까."

"그, 그게 무슨 뜻이오?"

"놈들을 치기 위해 이미 움직였다는 말이다. 약사전은 이미 우리 수중에 들어왔어. 수호신승의 신원도 확보했고."

수호신승이란 말에 공선 대사가 기겁을 하며 소리쳤다.

"수호신승께선 아직 병석이오. 어찌하여 그분을 끌어들였단 말이오!"

"깨어났다."

환야의 말에 공선 대사의 몸이 순간적으로 경직되었다.

"지, 지금 뭐라 하셨소? 사, 사숙조께서, 수호신승께서 깨어나셨단 말이오?"

환야가 고개를 끄덕였다.

"그, 그분께서……."

수호신승이 부활을 했다면 충분히 승산있는 싸움이었다. 더구나 북천의 핵심이라 할 수 있는 한빙곡은 무당으로 떠나지 않았던가. 소림의 무승들과 나한당에 갇혀 있는 포로들이 무공을 회복하고 수호신승이 이에 가세하면 열세인 것은 분명하나 자웅을 겨뤄볼 수는 있었다.

"아미타불!! 그분께서 신위를 보이시면 싸워 볼만하오이다."

그러나 그의 희망은 한순간에 짓밟히고 말았다.

"수호신승은 아직 무공을 회복하진 못했다. 지금은 의식만 되찾은 것이다. 과거의 무공을 회복하려면 시간이 걸려. 하지만 걱정하지 마라. 내가 돕는다. 그리고… 우리가 돕는다."

실로 자신만만한 태도였다.

특히 우리 어쩌고 할 때 보여준 그녀의 표정에선 단순한 자신감을 넘어선 어떤 확신과도 같은 믿음이 드러났다.

불현듯 지금껏 눈앞에 있는 노파의 정체도 모르고 있다는 생각을 한 공선 대사가 조용히 물었다.

"도대체 시주는 누구시오? 그리고 우리라면 혼자가 아니란 말이오?"

"내 이름은 환야다. 그리고 우리라 함은 나의 가족, 소림사를 구하기 위해 을지 가문이 나섰다는 말이다. 설마 을지 가문을 모르지는 않겠지?"

공선 대사는 멍한 표정으로 그녀의 얼굴을 바라보았다.

"최대한 빨리 제자들을 해독시켜."

그 말을 끝으로 환야는 몸을 돌렸다.

그러나 경악에 사로잡힌 공선 대사는 움직일 줄을 몰랐다.

'혈검 환야… 궁귀 을지소문……'

그의 뇌리 속에서 수호신승을 쓰러뜨리던 과거 패천궁의 궁주 모습이 떠올랐다. 그리고 천하를 질타하던 을지소문의 당당한 모습도.

공선 대사는 자신도 모르게 합장을 했다.

"아미타불!"

그의 불호성은 그 어떤 때보다 힘차고 간절한 무엇인가가 담긴 채 달마동에 울려 퍼졌다.

지난날, 사실상 무림의 운명을 결정했던 대황하 전투에서 패배해 북천의 포로로 잡힌 이들이 억류되어 있는 나한당.

비록 죄수들처럼 포박되어 신체를 구속당한 것은 아니었으나 천하가 좁다 하며 무림을 질타하던 고수들이 아니던가. 그들에게 오직 나한당 내에서만 자유롭게 움직일 수 있도록 한 것은 창살 없는 감옥에서 생활하게 하는 것이나 마찬가지였다.

"후우~"

자정이 훨씬 넘은 늦은 시각, 잠을 청하지 못했는지 누군가의 입에서 땅이 꺼져라 내쉬는 한숨 소리가 들려왔다. 그에 화답이라도 하듯 이곳저곳에서 한숨 소리가 터져 나왔다.

"쯧쯧, 한숨만 내쉰다고 해결되는 것이 있겠소이까? 마음만 상하지."

한창 장기에 열중이던 단견이 혀를 차며 말했다.

"남이야 어떻든 신경 쓰지 말고 그저 하던 일이나 열심히 하시구려."

종남파의 장문인 오상이 퉁명스럽게 쏘아붙였다.

"나쁜 뜻으로 말한 게 아니지 않소."

"누가 뭐라 했소? 만사태평하게 하던 일, 그냥 두던 장기나 두란 말이오."

오상도 지지 않고 대꾸했다.

단견이 벌떡 일어나며 소리쳤다.

"말 다하셨소?"

단견의 눈빛이 싸늘해졌다. 그러자 마주 앉아 있던 곽검명이 재빨리 손짓을 했다.

"그만 하게."

"하지만 형님!"

"그만 하래도."

곽검명이 고개를 흔들며 거듭 만류했다.

"젠장."

단견이 치미는 화를 억누르며 자리에 주저앉자 곽검명이 오상에게 시선을 주었다.

"오 장문인도 그만 하시지요."

오상은 아무런 대꾸도 없이 단견과 곽검명을 노려보았다. 더 이상 지켜보다간 큰일 나겠다 싶었는지 멀리서 경서를 뒤적이던 봉학경이 황급히 다가와 오상의 소매를 잡아끌었다.

"그만 하시는 게 좋겠습니다."

"한 것도 없네."

오상은 봉학경의 소매를 뿌리치며 몸을 돌렸다.

참다못한 단견이 발끈하여 소리치려 했으나 살짝 고개를 숙여 미안함을 내보이는 봉학경의 태도에 간신히 화를 누그러뜨렸다.

"정말 꼴 보기 싫은 인간입니다."

단견이 고개를 절레절레 내흔들며 말했다.

"쉿, 들으면 어쩌려고 그러는가?"

"까짓 들으라지요. 겁날 게 뭐가 있습니까?"

단견이 매서운 눈초리로 오상을 노려보며 중얼거렸다. 하지만 목소리가 나직한 것을 보니 그 역시 괜한 분란을 일으키고 싶은 마음은 없는 듯했다.

"후~ 다들 신경이 날카로워질 대로 날카로워진 듯하네. 잠도 제대로 못 자는 것 같고. 마치 잘 벼려진 칼날 같아. 하긴, 이곳에 갇혀 지낸 지가 벌써 백 일이 훨씬 넘었으니 그럴 만도 하지만. 참, 바깥은 어찌 돌아간다던가? 더 이상 들어온 소식은 없나?"

"글쎄요, 철혈마단을 돕기 위해 북천의 주력이 무당산으로 이동했다는 것을 제외하곤 별다른 소식은 없는 것 같던데요."

단견이 고개를 흔들며 대답했다.

"패천궁은?"

"그쪽도 꽤나 고전하는 모양입니다. 남천의 위세가 장난이 아니라니. 중천도 압박하는 것 같고요."

"우리가 악가에 배반당한 것처럼 패천궁 역시 만독문에 뒤통수 맞은 것이 치명적이었어."

결정적인 순간에 배반을 당한 그때를 잊지 못하는 것인지, 아니면 악가의 가주이자 중천의 우두머리인 악위군에게 형 곽화월이 목숨을 잃어서 그런 것인지 악가를 언급하는 그의 눈빛에선 감당키 힘든 살기가 뻗어 나왔다.

"특히 만독문이 자랑하는 괴물 있잖아요?"

"괴물? 뭐 말인가?"

곽검명이 이해가 가지 않는다는 표정으로 물었다.

"독혈인 말입니다. 패천궁에서 그 괴물들을 감당하지 못해 애를 먹는다더군요."

"하긴, 독혈인이라면 애를 먹을 만도 하지. 정말 지독한 괴물들이었어."

그 옛날 독혈인의 무서움을 톡톡히 맛보았던 곽검명은 상상도 하기 싫다는 듯 인상을 찡그렸다.

"그리고 보면 그 괴물들을 갖고 놀았던 소문 형님은 참 대단했습니다. 아마 만독문이 만들어낸 독혈인의 대부분이 소문 형님에 의해 박살이 났을걸요?"

"그랬지. 정말 대단했어. 후~ 무심한 친구 같으니. 어찌 그렇게 소식을 끊고 사는지."

곽검명의 입에서 또다시 한숨이 흘러나왔다.

"그러게 말입니다. 한 번쯤은 연락을 해볼 만도 한데요. 우리가 요 모양 요 꼴로 잡혀 있는 것도 모르고."

단견 역시 침울한 표정이었다.

"손자가 이곳에 있고 사천과 싸우고 있으니 언젠가는 우리 소식도 전해 듣겠지. 자, 그 얘기는 그만 하고 두던 것이나 마저 두고 잠자리에 드세나. 다른 사람들 자는데 방해하지 말고."

"그러지요."

그래도 침울한 마음을 감추지는 못하겠는지 애써 장기판으로 고개를 돌리는 둘의 안색엔 힘이 하나도 없어 보였다.

한데 바로 그때였다.

좌우에서 마주 보고 있는 나한당의 두 개의 출입구 중 왼쪽 출입구가 은밀히 열렸다.

미리 잠을 청한 사람은 물론이고 깨어 있는 사람도 미처 의식하지 못할 정도로 소리없이 열린 문을 통해 낯선 인영(人影)이 들어섰다.

상당히 왜소한 몸을 지닌 그는 극도로 조심을 하며 주변을 살폈다. 하지만 단 한 사람만큼은 낯선 출입자의 방문을 눈치채고 있었다.

"누구냐?"

크지도, 그렇다고 아예 듣지도 못할 정도로 작지도 않은 음성이 그를 불러 세웠다.

자신의 존재가 발각되었다고 판단한 방문객이 잠시 움찔하는가 싶더니 곧 어마어마한 속도로 다가와 음성의 주인, 투귀 이성진의 마혈을 단숨에 제압했다.

'이거야, 원.'

참으로 어이없는 일이었다.

아무리 무공이 제어당한 상태라지만 그것은 단지 내공이 흩어진 것일 뿐 몸까지 움직이지 못하는 것은 아니었다. 물론 내공을 일으키지 않고 반응을 하는 데에는 분명 한계가 있을 수는 있었다. 하나 이처럼 아무것도 못해보고 어이없게 제압당할 정도는 아니었다.

제대로 반응을 해보기도 전에 마혈을 제압당한 이성진은 뻣뻣이 굳어버린 몸과는 달리 원활하게 움직이는 눈동자를 굴리며 자신의 마혈을 제압한 상대를 살폈다.

그사이 침입자의 존재를 눈치챈 곽검명 등과 그렇잖아도 깊은 잠을 청하지 못하던 사람들이 이성진의 곁으로 몰려들었다.

"누구냐?"

잔뜩 긴장한 음성으로 곽검명이 물었다. 그러자 이성진의 뒤에서 몸을 숨기고 있던 인영이 모습을 드러냈다.

"어린아이잖아?"

오상이 어처구니없는 웃음을 지으며 말했다.

"말조심하십시오. 누가 어린아이라는 겁니까?"

발끈해 소리치는 인영은 다름 아닌 을지룡이었다.

"어리니까 어리다고 하는 것이지, 어른보고 어리다고 하겠느냐? 아무튼 넌 누구냐? 누구기에 이곳에 침입한 것이냐?"

"흥, 침입은 무슨… 누가 들으면 주인이라고 하겠습니다."

"네, 네놈이!"

당돌하기 짝이 없는 대꾸에 오상의 얼굴이 붉게 상기됐다.

그러나 그의 반응을 간단히 무시한 을지룡이 처음부터 주의 깊게 살폈던 단견에게 고개를 돌렸다.

"혹시 단견 할아버지 아니세요?"

어쩔 줄을 몰라 하는 오상의 반응에 내심 조소를 보내던 단견은 뜻밖의 질문에 다소 놀란 듯했다.

"그래, 내가 단견이 맞는다만… 그러는 너는 누구냐?"

그는 일자면식도 없는 상대가 자신을 아는 것이 못내 궁금하다는 표정이었다.

을지룡은 대답 대신 품에서 군자산의 해독 약을 꺼냈다.

"군자산의 해약입니다. 다들 독을 해독하시고 무공을 회복하십시오."

"군자산의 해약?"

"그렇습니다."

"하면 이곳을 탈출하라는 말이더냐?"

질문을 던진 단견은 을지룡이 대꾸하기도 전에 고개를 흔들었다.

"목숨을 걸고 우리를 구하러 온 네 행동은 참으로 고마운 일이나 우리는 그럴 수가 없구나."

"그, 그게……."

자신의 의도가 잘못 전달되고 있다고 느낀 을지룡이 뭐라 말을 하려 했으나 단견은 틈을 주지 않고 말을 이어갔다.

"그까짓 군자산 때문에 우리가 묶여 있는 것이 아니다. 마음만 먹으면 이런 곳은 언제든지 탈출할 수가 있다. 하나 그렇게 끝날 일이 아니지. 우리가 움직이면 소림이 다친다."

"누가 탈출을 한다고 했습니까? 소림을 탈환하자는 것입니다."

순간, 단견은 물론이고 모든 이들의 말문이 막혀 버렸다.

"공연한 객기로 될 일이 아니다. 쓸데없는 소리는 하지 말고 어서 돌아가거라. 네 마음만은 고맙게 받겠다. 아, 그리고 보니 아직 이름도 말하지 않았구나. 그래, 너는 어느 문하의 누구더냐?"

단견은 목숨을 걸고 자신들을 구하러 온 을지룡의 모습에 무척이나 감동한 모습이었다.

'미치겠네.'

촌각의 시간도 아까웠던 을지룡은 답답해 죽겠다는 표정이었다. 그러나 처음부터 정체를 밝혔다면 이토록 시간을 지체하지 않았을 것. 그저 빨리 해약을 전해야겠다는 마음에 이름도 말하지 않고 서두르기만 한 것은 틀림없는 그의 불찰이었다.

"을지룡이라고 합니다."

"을지룡?"

어디선가 많이 들어본 이름이었다.

단견이 고개를 갸웃거리자 을지룡이 빠르게 덧붙였다.

"저는 할아버지의 명을 받고 작은 할머니와 함께 어르신들을 해독하러 왔습니다. 할머니는 이곳을 지키는 놈들을 감시하고 계시지요. 참, 지금쯤이면 소림사의 스님들도 대부분 해독을 했을 것입니다. 곧 대대적으로 싸움도 벌어질 겁니다. 그러니 빨리 무공을 회복하세요."

다들 어리둥절한 모습.

단견은 아직도 상황 파악을 못하고 있었다.

"혹시… 동방에서 왔느냐?"

짐작된 바가 있는지 곽검명이 떨리는 음성으로 물었다

"예."

"그리고 네 형의 이름은 을지… 호겠지?"

을지룡의 고개가 크게 흔들렸다.

"아!"

곽검명의 전신이 부르르 떨렸다. 그리곤 자신도 모르게 소리를 질렀다.

"왔… 구나!"

환야에겐 공선 대사와 소림을, 남궁혜와 을지룡에겐 나한당의 포로들을 맡긴 을지소문과 을지휘소는 북천의 본거지로 쓰이는 지객원이 훤히 들여다보이는 전각 위에서 적의 동태를 살피고 있었다.

밤이 깊어 이제는 새벽이라 해도 좋을 시간이건만 지객원은 대낮처럼 환하게 불이 밝혀져 있었다.

"무슨 회의들을 하는 모양입니다."

"우리들 때문에 그렇겠지. 그래도 이건 생각도 못한 일인걸. 이렇게 늦은 시간까지 모여서 저러고 있을 줄이야. 아무튼 이리되면 힘들겠지?"

"예. 우두머리가 모두 모인 자립니다. 더구나 주변을 지키는 인원이 너무 많습니다."

"아쉽구나. 오랜만에 장백 늙은이의 얼굴이나 보려고 했는데 말이야."

을지소문은 오랜 친우를 눈앞에서 보지 못한다는 듯 안타까운 기색을 보였다.

그런 부친을 보며 을지휘소가 엷은 미소를 지었다.

'설마 그냥 얼굴이나 보려고 하셨을까?'

그는 부친이 어떤 의도로 장백선옹을 만나려고 하는지 익히 알고 있었다.

대저 큰 싸움에서 우두머리가 차지하는 비중은 가히 절대적인 것. 부친은 아마도 장백선옹을 먼저 굴복시켜 기선을 제압하려고 했을 것이다. 그것을 알기에 그도 부친을 따라나서지 않았던가. 그러나 인원이 너무 많았다.

"돌아가시지요."

"그래, 지금은 일단 물러나야겠다."

한데 아쉬운 마음을 접고 전각에서 내려오기 위해 몸을 조금씩 뒤로 물릴 때였다.

삐이이익!

난데없는 경적 소리가 들리며 누군가의 고함 소리가 터져 나왔다.

갑작스런 상황의 변화에 놀란 그들이 다시금 전각 위로 올라가고 난 후 그들은 소림사의 내원 쪽에서 지객원을 향해 다급히 달려오는 몇몇 사내들을 볼 수 있었다.

"벌써 움직였단 말인가? 이쪽에서 먼저 치기로 하였는데."

"그것은 아닌 것 같습니다. 너무 빠릅니다."

"하면?"

"들킨 것 같습니다."

을지휘소가 단정하듯 말했다.

"쯧쯧, 조심들 하지 않고."

한순간에 계획이 틀어졌다는 생각 때문인지 을지소문의 얼굴이 찌푸려졌다.

"안 되겠다. 네가 큰어미에게 가보거라. 난 이곳의 동태를 조금 더 살피다 룡이에게 가봐야겠다."

"알겠습니다."

재빨리 몸을 일으킨 을지휘소가 북쪽으로 몸을 날렸다. 이미 발각된 일, 애써 몸을 숨기거나 할 필요는 없었다.

전각 사이를 넘나드는 그의 모습은 순식간에 사라졌다.

한편, 장백선옹의 주재로 긴급 회의를 열고 있던 지객원도 다급히 움직이기 시작했다.

"지금 뭐라 했느냐? 소림의 무승들이 움직였단 말이냐?"

장백선옹이 내원에서 달려온 사내에게 달려들며 물었다.

"그, 그렇습니다."

장백선옹의 곁에 자리하고 있던 반포가 그 거대한 몸을 일으키며 소리쳤다.

"무슨 소리를 하는 게야! 놈들은 내공을 사용할 수 없다. 군자산에 중독된 놈들이 무슨 힘으로 싸움을 걸어?"

지객원 천장을 털썩털썩 울리는 목청에 그 모든 것이 자신의 죄라는 듯 사내는 고개를 들지 못했다.

"그, 그것이……."

"꿀이라도 쳐 먹었느냐? 왜 말을 못해! 뜸들이지 말고 빨리 말해 봐.

어찌 된 일이야!"

사내의 태도가 답답했는지 반포가 자신의 가슴을 두드리며 더욱 목청을 키웠다.

"정신 차리고 똑바로 말을 해라. 차분히 상황을 설명해 봐."

장백선옹이 당장에라도 주먹을 휘두를 것 같은 반포를 만류하여 물었다.

"독을… 군자산을 해독한 것 같습니다."

반포가 두 눈을 동그랗게 뜨며 사내의 멱살을 잡았다.

"군자산을 해독해? 어떻게?"

"그, 그것은… 잘……."

진땀을 흘리며 대답하던 사내가 다시 말을 얼버무렸다.

"얼마나 움직였느냐?"

장백선옹이 다시 물었다.

"이, 일단 확인된 인원만 오십이 넘습니다. 그 수가 계속해서 늘어나고 있습니다."

"오십이라… 그리고 계속 늘어난다?"

"그렇습니다."

"결국 소림이 감추었던 발톱을 드러낸 모양이군. 헌원 문주."

"예, 선옹."

천권문의 헌원후가 천천히 다가오며 대답했다.

"내원엔 몇 명이나 배치되었나?"

"육십 정도 될 겁니다."

"작심하고 덤비는 상황이네. 그 정도로는 턱도 없이 부족해. 천권문이 나서줘야겠네."

"그러지요."

헌원후는 대답과 동시에 자리를 떠났다.

장백선옹의 고개가 반포에게 돌려졌다.

"자네는 지금 즉시 나한당으로 가보게."

"나한당은 어째서요? 그쪽은 별일없는 것 같은데."

그러나 장백선옹은 고개를 흔들었다.

"그렇지가 않아. 단독으로 우리를 상대할 수 없다는 것은 다른 누구보다 소림이 잘 알아. 모르긴 몰라도 나한당의 포로들과 교감이 있었을 것일세. 어쩌면 이미 움직이고 있는지도 모르지."

"그럴 수도 있겠군요."

"자네가 가서 그들을 막아주게."

"이럴 줄 알았으면 차라리 군자산이 아니라 아예 단전을 박살 내버릴 것을 그랬습니다. 중천처럼 말입니다."

지난날, 대황하 전투에서 포로가 된 사람들은 어림잡아 백여 명이 넘었다. 그중에서 약 사십여 명은 북천에, 나머지 인원은 중천에서 사로잡았는데 이후 북천은 자신들이 사로잡은 포로들 중 핵심적인 인물들 이십여 명을 나한당에 구금하고 무공이 약하거나 어린 제자들은 모두 자유의 몸으로 풀어주었다.

그에 반해 중천은 육십이 넘는 모든 포로들을 싸움이 끝난 후 그 자리에서 풀어주었다. 다만 군자산을 이용해 잠시 내공을 억제한 북천과는 달리 모조리 단전을 파괴해 버리는 만행을 저지른 다음에.

무인에게 있어 단전이란 목숨과도 바꿀 수 없는 것.

단전이 파괴당한 이들 중 상당수는 치욕과 수치심에 그 자리에서 목숨을 끊어버렸다. 그 피가 스며들어 황하를 붉게 물들였다는 소문이 있을 정도였으니 당시의 참상은 이루 말할 수 없을 정도였다.

반포는 바로 그때의 일을 거론한 것이었다.

순간, 장백선옹의 미간 사이에 주름이 깊게 파였다.

"그런 소리는 하지 말게. 싸움에서 이기면 된 것이지 자존심까지 밟을 필요는 없네. 아무리 적이라지만 그것은 무인된 사람으로서 할 도리가 아니지."

'도리는 무슨 얼어죽을.'

고리타분하기 그지없는, 마음에 전혀 와 닿지 않는 소리였으나 반포는 대놓고 반발하지 않았다. 그저 늙은이의 잔소리라는 생각에 한 귀로 듣고 한 귀로 흘려버릴 뿐이었다.

"아무튼 빨리 가보게. 무슨 일이 있어도 막아야 하네. 절대로 그들을 움직이게 해서는 안 돼."

"맡겨주시지요. 한데 죽여도 됩니까?"

"그리하게."

장백선옹은 그 자리에서 허락을 했다. 하지만 그것은 분명한 실수였다.

그가 허락한 것은 나한당의 포로들이 움직였을 경우 죽여도 된다고 말한 것이지만 반포는 그와는 상관없이 무조건 참살해도 되겠냐는 뜻으로 물은 것이었다.

반포가 말한 의도를 알았다면 당연히 거부했을 것이나 순간적으로 착각을 해버린 장백선옹은 자신의 의도와는 상관없는 엉뚱한 명령을 내리고 만 것이다.

"흐흐흐, 그럼 사냥을 하러 가보겠습니다."

반포는 진하디진한 살소를 흘리며 자리를 떠났다.

그의 뒤를 이어 나머지 사람들도 황급히 지객원을 떠났다. 남은 사람은 장백선옹과 그를 보필하는 대장로 이정과 이장로 도일곤 등 장백파의 수뇌들뿐이었다.

"아무래도 불안하네."

"뭐가 말입니까?"

이정이 물었다.

"왠지 불길한 생각이 드는군."

"그리 크게 걱정하실 일은 아니란 생각이 듭니다. 소림은 이미 이빨 빠진 호랑이나 다름없습니다. 인원도 얼마 되지 않고요. 행여 나한당의 포로들과 함께 움직인다 하여도 충분히 감당할 수 있습니다."

"나한당의 포로들은 하나같이 뛰어난 고수들일세. 그리고 독도문의 조장이 만났다는 그 고수들, 어쩌면 을지……."

"예?"

이정의 물음에 장백선옹은 황급히 말을 바꾸었다.

"아닐세. 이번 일에 혹여 그자들이 개입되어 있을 수도 있다는 말이야."

그러자 이장로 도일곤이 차분하게 대꾸했다.

"나한당의 포로들 중 투귀 이성진을 비롯하여 진짜 고수라 부를 만한 인물은 채 다섯 손가락이 되지 않습니다. 그리고 그만한 고수는 우리 쪽에도 얼마든지 있지요. 너무 걱정하지 마십시오."

"그래도 방심은 금물일세."

"방심이 아니라 자신감입니다."

이정과 도일곤이 동시에 대답했다.

하나 장백선옹은 불안한 마음을 감추지 못했다.

'내 생각이 틀렸으면 좋으련만……'

"후~"

그의 입에서 나직한 한숨 소리가 흘러나왔다.

나한당의 주변을 감시하던 이들이 나한당의 문을 열어젖힌 것은 요란한 경적 소리가 울리고 뭔가 사단이 벌어졌다는 것을 직감한 순간이었다.

그러나 가장 앞서 달려온 사내는 문에 손을 대기도 전 손목이 잘려 나가는 큰 부상을 당하고 말았다.

나한당에 을지룡을 은밀히 침투시키고 만일의 사태에 대비해 그들을 살피고 있던 남궁혜가 손을 쓴 것이었다. 그것으로 내원에 이어 나한당에서도 싸움이 시작되었다.

그 중요성만큼이나 나한당을 지키는 인원은 많았다.

밤을 세워가며 지키는 인원만 열둘이요, 잠을 청하러 갔다가 황급히 뛰어나온 인원도 삼십이 넘었다. 그리고 그 몇 배에 달하는 인원이 순식간에 충원될 것이다.

본격적으로 싸움을 시작한 남궁혜는 손속에 추호의 인정도 두지 않았다.

북천의 노고수들이 나오지 않는 한 이미 과거 검성의 무위를 뛰어넘은 그녀의 검에 버텨낼 자들은 없다고 해도 과언이 아니었다.

"크악!"

단말마의 비명성이 터졌다.

몸에서 분리된 머리가 차디찬 바닥을 굴렀다.

베어 넘긴 자에게서 붉은 피가 튀었지만 남궁혜는 눈 하나 깜짝 하지 않았다.

삽시간에 일곱의 인원이 목숨을 잃고 쓰러졌다. 그러나 그들은 도망가거나 대항을 포기하지 않았다. 그들의 임무는 나한당을 지키는 것이었고 그것은 목숨을 바쳐서라도 지켜야 하는 중요한 일이었다. 또한 본진에서도 침입자가 있다는 것을 눈치챈 이상 조금만 참고 있으면 곧 지원군이 올 터, 그때까지는 어떻게든 버텨내야 했다.

그들의 의지를 증명이라도 하듯 그녀의 공격을 막지 못한 이들이 날카로운 칼날 아래 한 줌 고혼이 되어갔으나 도망가는 사람은 단 한 명도 없었다. 오히려 더 많은 인원이 계속 충원되었다.

"나한당으로!"

필사적으로 대항하는 누군가의 입에서 명령이 떨어졌다.

몇몇 이들이 남궁혜의 검을 피해 좌측으로 우회를 하더니 나한당으로 뛰어들었다.

"으아악!"

그들의 모습이 나한당으로 사라지자마자 묵직한 격타음이 들리고 비명성이 터졌다.

우지직!

남궁혜를 피해 나한당으로 들어서는 데는 성공했지만 을지룡의 발길질을 감당하지 못한 한 사내가 나한당의 창문을 부수며 그 파편들과 함께 나뒹굴었다. 그의 뒤를 이어 동료들의 비명이 뒤따랐다.

"아직 멀었느냐?"

계속 충원되는 인원에 다소 부담을 느낀 남궁혜가 을지룡에게 물었다.

한데 대답은 을지룡이 아니라 가장 먼저 해독을 하고 운기조식을 끝낸 이성진의 입에서 흘러나왔다.

"끝났소."

세월이 많이 지났음에도 그가 누군지 한눈에 알아본 남궁혜가 재빨리 검을 거두고 물러나더니 살짝 고개를 숙여 인사를 했다.

"오랜만에 뵙습니다."

"누구… 신지?"

이성진이 어리둥절한 표정으로 되물었다.

"남궁혜입니다, 선배."

"남궁… 혜… 아!"

그제야 희미하나마 과거 그녀의 모습을 기억해 낸 이성진이 자신의 머리를 툭툭 건드리며 너털웃음을 지었다.

"허허, 이거야 원. 세월의 힘이라니. 그때 그 아리따운 아가씨가 이렇듯 변했군."

"선배님은 옛날 모습 그대로군요."

"허허. 어째 욕으로 들리는군, 그래."

그래도 싫지는 않은 듯 미소를 짓는 이성진.

그 순간, 둘의 주변을 에워싼 북천의 무인들이 공격을 시작했다.

"꺼져랏!"

한기가 서릴 정도로 차갑게 내뱉은 이성진이 주먹을 뻗자 빈틈이라 여기고 공격했던 사내의 몸이 무려 오 장이나 날아가 처박혔다. 동시에 몸을 띄운 그의 발이 허공을 수놓았다.

퍼퍼퍼퍽!

"크아아아!"

둔탁한 격타음과 함께 다섯 명의 사내가 힘없이 무릎을 꿇었다. 탄성이 나올 만큼 빠르고 강맹한 발길질을 피하지 못하여 모두 목이 돌아갈 정도로 강한 충격을 받은 것이었다.

나한당을 지키는 북천의 무인으로 오인받아 을지룡에게 마혈을 짚이는 창피를 당한 그였으나 단 두 번의 움직임으로 여섯의 사내를 절명시킨 이성진의 무위는 과연 투귀라는 명성에 조금도 부족함이 없었다.

짝짝짝!

갑자기 들려오는 박수 소리에 고개가 돌아가고 이성진은 박수를 치며 천천히 걸어오는 탁탑천왕 반포를 볼 수 있었다.

"늙은이! 대단한 실력이다."

장백선옹의 명을 받고 지객원으로 달려온 반포의 눈에서 호승심과 더불어 살기가 피어올랐다.

그의 뒤로 흑룡문의 장로와, 호법들. 그리고 지난날 소림과의 치열한 싸움에서 살아남은 흑면살귀들이 모습을 드러냈다.

거의 백여 명에 가까운 인원을 보며 남궁혜와 이성진의 얼굴이 동시에 굳어졌다.

[다른 사람은 아직인가요?]

[아마도 그럴 걸세. 나야 속성으로 운기를 하는 데 이골이 난 사람이지만 다른 이들은 그렇지 못하지. 내공을 되찾으려면 조금 더 시간이 필요할 게야.]

[어쩌지요? 우리 둘로는 역부족인데.]

[뭐, 어떻게든 막아봐야지. 일단 안쪽으로 접근하는 적은 꼬맹이에게 맡기기로 하고.]

[제가 저자를 맡지요.]

마지막 전음이 끝나기도 전에 이성진의 시선이 남궁혜에게 향했다. 자신있느냐는 눈빛에 남궁혜는 담담히 고개를 끄덕였다.

[알았네, 그리하지.]

어찌 보면 자존심이 상할 수도 있는 일이었으나 이미 은연중 그녀의 실력을 가늠해 보았던 이성진은 두말하지 않고 허락을 하였다.

"더 기다려야 하느냐? 도대체 언제까지 되도 않는 수작을 부릴 생각이냐?"

둘이 전음을 주고받는 것을 잠시 지켜보던 반포가 더 이상 참지 못하고 신경질적으로 소리쳤다. 그러자 한 발 앞으로 나선 남궁혜가 조용히 대꾸했다.

"기다릴 필요 없어요. 제가 상대를 해주지요."

반포의 얼굴이 황당함으로 물들었다.

"지금 나와 장난하자는 것이냐? 늙은 계집 따위는 필요없다. 늙은이 네가 덤벼라!"

그러나 이성진은 단 한 마디로 그의 말을 일축했다.

"살아남으면 싸워주마."

"사, 살아남으면? 느, 늙은이가 가, 감히!"

말을 더듬을 정도로 화가 치민 반포는 그 큰 몸집에 어울리지 않게 재빠른 동작으로 달려들었다.

하지만 그는 이성진에게 접근도 하기 전에 걸음을 멈춰야만 했다. 한 주먹거리도 되지 않을 것 같았던 남궁혜의 몸에서 엄청난 기운이 뻗어나왔기 때문이었다.

'고수다!'

반포는 서늘해진 가슴을 애써 진정시키며 남궁혜를 찬찬히 살폈다. 바람만 불어도 날아갈 것만 같은 늙고 가녀린 몸에서 어찌 그런 기운이 뿜어져 나왔는지 이해가 되지 않았다. 그렇다고 그냥 물러날 수는 없었다. 그것은 자존심이 허락하지 않았다.

"쳐라!"

"와아아아!!"

명이 떨어지고 뒤에 있던 흑룡문도들이 이성진과 나한당을 목표로 일제히 달려들었다. 하나 남궁혜의 상대는 오직 반포뿐이라는 듯 단 한 명도 그녀를 공격하지 않았다.

둘은 아무런 움직임도 없이 한참 동안이나 서로를 노려보았다.

먼저 움직인 사람은 반포였다.

"타핫!"

양손에 한껏 기운을 끌어 모은 반포가 힘껏 주먹을 내질렀다. 천왕팔권 중 오직 공격만을 추구한다는 칠권 저양촉번(羝羊觸藩)이었다.

바람이 불었다.

초식이 다 전개되지도 않았는데 권풍에 휘말린 남궁혜의 옷이 요란하게 흔들렸다. 하지만 단순히 검을 치켜세우는 것만으로 반포를 물러나게 만들었던 남궁혜는 상대의 공세가 코앞에 이를 때까지 조금의 미동도 없었다.

번쩍!

마침내 그녀의 검이 움직였다. 힘에는 힘으로 상대해 주겠다는 듯 그녀가 펼치는 무공은 조부가 남긴 제왕검법이었다.

꽝!

허공에서 두 개의 거대한 기운이 충돌하며 어마어마한 굉음을 만들었다.

그것은 시작에 불과했다.

저양촉번이란 초식으로 공격을 시작한 반포는 기선을 놓치지 않겠다는 양 미친 듯이 주먹을 뻗었다.

일권 견마곡격(肩摩轂擊)에서 칠권 저양촉번까지.

반포는 천왕팔권의 마지막 초식을 제외한 나머지 초식들을 단 한 번의 호흡으로 쏟아내더니 이것을 다시 역으로 펼쳤다.

숨 쉴 틈도 없이 연속적으로 이어지는 공격.

초식에 초식이 겹쳤다.

앞선 공격과 이어지는 뒤의 공격이 하나가 되어 감당하기 힘든 거력을 만들어냈다.

주먹질 한 번에 나한당의 기왓장이 날아가고, 주먹질 두 번에 기둥이 흔들렸다.

주먹질 세 번에 땅거죽이 뒤집히고 주먹질 네 번에 하늘이 무너져

내리는 듯했다.

그러나 그토록 거세고 강맹한 그의 공격도 남궁혜를 어쩌지는 못했다.

때로는 제왕검법의 강력한 힘으로 부딪치기도 하고 때로는 더할 나위 없이 유한 답청검법으로 폭풍처럼 몰아쳐 오는 공세를 무위로 돌려 버리는 그녀. 하지만 이따금씩 하는 반격은 상대로 하여금 기겁을 하게 만들 정도로 날카로웠다.

여유롭기만 한 남궁혜에 비해 반포의 몸에는 시간이 가면 갈수록 하나둘 상처가 늘어만 갔다. 그리고 혼신의 힘을 다해 펼친 천왕팔권의 마지막 초식 비폭광류(飛瀑狂流)마저 완벽하게 무위로 돌아가자 반포는 더 이상 혼자 싸울 의지를 잃고 말았다.

"하아! 하아!

거친 숨을 몰아쉬는 반포가 무참하게 일그러진 얼굴로 남궁혜를 쳐다봤다.

호흡이 다소 가쁘고 이마에 땀이 맺혀 있을 뿐 지친 기색은 전혀 보이지 않았다. 군데군데 옷이 찢어져 있었으나 부상을 당한 것도 아니었다.

지금껏 수없이 많은 싸움을 해왔으나 지금처럼 초라하다고 느낀 적은 없었다.

아무리 발버둥을 쳐도 어쩔 수 없다는 무기력함, 참담한 패배감이 밀려들었다. 차라리 통쾌하게 싸우고 패배를 했다면 이토록 비참하지는 않을 것이다.

"크악!"

반포의 입에서 검붉은 피가 쏟아져 나왔다. 저 아래에서부터 끓어오르는 분노를 풀지 못해 기혈이 역류한 것이다.

"문주님!"

초조하게 싸움을 지켜보던 장로들이 황급히 반포의 곁으로 다가오며 그를 부축했다.

"비켜랏!"

반포가 그들의 손길을 뿌리치며 소리쳤다.

핏발선 눈, 얼굴은 물론이고 가슴까지 적신 붉은 피.

보기만 해도 몸서리가 쳐질 정도였다.

"네년, 가만두지 않겠다. 죽여 버리겠어! 반드시 죽여 버리겠단 말이다!!"

남궁혜를 향해 고래고래 소리를 지르며 다가가는 반포. 이미 그녀는 여러 장로들에게 둘러싸여 합공을 당하고 있었다.

바로 그때였다.

쐐애액!

일순간 모든 싸움을 멈추게 만들 정도로 날카로운 파공성이 들리고 저 멀리 어둠 속에서 날아온 무엇인가가 반포를 향해 일직선으로 날아갔다.

남궁혜를 향해 미친 듯이 달려가던 반포의 고개가 홱 돌아갔다. 이성을 잃은 상황에서도 본능적으로 위기감을 느낀 것이다. 하지만 본능은 살아 있을지 몰라도 의식은 그렇지 못했다.

"컥!"

반포의 입에서 외마디 비명이 터지고 그는 자신의 몸이 왜 기우는지 의식도 하지 못한 채 그대로 고꾸라졌다. 그런 그의 양쪽 허벅지엔 화살이 깊게 박혀 있었다.

그가 쓰러지는 것과 동시에 지객원을 쩌렁쩌렁 울리는 음성이 들려왔다. 아마도 화살의 주인이리라.

"버르장머리 놈 같으니! 감히 누구를 죽이겠다는 거야?"

모든 이들의 시선이 일제히 하나로 모아졌다.

어둠 속에서 서서히 모습을 드러내는, 화살 하나를 빙글빙글 돌리며 접근하는 노인.

궁귀 을지소문이었다.

제 53 장

소림탈환(少林奪還)

소림탈환(少林奪還)

을지소문이 단 두 발의 화살로 반포를 무너뜨리며 나한당 앞에서 벌어진 싸움은 사실상 끝이 났다고 해도 과언이 아니었다.

반포에게 처절한 패배감을 안긴 남궁혜도 건재했고 물밀 듯이 밀려오는 공격을 막아내느라 많이 지치고 부상도 당했지만 투귀 이성진의 신들린 움직임 또한 여전히 계속됐다.

게다가 군자산을 해독하고 무공을 회복한 나한당의 포로들이 속속 싸움에 참여하면서 그들을 막기 위해 움직인 흑룡문의 무인들은 전의를 상실할 수밖에 없었다.

결국 반포를 대신해서 문도들을 지휘하던 노장로의 전격적인 퇴각 명령에 흑룡문은 나한당을 버리고 본진이 있는 지객원으로 황급히 물러났다.

그들이 떠나간 뒤에 남겨진 것은 아무렇게나 버려진 무기들과 나한당을 지키던 무인들, 그리고 지원을 온 흑룡문도의 인원을 합쳐 거의 육십에 이르는 시신뿐이었다.

"끝났군."

이성진은 핏물이 줄줄 흐르는 칼을 내동댕이치며 소리쳤다.

"아직은 아닙니다. 이제 시작일 뿐이지요."

그에게 다가온 을지소문이 환한 웃음을 보였다.

"오랜만입니다, 선배."

"오랜만일세. 자네가 왔다는 소식은 꼬맹이를 통해 이미 들었네. 무척이나 당돌한 아이야."

그의 말이 끝나기도 전에 부서진 창문을 통해 뛰쳐나온 을지룡이 두 눈에 쌍심지를 켜며 소리쳤다.

"꼬맹이 아니라니까요!"

"허허, 이거야 원. 알았다. 취소하마."

너털웃음을 지으며 사과한 이성진이 을지소문에게 고개를 돌렸다.

"불같은 성격이 꼭 자네를 닮았군."

"그렇습니까? 하지만 제 생각엔 저보다는 오히려 제 할머니를 많이 닮은……."

을지소문의 말은 더 이상 이어지지 않았다.

너무나도 반가운 얼굴이 그를 향해 다가왔기 때문이었다.

"형님."

단견이 달려와 그의 손을 잡았다.

"단견, 자네로군."

손으로는 부족했는지 힘차게 포옹을 하는 을지소문.

"나도 있네."

단건의 뒤에 서 있는 곽검명이 붉게 상기된 얼굴로 그를 불렀다.

"검명 형님."

단건과의 짧은 포옹을 끝낸 을지소문이 그를 향해 고개를 숙였다.

"의제 을지소문, 의형을 뵙습니다."

"반갑네, 정말 반가워."

곽검명의 떨리는 손이 을지소문의 어깨를 힘껏 움켜쥐었다.

둘의 시선이 허공에서 교차했다.

만감이 교차하는 눈빛 속엔 오랜 그리움, 무한한 믿음과 신뢰, 그리고 깊은 정이 담겨 있었다.

일부러 말을 하지 않아도 그들은 서로의 마음을 확인할 수 있었다. 수십 년이란 세월의 터울 따위는 문제가 될 수 없었다.

그러기를 얼마간, 곽검명이 흐뭇한 미소를 띠며 입을 열었다.

"큰아이를 통해 그간 소식은 듣고 있었네."

을지소문이 반색을 하며 물었다.

"녀석을 만나셨습니까?"

"암, 만났지. 거침없는 말투며 자신만만한 태도. 그리고 엄청난 실력까지. 자네와 아주 판박이더군. 옛날의 자네를 보는 것 같아서 어찌나 반갑던지……."

"거침없는 말투에 자신만만한 태도라… 허허, 녀석이 어찌하고 돌아다녔는지 알 만합니다."

을지소문이 쓴웃음을 지으며 고개를 끄덕였다.

둘의 대화가 끝나기가 무섭게 끼어든 단견이 퉁명스런 얼굴로 입을 열었다.

"그나저나 너무하십니다, 형님."

"뭐가 말인가?"

그가 무슨 말을 하려는지 짐작은 했지만 을지소문은 시치미를 떼고 물었다.

"수십 년이 지나도록 어찌 연락 한 번 없었습니까?"

"그러는 자네는 어찌 연락이 없었나?"

을지소문이 정색을 하며 되물었다.

"예?"

"그토록 연락을 기다렸으면 내 연락을 기다릴 것이 아니라 자네가 먼저 연락을 했으면 될 것 아닌가? 그 많은 수하들 두고 뭘 했을까 나?"

"그, 그게… 그러니까……"

대답이 궁색했는지 단견은 뭐라 대꾸를 못하고 머리만 긁적거렸다.

"다 그런 것이네. 어찌어찌하다 보니 이만큼 시간이 흐른 것이지. 뭐, 그러면 또 어떤가? 내 마음속엔 언제나 자네와 형님을 생각하고 그리워하는 마음이 자리잡고 있는데."

을지소문이 단견의 어깨를 살며시 짚어갔다.

"눈으로 보고 못 보고가 중요한 것은 아니라고 보네. 그저 서로를 잊지 않고 그 존재를 가슴속에 품고 있으면 돼."

을지소문이 그 정도까지 자신들을 생각하고 있는 줄은 몰랐다는 듯 눈시울을 붉힌 단견은 애써 무안을 감추려는 듯 일부러 툴툴거렸다.

"젠장, 말 하나는 언제나 번지르르 한다니까. 그래도 너무한 건 너무한 겁니다."

"그래서 이렇게 왔지 않나? 그렇지 않습니까, 형님?"

"그렇지. 그것이면 된 걸세. 죽기 전에 한 번만 만나봤으면 했는데 그 소원도 풀었고 또 이렇듯 절묘한 시기에 나타나 도와주니 더 바랄 것이 없네그려. 그건 그렇고 너무 우리만 생각했군. 자네에게 소개해 줄 사람도 많은데."

곽검명은 자꾸 옆구리를 찌르는 투랑을 우선적으로 소개했다.

"말년에 얻은 손자일세."

"신걸입니다. 천하에 명성을 떨치는 궁귀 할아버지를 뵙게 되어 무한한 영광입니다."

투랑이 공손히 허리를 꺾으며 말했다.

"인석아, 네 본모습을 보여라. 언제 그렇게 예의가 발랐다고. 겉모습만 보고 판단하지 말게나. 이놈도 보통 괴물이 아니야."

단건이 싱글싱글 웃으며 농을 걸었다.

"제가 언제 그랬습니까?!"

투랑이 버럭 소리를 질렀다.

"봐라. 저 잡아먹을 듯한 눈이며 싸가지없는 말투."

"할아버지!!"

어쩔 수 없다는 듯 고개를 내두른 곽검명이 어깨를 들썩이며 말했다.

"이 녀석 별호가 투랑이라네. 자네도 조심하게나. 언제 비무를 하자고 덤빌지 모르니."

"허허허. 녀석도 아무하고나 비무하자고 덤빕니까? 형님을 닮은 모양이군요. 그래, 몇 살이냐?"

"열여덟입니다."

"그럼 룡이와 동갑이구나. 친하게 지내도록 하여라."

을지소문이 남궁혜 곁에 서 있는 을지룡을 가리키며 말했다.

"예? 설마요. 저런 꼬맹이하고."

평소의 말투였다. 그리고 아무렇게나 던진 말이었다. 하지만 그것은 분명 실수였다.

유난히 어리게 보이는 얼굴 때문에 늘 나이 얘기만 나오면 신경이 예민해지는 을지룡의 귀에 그의 음성은 천둥보다도 커다랗게 들려왔다. 꼬맹이란 말에 이성진에게도 대들던 그가 그대로 참고 넘길 리가 없었다.

투랑의 말이 끝나기가 무섭게 달려온 그가 쏘아붙였다.

"한 번만 더 꼬맹이라 부르면 땅바닥을 기어다닐 줄 알아!"

난데없는 행동에 투랑은 물론이고 모두들 어리둥절한 표정을 지을 때 단견만은 배꼽을 잡고 웃었다.

"크하하하! 이놈, 이제야 제대로 임자를 만났구나. 땅바닥을 기는 꼴을 보면 아주 볼 만하겠다."

투랑도 지지 않고 소리쳤다.

"흥, 누가 기게 될지는 나중에 보면 알겠지요!"

둘의 시선이 허공에서 얽혔다. 불꽃이 활활 타올랐다.

딱!

"아이고야!"

동시에 머리를 붙잡고 괴성을 지르는 그들.

갑자기 벌어진 긴장된 상황은 곽검명과 을지소문이 동시에 휘두른 주먹에 머리를 맞은 투랑과 을지룡이 샐쭉한 표정으로 물러나며 일단락되었다.

잠깐의 소란이 끝나고 곽검명의 소개는 계속되었다.

과거의 인연으로 소개가 필요없는 사람도 몇 되었으나 대부분은 모르는 사람이었다. 그들 모두 존장들로부터 궁귀의 명성을 귀가 따갑게 들었던 터, 저마다 몸가짐을 바로하고 최대한 예의 바르게 인사를 하였다.

"화산의 장문인과 화산… 이수네."

"화산의 후배들이 선배님을 뵙습니다."

곽화월의 뒤를 이어 장문 자리에 오른 유현과 곽온이 목숨을 잃어 이제는 화산삼수라는 이름을 버릴 수밖에 없는 곽열과 신강생이 동시에 인사를 했다.

"반갑소이다."

곽화월이 목숨을 잃었다는 것을 알고는 있었지만 그는 일부러 내색하지 않고 밝은 목소리로 인사를 나누었다.

시간이 흐르고 봉학경과 반갑게 이야기를 나누는 것으로 서로에 대한 인사는 금방 끝이 났다.

오직 한가로이 떨어져 힐끗힐끗 시선을 던지던 오상만이 남았을 뿐이었다.

청년 시절, 을지소문과 나름대로 많은 인연을 쌓았다고 생각한 그는 곽검명이 뭐라 말을 꺼내기도 전에 성큼 다가와 살짝 허리를 숙이며 포권을 했다.

"이렇게 다시 만나게 되어 너무 반갑소이다. 종남의 오상이오."

"을지소문입니다."

마주 포권을 하며 인사하는 을지소문. 한데 그의 얼굴은 인사를 나누는 상대가 누구인지 전혀 모르겠다는 표정이었다.

"누구… 신지?"

순간, 오상의 얼굴이 썩어 문드러진 감자처럼 꽉 상해 버렸다.

'이자가!'

사제인 봉학경은 기억하고 있었다. 그리고 덜떨어진 위인들 몇도 기억하고 있었다. 한데 자신을 기억하지 못하다니!

'일부러 그러는 것인가? 아니면 진짜 기억을 못하는 것인가?'

확인할 길이 없었다.

"종남을 맡고 있는 오상이외다. 오상!"

애써 화를 억누른 오상이 다시 소개를 했다.

"아, 종남파의 장문이셨구려. 불초가 미처 알아보지 못했습니다. 이해를 해주시지요. 귀향한 이후 무림과는 담을 쌓고 지내서 저간에 대한 사정이 어둡습니다."

을지소문은 다소 과장된 태도를 취하며 사과를 했다.

그의 모습을 보며 웃음을 참지 못한 단견이 곽검명에게 전음을 보냈다.

[아예 경극배우로 나서도 되겠습니다. 오 장문인을 단숨에 바보로 만들고 있지 않습니까?]

[그렇군 그래.]

둘은 이미 을지소문이 장난을 치고 있다는 것을 간파하고 있었다.

[하긴, 소문 형님이 종남과는 맺힌 게 조금 있지요.]

오상이 당하는 게 고소해 죽겠다는 음성이었다.

[하지만 조금 심한걸. 오 장문인을 보게. 폭발 일보 직전이야.]

그러나 곽검명의 염려처럼은 되지 않았다.

모욕감에 부들부들 떨던 오상이 더 이상 참지 못하고 폭발하려는 순간, 을지소문이 재빨리 그의 손을 잡았기 때문이었다.

"다른 사람이라면 모를까 제가 어찌 오 장문인을 모르겠습니까? 장문인, 그동안 별래무양(別來無恙)하셨습니까? 함께 무림을 누빈 것이 엊그제 같은데 벌써 세월이 많이 흘렀습니다. 아무튼 이렇듯 늠름한 모습을 뵈오니 감회가 새롭습니다."

오상은 싸늘한 시선으로 을지소문을 노려보았다.

이것은 또 무슨 수작인가?

병 주고 약 주자는 수작이 아니던가!

그의 시선에도 아랑곳없이 을지소문은 거듭 사과를 했다.

"너무나도 반가운 나머지 잠시 장난을 친 것이니 노여움을 푸시지요."

웃는 낯에 어찌 침을 뱉을 것인가?

"기억하고 있다니 고맙소. 아무튼 우리를 구하러 와주었다니 고맙소이다."

그러나 인사를 하는 오상의 떨떠름한 표정은 좀처럼 가시지 않았다.

＊　　　　＊　　　　＊

경건하고 고즈넉해야 할 산사에 피바람이 몰아쳤다.

병장기 부딪치는 소리가 산 전체를 울리고 생과 사의 경계를 넘나드는 처절한 비명 소리가 연신 터져 나왔다.

대웅전(大雄殿)을 중심으로 대치하고 있는 싸움은 어느 한쪽이 우위에 있다고 말할 수 없을 만큼 팽팽했다.

소림의 무승은 약 칠십 명이었고 북천은 거의 두 배가 넘는 인원으로 이들을 포위하고 공격하였다. 그러나 북천은 죽기를 각오하고 덤비는 무승들의 용맹을 압도하지는 못하였다.

"막아랏!"

"물러서지 마라! 조금만 버티면 된다!"

정신없이 움직이며 제자들을 독려하는 공선 대사.

본인의 것인지, 아니면 쓰러뜨린 적의 것인지 구분이 안 가는 피로 인해 그의 회색 가사는 이미 붉게 물들어 원래의 색을 잃고 있었다.

"뭣들 하느냐! 놈들은 얼마 되지 않는다! 이러고도 너희들이 천권문의 제자란 말이냐! 공격해라! 소림을 피로 물들여라!"

장백선옹의 명을 받고 무승들을 제압하기 위해 나선 헌원후도 핏대를 세워가며 소리를 질렀다.

"소림은 예전의 소림이 아니다! 한낱 몰락한 문파에 불과하다! 이참에 그 존재를 지워 버려라!"

사실이 그랬다.

지금의 소림은 과거 화려했던 시절에 비하면 초라하다 싶을 정도로 형편없이 전력이 약해져 있는 상태였다.

북천의 주력과의 싸움, 그리고 대황하의 싸움에서 핵심 고수라 할 수 있는 금강당과 나한당의 고수들 대부분이 목숨을 잃었다. 남아 있는 이들이라고 해봐야 고작 서른이 되지 않았고 나머지는 보리원의 몇몇 노승들과 변변한 실력을 지니지 못했거나 제대로 무공을 익히지 않은 어린 제자들뿐이었다.

한데 그 정도의 전력으로도 소림은 배가 넘는 적을 상대로 훌륭히 싸우고 있었다. 상황이 이러하니 이들을 단숨에 제압하고 북천 내에서 천권문의 지위를 격상시키려던 헌원후는 시간이 가면 갈수록 초조해할 수밖에 없었다.

'이런 망신이 있나? 이제 곧 있으면 흑룡문이나 장백파의 무인들이 올 것인데.'

그들에게 고작 얼마 되지 않는 적을 상대로 전전긍긍하는 한심한 꼴을 보일 생각을 하니 피가 거꾸로 솟았다.

"제길, 저들만 빠지지 않았어도."

헌원후가 대웅전에서 다소 떨어진 곳에서 벌어지는 또 다른 싸움을 보며 이를 갈았다.

사실 처음 그가 수하들을 이끌고 내원에 당도했을 때까지만 하더라도 손쉬운 승리를 장담했었다.

보리원의 고승들과 일 대 일, 더러는 합공을 하면서 대등한 싸움을 하는 천권문의 장로, 호법들을 보며 자신의 생각에 더욱 확신을 굳힐 수 있었다. 노승들의 움직임만 묶을 수 있다면 나머지 인원이야 쪽수로 몰아붙이면 그만이었다.

바로 그때, 난데없는 사내의 등장은 그의 계획을 여지없이 박살 내 버렸다.

'정말 난데없이 나타났지.'

갑자기 나타나 결정적인 위기에 빠진 보리원주 공청을 구해내는 것 도 모자라 그를 공격했던 두 호법에게 치명적인 부상을 입힌 중년인. 이후, 그의 활약은 경탄을 넘어 눈이 부실 지경이었다. 물론 당하는 입 장에서는 미치고 환장할 일이었지만.

헌원후의 명을 받은 몇몇 호법이 그를 막고자 나섰으나 한두 명의 합공으로는 그의 발걸음을 막기는 고사하고 오히려 목숨을 위협받는 지경에 이르렀다.

결국 그를 막지 못하면 싸움에서 패할지도 모른다는 위기감에 사로 잡힌 헌원후는 보리원과 금강당의 잔존 고수들을 상대하던 모든 장로 들과 호법들에게 그를 합공하라 명령했다.

열세 명의 장로와 호법들은 천권문의 모든 전력이라 해도 과언이 아 니었다. 하나같이 엄청난 무공을 지닌 이들이었기에 누가 보더라도 상 대가 되지 않는 싸움이었다.

그러나 그의 예상과는 달리 싸움은 쉽게 끝나지 않았다. 승리는 고 사하고 벌써 다섯에 이르는 인원이 쓰러진 것을 보면 오히려 밀리는 듯했다.

만약 다른 이를 통해 지금과 같은 상황을 들었다면 코웃음을 치고 말 일이었으나 눈앞에서, 그것도 자신에게 닥친 일이었다.

"도대체 누구냐? 저 괴물 같은 놈은 누구냔 말이다!!"

말도 되지 않는 싸움을 지켜보던 헌원후가 치미는 화를 이기지 못하고 괴성을 질렀다.

예상치도 못한 대답은 바로 곁에서 들려왔다.

"을지휘소. 괴물은 아니지만 괴물같이 강한 것은 사실이지."

"누구냐!"

기겁을 한 헌원후가 황급히 몸을 틀며 소리쳤다.

혹여 공격이 있을까 좌우로 몸을 흔들며 자리에서 벗어난 그는 태연스레 서 있는 한 노파를 볼 수 있었다. 지금껏 싸움에 관여하지 않고 멀리서 지켜만 보던 환야였다.

"네가 우두머리냐?"

그녀의 물음에 헌원후는 대답을 하지 못했다. 그저 긴장된 표정으로 그녀의 일거수일투족을 살필 뿐이었다.

비록 천하제일을 꿈꿀 정도는 아니나 나름대로 상당한 무공을 지녔다고 자부하던 그는 환야의 출현을 알지 못했다는 것, 그것도 바로 곁으로 다가올 때까지 전혀 눈치채지 못했다는 것에 스스로 경악을 금치못하고 있었다.

'암습이라도 당했다면…….'

생각만으로도 끔찍했다.

"누구시오?"

한참 만에 입을 연 그가 물었다. 극도로 긴장을 했는지 꽉 쥔 주먹이 살짝 떨리고 있었다.

"환야."

이미 오십여 년 전 무림을 떠났던 이름이었다. 무림에서도 어느 정도 나이 든 고수가 아니면 알지 못하는 이름을 헌원후가 알 리 없었다.

헌원후가 기억을 더듬으며 그녀의 정체를 알아내려고 애쓰는 사이 환야가 발밑에 굴러다니는 검 하나를 주어 들었다.

"헉!"

헌원후는 자신도 모르게 헛바람을 내뱉으며 몇 걸음 물러났다. 그녀가 검을 쥔 순간 상상하기도 힘든 엄청난 살기가 밀려왔기 때문이었다.

"최선을 다해라."

나직한 한마디.

검을 쥐지 않은 그녀와 검을 쥔 그녀는 기도에서부터 차이가 있었다. 싸우지 않으면 모를까 싸우기로 결정한 이상 그녀는 이미 과거의 패천궁 궁주의 모습으로 돌아간 상태였다.

검을 든 자세 하나만으로도 가히 폭풍과도 같은 기세가 사위를 압도하며 뻗어나갔다.

"음!"

헌원후의 입에서 탄성과도 같은 신음 소리가 흘러나왔다.

지금껏 환야와 같은 기도를 보인 사람은 오직 한 사람, 북천의 천주 위지요뿐이었다. 다시 말해 눈앞의 상대는 최소한 위지요에 버금가는 고수라는 소리였다.

'설마 하니 그 정도의 고수란 말인가?'

믿을 수가 없었다.

그가 아는 위지요는 천하에서 가장 강한 사람이었다.

과거엔 중천의 천주가 제일 강했을지 모르나 지금은 아니었다. 그는 위지요야말로 나머지 삼천의 천주를 제압하고 당당하게 천하제일인으로 추앙받을 수 있는 고수라 믿었다.

"천주에 대한 모욕이다!"

뜻 모를 소리를 외치며 그의 몸이 앞으로 치고 나오고 만근거석이라도 단숨에 가루로 만들어 버릴 만큼 위력적인 주먹이 허공을 갈랐다.

두려움 때문인지 아니면 환야를 공격할 기회는 오직 한 번뿐이라는 것을 직감적으로 안 것인지 그는 위지요와 흑룡문주 반포가 극찬에 마지않았던 파황뇌전권(破荒雷電拳)의 절초로 환야를 공격했다.

일순간에 수백, 수천의 주먹이 허공을 수놓았다.

어느 것이 실초이고 허초인지 도저히 구분이 가지 않을 정도로 완벽에 가까운 공격.

드드드드드.

몸이 흔들릴 정도로 지축이 흔들리고 헌원후의 주먹에서 이는 거대한 풍압에 흙이며 돌멩이며 가릴 것 없이 사방으로 비산했다.

'대단하군.'

환야는 헌원후가 그 정도 경지까지 이를 줄은 몰랐다는 듯 다소 의외라는 표정을 짓고 있었다. 하나 어릴 적부터 권왕 응천수의 무위를 직접 보고 겪었던 그녀가 아니던가. 애당초 그 정도의 무공에 놀랄 리가 없었다.

'진실된 것은 얼마 되지 않아.'

환야는 피할 생각도 하지 않고 냉정한 눈빛으로 눈앞까지 다가온 권영(拳影)을 뚫어져라 노려보았다.

그러기를 잠시, 극도로 짧은 시간임에도 불구하고 그녀는 마침내 허초에 몸을 숨긴 실초를 찾아낼 수 있었다.

그녀의 검이 움직였다.

순간, 헌원후가 만들어낸 권영을 능가하는 엄청난 검기가 뿌려지기 시작했다.

검기의 홍수란 이런 것을 말함인가!

끊어질 듯하면서도 끊어지지 않고 처음 공격과 연계되어 삽시간에 천지를 뒤덮어 버리는 검기의 바다.

그리고 검기의 파도와 환영 속에서 이어지는 그녀의 마지막 공격 천검파천(天劍破天)은 그녀 앞에 펼쳐졌던 모든 권영을 산산조각 내버리면서 헌원후에게 짓쳐 들었다.

'이, 이런 무공이!'

도저히 감당할 수 없는 미증유의 거력이었다.

헌원후는 직감적으로 최후를 예감했다. 그러나 아직 끝난 것은 아니었다.

"으아아아!"

마지막으로 내지르는 주먹엔 그의 혼이 담겨져 있었다.

꽈꽈꽈꽈꽝!!

엄청난 굉음과 충격이 주변을 휩쓸었다.

그 충격파를 견디지 못한 대웅전의 한쪽 기둥에 균열이 갔다. 수백 년을 버텨오던 기둥이 그러할진대 그 안에서 사람이 무사할 리 없었다.

온몸으로 환야의 공격을 받아낸 헌원후는 외마디 비명도 지르지 못하고 날아갔다.

끊어진 연과 같이 힘없이 날아가는 헌원후의 몸을 때마침 달려오던 장백선옹이 재빨리 받아 안았다.

"문주, 헌원문주."

장백선옹이 다급히 불렀으나 이미 온몸이 만신창이가 되어 감긴 눈은 떠지지 않았다.

"제발 정신을 차리게나."

끊임없이 솟아오르는 피를 지혈하고 기를 불어넣기를 얼마간, 굳게 감겼던 헌원후의 눈이 살며시 떠졌다.

"정신이 드는가?"

그는 대답을 하지 않았다. 대신 피투성이가 된 손으로 몸을 돌리고 있는 환야를 가리켰다.

그것이 복수를 부탁하는 것이라 여긴 장백선옹이 그의 손을 꼭 잡았다.

"알았네. 내 반드시 자네의 복수를 해주겠네."

그러나 헌원후는 고개를 흔들었다.

"싸… 우면……."

입술을 뚫고 나오는 음성이 너무나도 희미해 장백선옹이 그의 입으로 재빨리 귀를 가져갔다.

"저… 절대… 고수… 싸… 우지 말… 고… 도, 도… 망을… 오직… 처… 천주만이……."

최후의 기력을 짜내 더듬더듬 몇 마디 말을 남긴 헌원후는 결국 숨을 거두고 말았다.

장백선옹은 떨리는 손을 들어 그의 부릅뜬 눈을 감겨주고 도저히 믿어지지 않는다는 표정으로 환야를 살폈다.

헌원후가 누구던가!

흑룡문주 반포와 더불어 천권문에서 가장 호전적인 인물이었다. 한데 그가 최후로 남긴 말이 고작 상대하지 말고 도망치라는 것이었다. 오직 천주만이 상대할 수 있다면서. 그것만으로도 놀라운 일이건만 그는 똑똑히 보았다. 부릅뜬 그의 눈에 어린 극한의 공포를.

'도대체 어떤 일이 있었기에 죽어가면서까지 공포를 감추지 못한단 말인가. 얼마나 치열한 싸움을 벌였기에.'

하지만 그것은 그의 착각에 불과했다.

그가 본 것이라곤 오직 쓰러지는 헌원후의 모습일 뿐, 혼신의 힘을 다한 공격을 환야가 단 한 번의 공격으로 무용지물(無用之物)로 만들어 버리고 나아가 그의 몸을 완벽하게 부쉈다는 것을 알지 못하고 있었다.

'용서할 수 없다.'

장백선옹의 몸에서 활화산 같은 분노가 치솟았다.

"뭣들 하느냐! 쳐라!"

그의 명령이 떨어지기가 무섭게 이백에 육박하는 무인이 공격을 시작했다. 그렇지 않아도 힘겨운 싸움을 하고 있던 소림사의 무승들은 천하를 뒤덮을 듯 노도와 같이 밀려드는 적을 보며 아득한 절망감을 느꼈다.

"나한당을 탈출한 포로들도 곧 몰려올 것일세. 준비를 하게."

이미 패퇴한 흑룡문도들의 보고를 받고 나한당에 갇혀 있던 포로들이 움직였다는 것을 알고 있던 장백선옹이 여타 수뇌들을 보며 말했다.

"대장로."

그의 부름에 장백파의 대장로 이정이 다가왔다.

"자네는 나와 함께 움직이세."

헌원후의 죽음을 보기 전이라면 모를까 그의 처참한 시신을 본 이정은 환야의 강함을 간접적으로나마 느낄 수 있었다.

"알겠습니다."

합공을 하자는 장백선옹의 말에 이정은 두말하지 않고 고개를 끄덕였다. 헌원후에 비해 장백선옹이 강하다지만 그렇듯 무참한 지경까지 이르게 할 수는 없었기 때문이다.

장백선옹이 환야를 향해 검을 빼 들며 말했다.

"각오하랏!"

바로 그때였다.

쐐애액!

그를 향해 엄청난 속도로 날아오는 무엇인가가 있었다.

깜짝 놀란 이정이 소리를 치려는 순간, 장백선옹은 자신의 면전으로 날아오는 물체를 침착하게 낚아챘다.

그의 손에 잡힌 물체는 다름 아닌 화살이었다.

"윽!"

화살에 담긴 힘은 장난이 아니었다. 화살을 낚아챈 장백선옹은 손을 통해 전해오는 힘을 해소하기 위해 서너 걸음이나 뒷걸음질쳐야 했다.

'무, 무슨 놈의 화살이……'

손아귀가 찢어질 듯한 고통을 느끼며 인상을 찡그린 장백선옹이 낚 아챈 화살을 살폈다. 그토록 위력적인 힘을 지녔던 화살이라곤 보기 힘든, 어디서나 흔히 볼 수 있는 평범한 화살이었다.

'서, 설마?'

화살을 집어던지던 그의 뇌리에 생각하기도 싫은, 머리 속 저 너머 에 애써 묻어놓은 기억의 편린(片鱗)이 번쩍 스치고 지나갔다.

장백선옹은 제발 아니기를 바라는 심정으로 화살이 날아온 방향을 향해 고개를 돌렸다. 그러나 그의 간절한 바람은 한가로이 걸어오는 노인에 의해 단번에 무너지고 말았다.

"장백 늙은이, 오랜만일세."

나한당을 탈출한 이들의 앞에 서서 보무도 당당히 걸어오는 사람은 당연히 을지소문이었다.

"을… 지… 소… 문!"

지옥의 악귀를 본다면 이럴까?

을지소문을 노려보는 장백선옹의 얼굴은 무참히 일그러졌다.

한데 그런 반응은 비단 장백선옹만이 아니었다. 대장로 이정, 이장 로 도일곤을 비롯하여 장백파의 수뇌들은 물론이고 대다수의 제자들도 당황한 표정이 역력했다. 더러는 땅에 주저앉아 덜덜 떠는 이들도 있 었다.

"쯧쯧, 뭘 그리 놀라나? 다들 처음 보는 것도 아니면서. 안 그런가, 도……."

기억이 나지 않는다는 듯 잠시 고개를 갸웃거린 을지소문이 무릎을 치며 말을 이었다.

"그래, 도일곤이라고 했지. 장백파의 장로. 그나저나 다리는 다 나았나? 꽤나 고생을 했을 텐데."

"으으으."

도일곤의 안색이 창백해졌다.

그는 어느새 지난날 겪었던 악몽을 떠올리고 있었다.

오 년 전, 장백산 북쪽 자락에서 중원 정벌을 위해 은밀히 힘을 기르던 장백파에 세 명의 불청객이 찾아들었다.

그들은 장백파의 제자들이 약초꾼들이 캔 약초들을 자꾸만 강탈해 간다면서 이에 대한 피해 보상과 재발 방지를 요구하며 문주와의 면담을 요청했었다.

내심 그러한 일을 벌인 제자들을 엄히 다스리겠다고 마음을 먹었으나 자존심 때문인지 장백선옹은 그들의 요구를 일언지하에 거절해 버렸다.

문제는 장백선옹은 물론이고 그 누구도 찾아온 불청객이 막연히 소문으로만 듣던 무시무시한 가문의 인물들, 을지소문과 을지휘소, 을지호 삼대(三代)라는 것을 모르는 데 있었다.

그 결과 가장 먼저 을지소문과 손속을 나누었던 도일곤이 양다리가 부러지는 치명적인 부상을 입었고 도일곤과 몇몇 장로들도 최소한 서너 달은 치료를 요해야 할 만큼 중상을 당했다. 특히 을지휘소와 일 대일로 맞섰던 장백선옹은 평생 씻지 못할 치욕적인 패배를 당하며 무릎을 꿇고 말았다.

이후, 을지소문은 인근 약초꾼들에게 일이 생겼다는 소식만 들려오면 인편을 통해 경고장을 보냈다. 마치 연례 행사처럼 날아드는 경고장에 어쩔 수 없이 굴복할 수밖에 없었던 장백파는 자존심에 크나큰 상처를 입었다. 더러는 그를 찾아가 공격을 하자고 주장하는 이도 있었으나 그가 중원무림을 진동시켰던 궁귀 을지소문이라는 것을 알게 된 이후 그와 같은 마음은 조용히 접고 말았다.

이후, 장백파의 무인들은 을지가문의 '을' 자만 들어도 경기를 일으킬 정도였다.

'하필이면 이들이…….'

이정은 자신도 모르게 눈을 감고 말았다.

그야말로 상상만으로도 끔찍한 최악의 상황이 벌어진 것이었다.

"을지 선배, 우리와 싸울 생각이오?"

차분히 마음을 가라앉힌 장백선옹이 물었다.

"글쎄, 그거야 나도 모르지. 싸우고 안 싸우고는 장백 늙… 장백선옹 자네의 몫이야."

명색이 한 문파의 문주였다. 나름대로 체면은 살려줘야겠다고 생각한 을지소문이 호칭을 바꿨다.

"이번 일은 선배가 나설 일이 아니지 않소? 이는 중원무림과 사천의 싸움이오."

장백선옹은 어떻게든 을지소문을 싸움에서 배제하고 싶은 모양이었다.

"흠, 자네 말도 일리가 있군. 하나 아주 관계가 없는 것은 아니야. 우선 소림은 나와 무척이나 인연이 깊은 곳이라네. 아니, 우리 가문과 인연이 깊다고 하는 것이 더 맞는 말이겠군. 또한 자네들이 포로로 가둔 사람들 중에는 나와 의형제를 맺은 분들이 계시지. 내 어찌 이들의 위험을 그냥 보고만 있을 수 있겠나? 그래도 그분들에게 무례하지 않고 제대로 예우를 해주었다니 고마운 마음이 드는군. 해서 그냥 물러간다면 이전의 일은 추궁하지 않을 생각일세."

이전의 일을 추궁하지 않겠다는 소리에 공선 대사를 비롯하여 소림 제자들의 낯빛이 변했으나 그들은 딱히 뭐라 할 처지가 되지 못했다.

"백 명도 되지 않는 인원이오. 반면에 이쪽은 삼백이 넘는 인원. 너무 자신만만한 것 같소이다."

을지소문이 의미심장한 미소를 지으며 대꾸했다.

"왜? 한 번 시험해 보고 싶은 마음이 드는가? 원한다면 그리해 보게나. 대신 후회는 하지 말고."

"음."

장백선옹은 자신도 모르게 터져 나오는 신음성을 막지 못하고 얼굴을 굳혔다.

어찌해야 할지 도저히 판단이 서지 않았다.

'어찌해야 하는 것인가?

싸우자니 솔직히 확신이 서지 않았고 그냥 물러나자니 자존심이 허락하지 않았다. 또한 자신에게 소림을 맡기고 간 천주를 대할 면목도 없었다.

"선옹, 도대체 뭐가 두려워서 망설이시는 겝니까? 저따위 늙은이는 제가 책임지고 황천으로 보내 버리겠습니다. 명을 내려주십시오."

그가 결정을 내리지 못하고 머뭇거리는 사이 장백선옹의 태도를 이해할 수 없었던 포태청(浦太淸)이 답답하다는 듯 물었다. 그는 북천을

구성하는 스물세 개의 문파 중 열아홉 번째 정도의 규모를 지닌 천일
문(天一門)의 문주였다.

"모르고 있으면 그냥 가만히 있게나. 자네는 궁귀에 대한 소문도 듣
지 못했는가? 생각만큼 그렇게 간단한 문제가 아니야."

"어차피 옛날 명성입니다."

'후~ 모르는 것이 약이라고 했던가? 그래도 부럽군.'

장백선옹은 을지소문을 앞에 두고 그토록 호기를 부릴 수 있는 포태
청의 기백이 부럽기까지 했다.

"문제가 있으면 해결하면 그만입니다. 제가 나서보겠습니다."

포태청은 누가 말릴 사이도 없이 앞으로 치고 나왔다.

"문주!"

깜짝 놀란 이정이 그를 말리려고 하였다. 그러자 장백선옹이 그의
손을 슬며시 잡으며 고개를 흔들었다.

[놔두게. 내가 왜 이렇듯 고민을 하는지 다른 사람들에게 이해시킬
필요가 있으니까.]

[죽을 수도 있습니다.]

[그래도 할 수 없지. 저들은 아직 궁귀의 무서움을 몰라. 겪어보면
알겠지.]

순간, 이정의 얼굴이 어두워졌다.

그사이 을지소문에게 접근한 포태청이 신중히 검을 들었다.

자신만만하게 나서기는 하였으나 궁귀라는 명성도 명성이었고 장백
선옹 정도의 인물이 두려움에 떨 정도면 결코 만만치 않은 상대라는
것을 의식했기 때문이었다.

그런데 그를 상대하기 위해 나선 사람은 을지소문이 아니었다. 느긋한 태도로 시위를 당기려는 그의 손을 잡아 뒤로 물리며 포태청을 향해 다짜고짜 공격을 펼친 사람은 환야였다.

잔뜩 긴장했던 포태청이 어이없다는 듯 버럭 소리를 질렀다.

"할망구 따위를 상대하려는 것이……."

하지만 그는 미처 말을 끝마치기도 전에 자신이 어떠한 실수를 했는지 여실히 느껴야만 했다.

천권문의 문주를 불귀의 객으로 만든 환야가 아니던가. 그렇잖아도 매서운 손속이 할망구라는 말을 듣는 순간 매섭다 못해 끔찍할 정도로 무서워졌다.

꽝!

"크악!"

고통의 비명성과 함께 포태청의 몸이 휘청거렸다.

얼떨결에 공격을 막아내기는 하였으나 단 한 번의 충돌로 그는 치명적인 내상을 입고 말았다. 때마침 손속에 인정을 두라는 을지소문의 외침이 없었다면 목숨을 부지하지도 못했을 것이다.

"문주님!"

걱정스런 마음으로 이를 지켜보던 천일문의 고수들이 황급히 달려왔다. 일부는 포태청을 보호하고 일부는 환야를 공격했다.

"죽어랏!"

자신을 향해 달려드는 세 명의 노고수를 보며 환야의 입가에 싸늘한 미소가 지어졌다.

밟으려고 작심하면 확실히 밟아버려야 했다. 어설프게 밟았다간 언제든 다시 기어오르게 마련인 법. 그녀는 이참에 단순히 인원이 많다는 것이 전력의 우위가 아니라는 것을 보여주려는 듯 연속적으로 파검삼식을 사용하기 시작했다.

"크헉!"

"컥!"

첫 번째 초식에 달려들었던 노고수들이 피를 토하고, 두 번째 초식에 무기가 박살나 버렸다. 그리고 세 번째 초식, 헌원후를 쓰러뜨린 천검파천에 그들 역시 변변한 대항을 하지 못하고 절명하고 말았다.

을지소문이 뭐라고 외쳤으나 단단히 마음을 먹은 그녀는 손속에 조금의 인정도 두지 않았다. 어찌나 위력이 강했는지 사오 장이나 날아가 처박히는 그들의 시신은 차마 눈 뜨고는 보지 못할 정도로 끔찍했다.

눈 깜짝할 사이에 벌어진 참상에 그 누구도 입을 열지 못했다.

을지소문은 못마땅하다는 듯 혀를 차며 고개를 돌려 버렸고 각 파의 수뇌들은 그제야 장백선옹이 어째서 그리도 결단을 미루고 머뭇거리며 망설였는지를 이해했다. 그들은 물론이고 나한당에서 벗어난 이들도 왜 혈검 환야의 명성이 궁귀에 버금가는지 비로소 알겠다는 표정이었다.

장내에는 숨소리조차 들려오지 않았다. 질식할 것만 같은 긴장감만이 남아 있을 뿐이었다.

"장백 늙은이라고 했나? 나는 환야라고 한다. 덤빌 테면 덤비고 그렇지 않다면 어물쩍거리지 말고 꺼져라. 난 누구처럼 인내심이 깊지 못해.”

“…….”

참으로 모욕적인 언사였다. 그러나 장백선옹은 아무런 대꾸도 하지 못했다.

“하, 할머니.”

남궁혜의 곁에서 환야를 지켜보던 을지룡이 남궁혜를 불렀다.

“왜 그러느냐?”

“큰할머니께서 많이 변하신 것 같아요. 집에 계실 땐 형님 표현대로 다소 괴팍하기는 하셨지만 웃음이 많으셨는데…….”

“괴팍?”

“형님 표현을 빌리자면요.”

“무서운 모양이구나.”

남궁혜가 살며시 미소를 지으며 말했다.

“아니요, 그럴 리가 있나요. 그냥 집을 떠나온 이후 너무 갑자기 변하시는 것 같아서… 말투도 완전히 남자처럼 변하신 것 같고요.”

“잠시 무인으로 돌아가신 것뿐이야. 너희들의 할머니가 아니라 과거 무림을 좌지우지했던 무인으로 말이야. 무림이라는 곳은 비정하기 그지없어서 냉정하지 않으면 큰 위험에 빠질 수도 있거든. 변하신 것은 아니니 너무 걱정할 것 없다.”

그래도 환야를 살피는 을지룡의 안색은 조금도 환해지지 않았다. 다만 남궁혜의 말에 조금은 마음이 놓였는지 그의 입에서 안도의 한숨이 살며시 흘러나왔다.

을지룡과 남궁혜가 말을 나누는 사이 장백선옹도 각 문파의 수뇌들에게 전음성을 보내고 있었다.

[다들 보았는가? 내가 어찌 이리 머뭇거리고 있는지.]

다들 대답을 하지 못했다.

[어찌하실 생각입니까?]

누군가가 물었다.

[난… 소림을 포기했으면 하네.]

곧바로 반발이 터져 나왔다.

[하나 소림을 포기하면 우리의 근거지가 사라지게 됩니다. 자칫하다 간 하남을 포기해야 할 수도 있습니다.]

[차라리 싸우는 것이 어떻겠습니까? 싸움은 무공이 뛰어난 한두 사람으로 결정되는 것은 아니라고 봅니다. 수적으로 압도하고 있는 우리들에게 충분히 승산이 있습니다.]

[아니.]

장백선옹은 단호히 부정했다.

[한두 사람으로 승부가 결정되는 수도 있네. 그만한 능력이 저들에겐 충분히 있어.]

[하지만……]

[짐승들을 예로 들어볼까? 아무리 많은 토끼들이 있다고 해도 토끼가 호랑이 한 마리와 싸워 이길 수는 없네. 애당초 상대가 되지 않기 때문이야. 호랑이의 가벼운 발길질 한 번에도 토끼들은 힘없이 죽어나가지. 반면에 토끼는 아무리 노력을 한다 해도 호랑이에게 상처를 입힐 수가 없다네. 한마디로 절대고수에게 숫자란 아무런 의미도 없다는 말일세.]

장백선옹의 전음은 계속 이어졌다.

[다만 날카로운 이빨을 지닌 늑대들이라면 사정이 다르겠지. 비록 일 대 일의 싸움은 되지 않을지 몰라도 일 대 십, 혹은 일 대 이십이면 능히 호랑이를 쓰러뜨릴 수도 있네.]

[호랑이는 없을지 모르나 우리에게도 늑대는 충분히 많습니다. 호랑이 한두 마리 정도는 충분히 잡을 수 있습니다.]

[아니, 그렇지 않네. 한두 마리가 아니야. 저쪽을 보게나.]

장백선옹을 비롯하여 모든 이들의 시선이 대웅전에서 서북방으로 삼십여 장 떨어진 곳으로 향했다.

고개를 돌린 그들은 을지휘소와 천권문의 노고수들이 벌이는 싸움을 볼 수 있었다. 움직이고 있는 천권문의 고수라야 고작 두 명, 치열하게 전개되었던 싸움은 을지휘소의 승리로 끝이 난 것이나 마찬가지였다.

[치열한 싸움을 했다고 생각하나? 내가 보기엔 가지고 논 것처럼 보이네. 저자가 바로 을지휘소, 그는 부친보다 더 강하네.]

그것으론 설명이 부족했는지 한마디를 덧붙였다.

[나는 그에게 십 초를 버티지 못했다네.]

모두들 믿지 못하겠다는 듯 경악에 찬 눈으로 그를 응시했다. 그런 반응을 애써 무시한 장백선옹이 말을 이어갔다.

[저들 부자와 환야라는 노파를 상대하려면 나와 자네들을 비롯하여 최소한 스무 명이 넘는 인원이 합공을 해야 하네. 물론 승부를 장담할 수도 없지. 어쩌면 그 정도로도 부족할지 모르겠고. 문제는 그들 말고도 저들에겐 투귀 이성진과 같은 고수가 남아 있다는 것이네. 주광 단

견이나 곽검명 또한 절대로 무시할 수 없는 고수들이지. 흑룡문주를 쓰러뜨렸던 봉학경이라는 자는 어떤가? 과연 누가 있어 그들을 상대하겠는가? 부족하네. 인원은 많을지 모르나 우리 쪽엔 저들을 상대할 만한 절대고수가 부족하단 말일세.]

구구절절 옳은 말이었다. 이에 아무도 토를 다는 이가 없었다.

[아무리 생각해 봐도 우리가 승리할 가능성은 삼 할이 되지 않는다고 보네. 해서 난 싸움을 포기할까 하네. 무인으로서 자존심을 지키는 것도 물론 중요하네. 까짓, 우리들만이라면 무엇이 두렵겠나? 명예롭게 죽는 것도 무인으로서 누릴 수 있는 복이라 할 수 있으니. 하나 그렇다고 애꿎은 수하들의 목숨까지 담보로 해서 모험을 할 수는 없지 않겠는가?]

모두들 침묵을 지켰다. 수하들의 목숨까지 담보로 싸울 수는 없다는 장백선옹의 말에 동의한 것이었다.

바로 그때였다.

파스스슷!

그들 바로 앞으로 한줄기 검기가 훑고 지나갔다.

"적은 눈앞에 두고 도대체 언제까지 쑥덕거리고 있을 생각이냐? 난 인내심이 깊다고 하지 않았다."

싸늘히 내뱉은 그녀가 싸움을 끝내고 천천히 걸어오는 을지휘소를 불렀다.

"아범아!"

"예, 어머니."

"왜 이리 시간이 오래 걸린 것이냐? 이번에도 그렇게 사정 봐가면서 싸우다간 소림의 피해가 커질 것이다. 손속에 인정을 두지 말거라."

사실 을지휘소가 마음만 독하게 먹었다면 끝나도 아까 끝났을 싸움이었다. 다만 목숨을 빼앗고 싶지 않은 생각에 다소 여유롭게 싸운 것이 지금까지 싸움을 끌게 된 원인이었다.

"알겠습니다."

"따라오너라."

검을 곧추세운 그녀가 서서히 움직이기 시작했다. 을지휘소가 곧 보조를 맞추었다.

둘의 몸에서 뿜어져 나오는 기세가 장난이 아니었다. 특히 을지휘소의 주변을 휘감고 도는 기운은 숨이 막힐 정도로 압도적이었다.

"흠, 어쩔 수 없지."

짧게 한숨을 내쉰 을지소문도 궁을 들었다. 그리고 화살도 없는 시위를 당기기 시작했다.

장백선옹이 입을 연 것은 환야와 을지휘소의 공격이 막 시작될 찰나, 그리고 을지소문이 무영시를 날리기 바로 직전이었다.

"물러나겠소."

"응? 지금 뭐라 했는가?"

똑똑히 들었음에도 다시 한 번 묻는 을지호. 장백선옹이 침울한 표정으로 재차 입을 열었다.

"물러나겠다고 했소. 하니 공격을 멈춰주시오."

"암, 멈춰야지. 멈춰야 하고말고."

훌쩍 몸을 띄운 을지소문이 환야와 을지휘소의 앞을 가로막았다.

"물러난다는데?"

"늦었어요."

환야가 싸늘하게 소리쳤다.

"한번 봐줍시다. 딴에는 고민 꽤나 한 듯한데."

"그렇게 하시지요. 구태여 피를 볼 필요는 없잖습니까?"

을지휘소도 거들고 나섰다.

환야는 별다른 대꾸없이 북천의 진영을 살폈다.

두 눈을 지그시 내려깔고 노려보는 그녀의 얼굴을 정면으로 쳐다보는 사람은 장백선옹을 비롯하여 몇 명 되지 않았다.

"꺼져라."

환야는 단 한 마디를 남기고 몸을 돌렸다. 상대의 기분이 어쩔지 전혀 생각하지 않는다는 태도였다.

그녀의 뒷모습을 보며 장백선옹은 참을 수 없는 모욕감에 몸을 떨었다. 당장에라도 달려가 생사를 가늠해 보고 싶었다. 그러나 이미 끝난 일이었다.

"퇴각… 하라."

참으로 하기 힘든 말이 입술을 뚫고 흘러나왔다.

"잘 생각했네."

여러 말을 건네는 것이 항복을 한 상대에게 수치심을 줄 수 있다고 생각한 을지소문도 간단히 한마디하고는 몸을 돌렸다.

퇴각 명령이 떨어지자 북천의 무인들은 쓰러진 동료들의 주검을 재빨리 수습하더니 순식간에 내원을 빠져나갔다. 그리곤 얼마 되지 않아 소림에서 완전히 자취를 감추었다.

그것으로 싸움은 끝이 났다.

북천의 손아귀에 들어갔던 소림도 다시 원주인을 찾았다.

소림이 북천의 전격적인 기습으로 점령을 당한 지 정확히 백 일 하고도 이십칠 일이 지난 새벽녘에 일어난 일이었다.

제 54 장

일거양득(一擧兩得)

일거양득(一擧兩得)

"이만 물러나라는 명이네."

'제길, 결국은.'

낭곡의 말에 무리하게 공격을 하다 큰 부상을 당한 탕평은 참을 수 없는 굴욕감을 느끼며 고개를 떨구었다.

"자네들의 복수는 나와 우리 흑풍이 해줄 테니 너무 걱정하지 말게. 당한 만큼 돌려주겠네."

"……."

탕평이 불편한 표정으로 낭곡을 노려보았다.

비록 백풍이 흑풍에 비해 전체적인 전력에서 아래에 있는 것은 사실 이었으나 그것은 전적으로 그들이 착용하고 있는 갑주 때문이지 개개 인의 실력이 부족한 것은 아니라고 생각해 온 그로서는 낭곡의 말 한

마디 한마디가 모욕적으로 다가왔다.

그러나 무슨 할 말이 있겠는가. 탕펑은 시꺼멓게 타 들어가는 가슴을 부여잡고 뒤로 물러설 수밖에 없었다.

기묘한 웃음을 지으며 그를 지켜보던 낭곡의 시선이 백풍을 대신해 어느새 을지호를 포위하고 있는 수하들에게로 향했다.

"공격해!"

하지만 그의 공격 명령이 떨어지기 전에 을지호의 무영시가 먼저 날아들었다.

땅!

경쾌한 소리가 전장에 울려 퍼졌다. 그러나 의당 뒤따라야 할 비명 성이 터지지 않았다.

'이럴 수가!'

무영시를 맞고도 멀쩡하게 고삐를 틀어쥐는 사내를 보며 을지호는 당황하지 않을 수 없었다.

"핑!

좀 더 힘을 실은 무영시가 다시 한 번 사내를 향했다. 사내는 피하지 않았다. 아니, 피할 엄두를 내지 못했다는 것이 정확할 것이다. 그의 가슴에 무영시가 적중했다.

땅!

조금 전과 마찬가지로 망치로 쇳덩이를 두드리는 소리가 들렸다. 그리고 결과는 마찬가지였다. 크게 휘청거리기는 했으나 그는 곧 자세를 바로잡고 더욱 단단히 고삐를 쥐었다.

"크하하하하!"

무엇이 그리 신나는지 낭곡은 주변이 떠나가라 웃음을 터뜨렸다.

"우리에겐 그따위 수작은 통하지 않는다!"

낭곡이 자신의 가슴을 두드리며 소리쳤다.

그는 자신과 수하들이 착용하고 있는 갑주에 대해 무한한 자부심을 가지고 있었다.

같은 무게의 금값과 맞먹는다는 곤오철(崑鳥鐵)을 천 일 동안 제련하여 만든 갑주는 도검이 불침하는 것은 물론이고 웬만한 검기에는 흠집조차 남지 않았다.

이를 악문 을지호가 다시금 시위를 당겼다.

한데 기세부터가 달랐다.

그의 몸이 삽시간에 불꽃으로 뒤덮였다. 그리고 어느 순간부터 그의 손엔 활활 타오르는 화살 하나가 들려 있었다.

오룡지회 때 팽가의 가주에게 보여주었던 화염시였다.

'대단하다.'

낭곡은 자신도 모르게 침을 꿀꺽 삼켰다. 왠지 모를 불안감이 밀려들었다.

그의 불안은 적중했다.

시위를 떠난 불화살은 절대로 뚫리지 않을 것만 같았던 곤오철의 갑주를 뚫고 들어가 사내의 심장을 가루로 만들어 버렸다. 가슴에서 일기 시작한 불길은 삽시간에 그의 몸으로 퍼져 나갔다.

"크아아악!"

말 위에서 떨어지는 사내의 입에서 소름 끼치는 비명성이 터져 나왔다. 그것으로 끝이었다.

곤오철에 대한 믿음이 깨지는 순간, 낭곡을 비롯하여 누구도 입을 여는 사람이 없었다. 그저 믿기 힘들다는 표정으로 한 줌 잿더미로 변해 버리는 동료와 을지호를 번갈아 응시할 뿐이었다.

하지만 화염시 하나로 적의 비웃음을 단숨에 잠재워 버린 을지호의 얼굴은 그다지 밝지 않았다.

'내공 소모가 너무 심해.'

그랬다. 비록 성공은 했으나 그들 모두를 화염시로 상대하기엔 분명 무리가 있었다. 반도 쓰러뜨리기 전에 그가 먼저 지쳐 쓰러질 것이었다.

거기에 미처 생각지도 못한 문제가 발생했다. 계속된 싸움으로 인해 약해져 버린 활시위가 마침내 화염시의 열기를 감당하지 못하고 끊어져 버린 것이다.

그것을 확인한 낭곡이 미친 듯이 웃어젖혔다.

"하하하하, 이거야 원. 이빨이 없으니 이제는 잇몸으로 싸워야겠구나."

'잇몸이라……'

낭곡의 웃음소리를 들으며 을지호는 천천히 일 자로 펴지는 철궁을 지그시 움켜쥐었다. 그리고 휘어졌던 철궁이 완전히 펴지는 순간 번개같이 움직였다.

"그럼 어디 한번 상대해 봐!"

파스스슷!

아무렇게나 휘두른 것 같은 철궁에서 무시무시한 기운이 뿜어져 나와 낭곡을 노렸다.

"뭐, 뭐냐!"

기겁을 한 낭곡이 황급히 창을 휘두르며 밀려드는 기운에 대응했다.

꽝!

두 기운이 허공에서 부딪치며 요란스런 소리가 터져 나왔다.

히히히힝!

깜짝 놀란 말이 뒷걸음질을 치고 애마(愛馬)를 진정시키는 낭곡이 어이없다는 듯 을지호를 응시했다.

그의 귀로 나렴의 질책이 전해져 왔다.

[정신 차리게! 봉공들의 말도 듣지 못했나? 그의 무공은 궁술만이 전부가 아니야!]

'그랬지. 대파산에서 낭아대를 몰살시킨 무공은 분명 상상을 초월하는 검법이라고 했다. 잠시 잊고 있었어.'

낭곡은 놀란 가슴을 쓸어내리며 을지호를 노려보았다. 상대를 경시하던 눈빛은 이미 사라지고 없었다.

"공격하라!"

낭곡이 장팔사모를 번쩍 치켜세우며 소리쳤다.

두두두두.

사방에서 말들이 질주하며 을지호에게 달려들었다.

가장 앞서 달려온 자가 언월도(偃月刀)를 휘둘렀다.

쉬이이잉.

바람을 가르는 그 소리만 들어도 오금이 저릴 정도였다.

을지호는 맞서 부딪치지 않고 살짝 몸을 틀며 공격을 흘려버렸다.

그리고 그가 타고 있던 말의 다리를 향해 철궁을 휘둘렀다.

말에도 곤오철로 만든 갑주를 씌우기는 했으나 그것은 어디까지나 몸통에 국한된 것이지 다리까지 보호하지는 못했다.

히히히힝!

고통의 울부짖음이 들리고 다리가 부러진 말이 그대로 앞으로 고꾸라졌다. 을지호를 향해 언월도를 휘둘렀던 사내가 말의 육중한 몸에 깔리며 비명을 내질렀다.

아무래도 마상의 적을 쓰러뜨리자면 철궁보다는 긴 병장기가 필요하다고 생각한 을지호가 언월도를 빼앗기 위해 다가갔다. 하지만 상대는 그가 무기를 집도록 허락하지 않았다. 이미 제이, 제삼의 공격이 날아들고 있었다.

등 쪽으로 날아오는 공격을 피해 앞으로 움직인 을지호, 그러나 앞에서도 거대한 낭아봉(狼牙棒)이 짓쳐 들고 있었다. 다급히 숨을 들이킨 을지호가 철궁으로 몸을 보호했다.

꽝!

병장기가 부딪치는 소리라곤 생각할 수 없을 정도로 강력한 충돌음이 들리고 을지호의 몸이 일 장 가까이 밀려났다. 양 다리가 순간적으로 지면에서 들릴 정도였으니 그 힘이 어떠했는지는 굳이 설명할 필요가 없었다.

'과연.'

철궁을 든 손목이 저려왔다. 말이 달려오는 속도에 위에서 내려치는 힘이 더해지자 그 힘은 상상도 할 수 없을 정도였다.

물론 그대로 물러날 을지호가 아니었다. 낭아봉과 부딪치고 몸이 밀려나는 순간, 그는 사내의 목을 향해 철궁을 휘둘렀다. 절대삼검의 첫 번째 초식 무심지검(無心之劍)이 폭발한 것이었다.

아무리 단단한 갑주를 몸에 착용하고 있어도 관절과 관절을 연결하는 부분에는 분명 약점이 있을 터, 그의 예상은 정확하게 맞아떨어졌다. 무심지검에 틈을 허락한 사내는 비명도 지르지 못하고 그대로 절명하고 말았다.

"저, 저것은!"

탕평과 함께 싸움을 지켜보던 나렴의 노안이 거칠게 흔들렸다.

단순히 흑풍대원이 목숨을 빼앗겼다는 것에 놀라는 것이 아니었다. 그는 을지호의 쾌검을 보며 격동한 것이다.

'저만한 빠름이 있다니!'

오직 쾌검 하나에 칠십 평생을 바쳐 온 그였다.

천하의 그 누구와 견주어도 지지 않을 만큼의 경지를 이루었다고 자부했다. 한데 무심지검을 보는 순간 그는 자신의 생각이 틀렸을지도 모른다는 생각을 하게 되었다.

피가 끓었다. 손은 이미 검을 잡고 있었다. 가슴 저 밑바닥에서부터 호승심이 고개를 쳐들었다. 그리고 그것을 의식하는 순간, 그는 을지호의 면전에 서 있었다.

"어르신."

갑자기 끼어든 나렴으로 인해 공격을 중지시킨 낭곡이 그를 불렀다. 그러나 오직 을지호에게 두 눈의 시선을 고정시킨 나렴의 귀에는 그의 음성이 들릴 리가 없었다.

"엄청난 빠름이었다. 지금껏 구경해 본 적이 없는."

"고맙소."

을지호가 담담히 대꾸했다.

"나 역시 평생 동안 쾌검에 목숨을 바친 몸. 누가 빠른지 겨뤄보자꾸나."

그는 을지호의 대답을 기다리지도 않고 발검의 자세를 취했다.

힘이라곤 조금도 들어간 것 같지 않은 축 늘어진 어깨, 미세하게 구부려진 무릎, 검의 손잡이에 살짝 얹어놓은 손, 그리고 깊이를 가늠할 수 없을 정도로 차분하게 가라앉은 눈빛.

'엄청난 고수다.'

을지호는 나름의 자세만으로도 그가 얼마나 뛰어난 쾌검을 구사할지 짐작이 갔다.

'도전한다면 피하지 않는다.'

그에게도 극한의 빠름을 자랑하는 무심지검이 있었다. 한마디로 자존심이 걸린 싸움이었다.

둘은 서로를 마주 본 채 한참이나 움직이지를 못했다.

두 눈은 서로의 눈에 고정되었고 숨을 들이마시고 내뱉는 것마저도 일치를 시켰다.

'먼저 움직이면 당한다.'

둘의 공통적인 생각이었다.

싸움을 지켜보는 흑풍대원들도 하나같이 숨을 죽였다.

삽시간에 일각이란 시간이 흘렀다.

미동도 하지 않았으나 얼마나 심력을 쏟아 부었는지 둘의 이마에 땀방울이 송송 맺혔다. 땀이 흘러들어 가 눈을 괴롭혔어도 그 정도에 집중력을 떨어뜨릴 사람들이 아니었다.

바로 그때였다.

히히히힝!

팽팽하게 당겨진 긴장의 끈을 끊은 것은 말의 투레질 소리였다. 흑풍대원들의 책망하는 시선이 일제히 말의 주인에게 쏠리는 순간, 그때까지 꼼짝 않고 있던 나렴과 을지호의 신형이 움직였다.

서로를 스치듯 지나간 그들은 등을 마주하고 섰다.

"어, 어떻게 된 거지?"

"누가 이긴 것이냐?"

말의 투레질 소리에 잠시 시선을 빼앗긴 흑풍대원들은 승부의 결과를 알지 못해 웅성거렸다. 하나, 끝까지 지켜본 몇몇 사람들도 결과를 알지 못하는 것은 마찬가지였다.

먼저 몸을 움직인 것은 나렴이었다.

"좋은 승부였네."

"……."

을지호는 아무런 대꾸도 하지 않았다.

낭곡이 있는 곳까지 걸어온 나렴이 쓴웃음을 지으며 말했다.

"뒷일은 아무래도 자네에게 맡겨야 하겠네."

"예, 그게 무슨 뜻인지… 어르신!"

영문을 모르겠다는 듯 고개를 갸웃거리던 낭곡은 갑자기 휘청이는 나렴과 그의 옷을 적시며 배어나오는 붉은 피를 보며 기겁을 했다.

"어, 어르신!!"

황급히 말에서 뛰어내린 그가 나렴의 몸을 부축하며 소리쳤다.

"뭣들 하느냐? 어서 어르신을 모셔라!"

그러나 그의 손을 잡은 나렴이 고개를 살며시 흔들었다.

"난 이미 틀렸다. 심장이 반으로 갈리고도 살아날 수 있는 사람은 없어."

"어르신⋯⋯."

"정말 빠른 검이었다. 일찍이 그만한 검을 본 적이 없어. 하지만⋯⋯."

죽음이 찾아오는 것인가? 나렴의 눈동자에서 급격히 생기가 사라져 갔다.

"조금만⋯ 조금만 더 체력이 받쳐 줬다면⋯⋯."

그의 음성엔 참을 수 없는 아쉬움이 깃들어 있었다.

"미안⋯ 하다고⋯ 머, 먼저 가서⋯ 기⋯ 다리겠다고 저⋯ 전해⋯ 주게나⋯⋯."

평생의 지기였던 철혈마단의 단주 철포산에게 전하는 유언을 끝으로 나렴은 조용히 숨을 거두고 말았다.

"어르신!!"

힘없이 늘어지는 나렴의 모습을 지켜보는 낭곡의 눈에 핏발이 섰다.

"죽여라! 어르신의 원수를 갚아라!"

그는 간발의 차이로 승리를 거두었으나 옆구리에 꽤나 큰 부상을 입은 을지호를 보며 소리쳤다. 그리곤 탕평에게 나렴의 주검을 맡기고 재빨리 말에 올라탔다.

'속전속결. 시간을 지체하다간 당한다.'

나렴에게 당한 부상이 심상치 않다는 것을 느낀 을지호는 시간을 끌면 끌수록 불리하다는 것을 느끼고 있었다.

두두두두.

나렴의 죽음에 분노한 흑풍이 을지호를 향해 일제히 돌진했다.

을지호가 눈을 감으며 철궁을 천천히 치켜세웠다.

전신의 힘을 일으키는 듯 그의 몸을 중심으로 엄청난 기운이 소용돌이치기 시작했다.

두두두두.

그의 몸을 단숨에 짓밟아 버리겠다는 기세로 밀려드는 기마대. 순간, 번쩍 눈을 뜬 을지호가 낭랑한 기합성과 함께 철궁을 휘둘렀다.

철궁을 통해 펼쳐진 무극지검(無極之劍)과 지금껏 무적을 자랑해 온 철혈마단의 흑풍이 충돌했다.

꽈꽈꽈꽈꽝!!

천지가 개벽이라도 하는가?

천하를 뒤흔드는 폭음성과 함께 가히 살인적인 강기의 물결이 사방을 휩쓸며 지나갔다.

"크아아악!"

히히히힝!

처참한 울부짖음과 함께 사방 십여 장을 초토화시키는 미증유의 거력에 정면으로 맞선 몇몇 기마대가 그대로 날아가 처박혔다. 곤오철로 만들었다는 갑주도 그들의 몸을 보호하지는 못했다.

"이럴 수가!"

간신히 몸을 피한 낭곡이 눈앞에 펼쳐진 참상에 입을 쩍 벌리고 두 눈을 부릅떴다.

아홉이나 되는 수하가 목숨을 잃었고 상당수의 인원이 부상을 당했다. 고작 단 한 번의 충돌로 무적을 자랑하던 기마대의 사 분지 일이 넘는 전력이 사라진 것이었다.

그러나 그의 놀람은 을지호에 비하면 아무것도 아니었다.

혼신의 힘을 다해 펼친 무공. 한데 쓰러뜨린 적은 고작 아홉뿐이었다. 상대가 도망을 친 것도 아니었다. 정면으로 맞부딪친 상대를 맞아 무극지검이 이토록 효과를 보지 못한 것은 처음이었다.

'제길, 갑주 때문인가?'

인원이 많기는 해도 상대가 막강한 무공을 지닌 사람들은 아니었다. 그럼에도 제대로 피해를 주지 못했다는 것은 오직 그들이 착용하고 있는 갑주 때문이라고 생각할 수밖에 없었다.

'다시 한 번.'

무극지검이야말로 그가 지닌 최고, 최강의 수단이었다. 만약 통하지 않는다면 죽음을 피하기가 어려웠다.

옆구리의 상처가 더욱 벌어져 견디기가 힘들었지만 이를 악문 을지호가 다시금 무극지검을 사용했다.

쿠쿠쿠쿵!

"피, 피해랏!"

이미 그 무공의 위력을 본 흑풍대는 정면으로 맞서는 것보다는 일단 그 영향권 아래에서 벗어나고자 하였다. 하지만 미처 말머리를 돌리기도 전에 들이닥친 강기의 소용돌이에 또다시 대여섯 명이 넘는 인원이 목숨을 잃었다.

을지호라고 무사한 것은 아니었다.

때로는 역린이 되어 돌아오는 무극지검.

부상당한 몸으로 무리하게 펼쳐서 그런지 벌써부터 힘이 빠졌다. 나
렴에게 당한 부상도 점점 상태가 악화되었다. 게다가 자신의 갑주가
박살이 나고 온몸에 극심한 부상과 양팔이 부서지는 고통까지 감내하
면서 접근한 낭곡의 장팔사모가 손잡이가 부러진 채 등 쪽 깊숙이 박
혀 버렸다.

그러나 무리를 해서라도 반드시 전의를 꺾어야 한다고 생각한 을
지호는 전신에 퍼지는 고통을 무릅쓰고 연거푸 무극지검을 사용했
다.

"크아악!"

"아악!"

땅을 뒤흔드는 굉음과 비명성이 난무했다. 그리고 그 끝에는 어김없
이 몇 명의 주검이 아무렇게나 나뒹굴었다.

"으으으."

낭곡은 자신도 모르게 이빨을 부딪쳤다.

지금껏 수많은 적을 상대했지만 이와 같이 막강한 적은 없었다. 어
떻게 상대해야 할지 감을 잡기가 어려웠다. 극심한 부상에 신음하던
낭곡은 차례차례 쓰러지는 수하들의 모습을 보며 피눈물을 흘렸다.

연이어 펼쳐진 무극지검에 마상에서 버티고 있는 기마대는 절반에
도 미치지 못했다. 그리고 그들은 난생처음 느껴보는 공포심에 싸울
엄두를 내지 못했다.

'끝난 건가?'

머뭇거리기만 할 뿐 더 이상 달려드는 기마가 없자 을지호는 안도의

한숨을 내쉬었다. 자꾸만 아득해지는 정신을 간신히 부여잡고는 있었지만 이미 한계를 넘어선 지 오래였다. 그렇지만 흐트러진 모습을 보여줄 순 없었다.

"더 이상 피를 보고 싶지 않다. 물러가라!"

을지호가 낭곡과 생존한 기마대를 노려보며 소리쳤다.

낭곡과 을지호의 눈이 허공에서 부딪쳤다.

그러기를 얼마간, 낭곡이 슬그머니 고개를 돌렸다. 더 이상 싸워봐야 희생만 커질 것이라는 생각이 들었지만 패배를 인정하는 것은 죽기보다 싫은 일이었다.

바로 그때, 그의 어깨를 짚는 손이 있었다. 전신을 붉게 물들인 탕평이었다.

"우리가 진 것이네."

"……"

"돌아가세. 복수는 나중에 해도 늦지 않네. 일단은 어르신을 모셔야지. 언제까지 차가운 땅에 계시도록 할 수는 없지 않나."

낭곡은 아무런 대답을 하지 않았다. 어쩔 수 없다는 듯 길게 탄식을 내뱉은 탕평이 낭곡을 대신하여 명을 내렸다.

"퇴각한다."

그의 눈짓을 받은 기마대원 중 몇 명이 다가와 낭곡을 부축하며 물러났다.

"오늘의 빚은 언젠가 갚아주겠다. 반드시!"

탕평이 을지호를 노려보며 싸늘히 내뱉었다.

"언제든지."

을지호가 고개를 끄덕이며 대꾸했다.

탕평은 수하가 끌고 온 백마에 올라타더니 말 머리를 돌렸다.

두두두두두.

흑풍과 백풍은 올 때와 마찬가지로 바람같이 사라져 갔다. 을지호라
는 강적을 만나 자존심에 큰 상처를 남긴 채.

하지만 그것으로 모든 싸움이 끝난 것은 아니었다.

몸을 돌린 을지호가 이십여 장 떨어진 짚 더미를 향해 소리쳤다.

"언제까지 보고만 있을 것이냐? 나와라."

아무런 반응이 없자 재차 소리쳤다.

"쥐새끼처럼 숨어 있지 말고 빨리 나와!"

그러자 짚 더미의 뒤쪽에서 낭랑한 음성이 터져 나왔다.

"하하하, 쥐새끼라… 너무하는걸."

천천히 걸어오는 일단의 무리들. 인원은 도합 여섯이었는데 그들
은 다름이 아니라 위지요의 명을 받고 을지호와 사마유선을 치기 위해
달려온 위지청과 한빙오영이었다.

"너희들은 누구냐?"

을지호가 물었다.

"북천."

위지청은 정체를 감출 이유가 없다는 듯 간단히 대꾸했다.

"북천?"

"그렇소. 북천의 위지청이라 하오."

"북천도 나를 노리는 것이냐?"

위지청이 고개를 끄덕였다.

"물론, 철혈마단처럼 이가 갈릴 정도는 아니나 삼시파천이라면 사천의 공적(公敵)이니까."

"그럼 덤벼라."

당장에라도 공격을 할 듯 을지호가 철궁을 치켜세웠다.

"아아, 흥분하지 마시오. 지금은 싸울 생각이 없소이다."

위지청이 한 걸음 물러나며 손을 내저었다.

"싸울 생각이 없다면 물러나라."

을지호는 위지청에게서 눈을 떼지 않고 사마유선이 도주한 쪽으로 걸음을 옮겼다. 움직일 때마다 옆구리며 등에서 피가 배어나왔다.

보기 안쓰럽다는 듯 위지청이 혀를 찼다.

"쯧쯧, 그 몸을 해가지고 어디를 간다고 그럴까? 가봤자 소용도 없는 것을."

'소용없다?'

말하는 의도가 어딘지 모르게 수상했다. 걸음을 멈춘 을지호가 위지청에게 고개를 돌렸다.

"무슨 뜻이냐?"

"뜻은 무슨 뜻, 말한 그대로지. 아아, 서두르지 마시구려. 내 말은 아직 안 끝났으니까."

을지호가 철궁을 움직이려 하자 재빨리 만류를 한 위지청이 한빙오영에게 신호를 보냈다. 그러자 그중 한 명이 을지호에게 걸어오더니 화살 하나를 건넸다.

"이, 이것은!"

얼떨결에 화살을 건네받은 을지호의 안색이 확 바뀌었다.

붉다 못해 시뻘건 화살은 혈궁단의 상징. 곧 사마유선이 지니고 있는 화살이었다.

"사마 소저는 우리가 잘 모시고 있소이다."

"네놈들이 감히!"

"그렇게 흥분하지 마시오. 그녀는 안전하게 잘 있으니까."

"믿을 수 없다."

"그럼 확인시켜 드리지."

그가 고개를 끄덕이자 한빙오영 중 가장 맏형인 마등(馬騰)이 길게 휘파람을 불었다.

휘이이익!

휘파람 소리는 한없이 크게, 그리고 멀리 퍼져 나갔다. 그 소리가 끝날 즈음 한 무리의 기마가 달려왔다.

"유선……."

을지호는 점혈을 당했는지 마상에서 꼼짝 못하고 있는 사마유선을 안타깝게 바라보았다.

"잠시 혈도를 제압한 것이니 걱정은 하지 마시오. 그리고 이 녀석은 돌려주겠소."

위지청의 말이 끝나기가 무섭게 설풍단의 무인 하나가 죽은 듯 축 늘어진 철왕을 들고 왔다.

"처, 철왕!"

위지청이 쓴웃음을 지으며 고개를 절레절레 흔들었다.

"사마 소저를 제압하는 것보다 이 녀석을 잡는 것이 훨씬 더 힘들었소. 어찌나 빠르고 난폭한지 다친 사람도 있소."

그의 말에 한빙오영과 설풍단 무인들의 시선이 한 사내에게 쏠렸다. 머리를 천으로 친친 감은 사내는 창피함에 고개를 들지 못했다.

"주, 죽었나?"

을지호가 떨리는 음성으로 물었다.

"잠시 기절한 것뿐, 생명에는 지장이 없을 것이오."

"고맙군."

"녀석이 운이 좋았소. 미물인 주제에 주인을 위하는 충성심이 대단해 수하들이 기특하게 본 모양이오."

하지만 그는 알지 못했다. 운이 좋았던 것은 철왕이 아니라 바로 그들이라는 것을. 만약 철왕이 잘못되기라도 했다면 그들은 물론이고 나아가 북천까지도 을지호라는 지긋지긋한 악몽을 꾸어야 했을 테니까.

"원하는 게 뭐냐?"

을지호의 음성이 차분해졌다. 지금은 냉정하게 판단하여 대처해야 할 때지 감정을 앞세워서는 안 된다는 것을 의식했기 때문이었다.

"내 목숨이냐?"

그 말에 의미심장한 미소를 지은 위지청이 물었다.

"원한다면?"

"너희들은 죽는다."

단호한 그의 대답에 위지청과 한빙오영의 얼굴에는 황당함이 깃들었다. 생각한 것과는 완전히 다른 대답이 아닌가. 당연히 '그녀만 살릴 수 있다면 내어주겠다' 라는 반응 정도를 생각했던 그들로서는 당연한 반응이었다.

"사마 소저는 어찌 되든 상관없다는 말이오?"

"뭔가 착각하고 있군. 너희들도 죽지만 나도 죽는다."

무슨 소린지 도통 이해할 수가 없었다.

"너희가 그녀를 풀어주더라도 내가 죽는다면 어차피 그녀도 죽는다. 그녀가 죽으면 물론 나도 죽는다. 이런 상황이다. 내가 어찌할 것으로 보이느냐?"

위지청은 대답하지 못했다.

"차라리 너희를 죽이고 나 역시 그녀와 함께 죽을 것이다."

"자신있소?"

"나는, 내가 사랑하는 사람의 목숨을 앞에 두고 허언 따위를 내뱉지는 않는다."

실로 어처구니없는 말이며 태도가 아닌가?

위지청은 뭐라 대꾸할 말을 찾지 못했다. 한참 동안이나 침묵을 지킨 그가 피식 웃음을 터뜨렸다.

"명불허전, 역시 삼시파천이오. 하나, 그런 일은 일어날 것 같지 않소. 난 당신의 목숨을 원하지 않으니까."

"진정이냐?"

"대신 그녀를 풀어줄 수는 없소."

을지호의 눈빛이 차가워졌다.

"그렇다면 함께 죽는 일뿐이다."

"그렇게 너무 극단적으로만 몰고 가지 마시오. 난 당신과 그녀를 해칠 생각이 없소. 부탁 한 가지만 들어준다면."

비로소 본론이 나온 것이다.

"부탁?"

"그렇소. 그녀를 풀어주는 조건이라 해도 무방하오."

"무엇이냐?"

을지호가 조용히 되물었다.

"한 명의 목숨이 필요하오."

"……."

"가능하겠소?"

"누구냐?"

"천중 진인."

"무당파의 장문인을!"

순간, 을지호의 눈이 크게 떠졌다.

설마 하니 무당파 장문인의 목숨을 원할 것이라고는 꿈에도 생각하지 못했기 때문이었다.

"내가 그 부탁을 들어줄 것 같으냐?"

"아니면 그녀는 죽소이다."

"아직까지도 이해하지 못한 것 같군. 너희들도 죽는다. 그리고 나 역시도."

"답답하오. 어째서 그리 쉽게 목숨을 버리려 하시는 게요? 그것도 자신을 배반한 자들 때문에……."

위지청이 일부러 말꼬리를 흘렸으나 그 정도를 듣지 못할 을지호가 아니었다.

"그게 무슨 뜻이냐?"

"배반이라고 했소. 그들은 당신을 배반했소."

"그따위 말에 속을 것 같으냐?"

말도 되지 않는 소리였다. 을지호는 그의 말을 생각해 볼 일고의 가치도 없다는 듯 간단히 일축해 버렸다.

"잘 생각해 보시오. 철혈마단은 물론이고 우리는 당신이 이곳을 지나갈 것이라 미리 알고 있었소. 어떻소, 뭔가 이상하지 않소?"

혹여나 적에게 발각될까 봐 극도로 조심을 하지 않았던가.

그렇잖아도 싸우는 내내 철혈마단이 어떻게 해서 추격할 수 있었는지 의심하고 있던 을지호는 그의 말에 뭔지 모를 흑막이 있다는 것을 느낄 수 있었다.

그의 변화를 감지한 위지청이 품에서 서찰 하나를 꺼내 그에게 날렸다. 너울너울 날아간 서찰이 을지호의 손에 잡혔고 그는 단숨에 서찰을 읽어 내려갔다.

"이, 이것이……."

서찰을 읽는 을지호의 눈에서 불꽃이 일었다.

"이것이 사실이냐?"

서찰을 구겨쥔 손이 부들부들 떨렸다.

"내가 뭐라 한다고 당신이 믿겠소? 아무튼 그 서찰이 무당 쪽에서 온 것은 분명하오. 모르긴 몰라도 철혈마단에서도 똑같은 내용의 서찰을 받았을 것이오. 사실 여부는……."

잠시 말을 끊은 위지청이 분노로 떨고 있는 을지호를 응시하며 말했다.

"서찰의 진위는 당신이 확인하시오. 그리고 나의 말이 맞는다면, 무당이 당신을 배반한 것이 확실하다면 아까 말한 부탁을 들어주시오. 천중 진인의 목숨이 끝장났다는 소식이 들리는 순간 그녀는 자유의 몸이 될 것이오."

을지호는 아무런 말도 할 수가 없었다. 너무나도 뼈아픈 배반의 충격에 정신을 차릴 수가 없었다. 천지가 빙글빙글 돌았다.

'무당이… 그들이 진정……'

믿을 수가 없었다. 아니, 믿고 싶지가 않았다. 그러나 믿지 않을 수 없는 증거물이 손 안에 있었다.

'그래, 확인을, 확인을 해보면 알겠지.'

결국 마음을 굳힌 그가 서찰을 품에 갈무리하더니 사마유선을 향해 걸어갔다.

설풍단의 무인들이 그의 앞을 가로막았지만 고개를 흔드는 위지청의 신호를 보고 모두 물러섰다.

"그녀의 마혈을 제압한 것은 한빙곡의 독문 무공이오. 공연한 애를 쓰지는 마시오."

위지청이 충고 아닌 충고를 했다.

"유선, 당신도 들었을 거야. 아무래도 확인을 해봐야겠어."

축축이 젖은 그녀의 눈에서 눈물이 흘러내렸다.

"놈들의 말이 사실이든 사실이 아니든 금방 구하러 갈께. 나를 믿고 조금만 참아줘."

을지호가 손을 뻗어 그녀의 눈물을 닦아냈다. 그녀는 여전히 아무런 말도 하지 못했다. 하지만 을지호는 그녀의 눈빛을 통해 그녀가 무엇을 말하려고 하는지 알 수가 있었다.

"이까짓 부상은 아무것도 아니니까 걱정할 필요는 없어. 아무튼 기다려. 최대한 빨리 당신에게 달려갈 테니까."

더 보고 있으면 눈물이 흐를 것 같았다. 그는 이를 꽉 깨물며 몸을 돌렸다.

"약속은……"

"북천의 이름을 걸고 반드시 지킬 것이오."

위지청이 재빨리 대답했다.

"이 녀석은 두고 가겠다. 그녀와 함께 있게 해줘라."

을지호가 철왕을 가리키며 말했다.

"그리하겠소."

"부디… 약속을 지키기 바란다."

"물론이오. 그리고 제법 먼 길이오. 타고 가시구려."

위지청의 신호를 받은 마등이 말 한 필을 끌고 가 그에게 건넸다. 을지호는 거절하지 않았다. 이미 서 있기도 힘들 정도였기 때문이었다.

"차라리 그를 제압하는 것이 낫지 않았을까요?"

마등이 물었다.

"어째서?"

"철혈마단을 농락한 자입니다. 그런 자를 우리가 사로잡았다면……"

"명성이 높아진다고?"

마등은 고개를 끄덕였다.

"쯧쯧, 부상당한 호랑이를 잡아서 참으로 명성이 높아지겠다. 그리고 사로잡히기는 한데?"

"예?"

"아까 그자의 무공을 봤지. 소름이 끼칠 정도였다. 흑풍, 백풍 과연 소문대로 막강한 놈들이었어. 만약 싸운다면 어떻게 상대해야 할지 난감할 정도로. 그럼에도 그자의 상대는 되지 못했다."

"하지만 이미 부상을 당하지 않았습니까? 제가 보기엔 제대로 움직이지도 못할 것 같았습니다."

"나도 그렇게 봤다."

"하온데 어째서?"

마등이 의구심이 가득 찬 음성으로 물었다.

"만약에 그자가 무공을 사용할 수 있다면? 여러 번도 필요없이 단 한 번이라도 아까와 같은 무공을 펼친다면……."

위지청은 상상하기도 싫은지 몸서리를 쳤다.

"절대 못 막아. 아마 다 죽을 거다. 그런데 그런 모험을 나보고 하라고?"

"그, 그렇군요."

그제야 위지청의 심중을 헤아린 마등이 겸연쩍은 표정으로 머리를 긁적였다.

"하지만 꼭 그것 때문만은 아니야. 단언컨대 그 서찰은 무당파에서 보낸 것이야. 그자도 짐작하고 있을 거다. 운이 좋으면 무당파 장문인의 목숨은 그에 의해 사라질 거고 최악의 경우라도 명성은 땅에 떨어지겠지. 물론 그와 무당, 나아가 정도맹과의 관계도 이미 끝장난 것이나 마찬가지지만. 이것을 보고 일거양득(一擧兩得)이라고 하지 아마."

　나직하게 웃는 위지청, 그의 시선은 어느새 하나의 점으로 변해 버린 을지호의 뒷모습을 쫓고 있었다.

『궁귀검신』 7권으로 이어집니다